…imes l'Ouvrage complet.

Franc

…OVISOIREMENT

Collection "In Extenso"

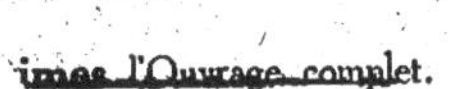

G. BINET-VALMER

LE PLAISIR

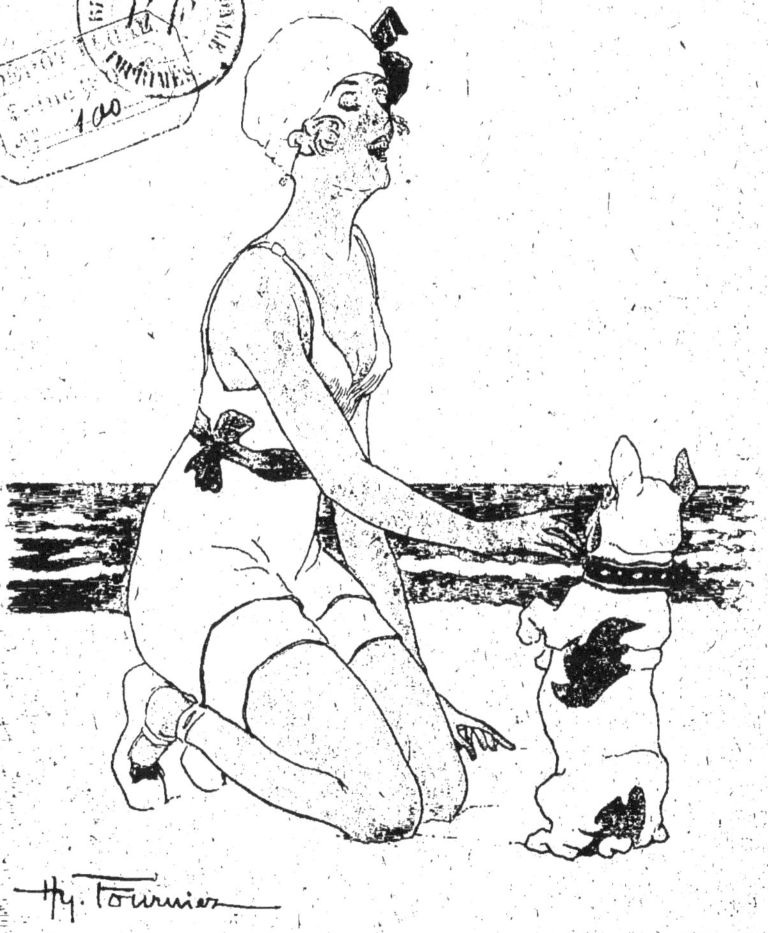

Illustrations de
H. FOURNIER.

LA RENAISSANCE DU LIVRE
78, Boulevard Saint-Michel — PARIS

LE PLAISIR

LE PLAISIR

ROMAN

ILLUSTRATIONS DE H. FOURNIER

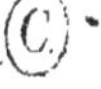

PARIS

LA RENAISSANCE DU LIVRE

78, BOULEVARD ST-MICHEL, 78

BINET - VALMER

Jean-Gustave Binet-Valmer est né le 3 juin 1875, à Genève, d'une vieille famille française, les Binet de Valmer dont une branche émigra à la Révocation de l'Édit de Nantes. M. Binet-Valmer n'a pas oublié qu'il est d'origine française. Du temps de la paix, il était utile à notre pays par la qualité de ses œuvres et aussi par mainte idée qu'il y a défendue. La guerre déclarée, il voulut *servir* : sa brillante conduite lui valut croix de guerre et épaulette.

M. Binet-Valmer s'était tout d'abord destiné à la médecine : en 1898, il était externe des hôpitaux de Paris. Il s'en souviendra au cours de plus d'un de ses romans. Dans le premier en date notamment — le *Sphinx de plâtre* — paru en 1900 et que Rachilde et Jean Lorrain signalèrent au grand public.

L'année suivante, le *Gamin tendre*, qui figure dans la collection « In Extenso », est publié par la *Revue de Paris*. C'est un roman, ému, tendre, railleur, d'une écriture fine, distinguée et prenante. L'auteur a retenu bien des choses qu'il lui avait été loisible de voir durant son enfance et sa jeunesse : ces souvenirs, il a su les animer d'une existence charmante, intense et nonchalante à la fois.

M. Binet-Valmer n'est pas atteint de la maladie dont souffrent tant de romanciers de sa génération : *sortir* un livre par an. Ce n'est qu'en 1906 que paraissent les *Métèques*, son troisième roman. Il est vrai qu'entre temps — en 1901 — il avait fondé une revue, « La Renaissance Latine », où débutèrent Claude Farrère et Edmond Jaloux, et où parut le premier roman de la comtesse de Noailles.

Les *Métèques*, qui répandirent le mot cher à M. Charles Maurras, furent une œuvre très discutée. Il était notoire que plusieurs des membres de l'Académie Goncourt voulaient lui décerner leur prix annuel.

En 1904, sort *Lucien*, vigoureuse et rigoureuse étude d'une tare physiologique. M. Henry Bernstein présenta ce roman, qui souleva de vives controverses et eut un grand retentissement. Puis ce furent le *Plaisir*, la *Passion*, la *Créature*.

M. Binet-Valmer, dont le premier roman était, nous venons de le dire, une œuvre de grâce, donne dorénavant le pas à la force parfois non exempte de brutalité.

Je ne veux pas déflorer ici la joie littéraire que procure une œuvre telle que le *Plaisir*, mais je tiens à insister sur l'originalité de ce roman (qui se déroule en une journée et la nuit qui la suit). Les personnages y sont violemment jetés dans une lumière crue — qui cependant respecte les demi-teintes. La rigueur des apparences ne nuit pas à la force de l'inconscient, qui est en chacun de nous et auquel l'auteur laisse la part qui lui appartient. Pierre, le héros du *Plaisir*, c'est « l'amant pour qui l'on oublie tous les autres » et Catherine, qui souffre à cause de lui, est la première à « le plaindre comme on plaint une victime », — remarquable type de l'immortel Don Juan !

Depuis plusieurs années, M. Binet-Valmer a consacré aux « nouvelles » une part de son activité littéraire. Il y a porté une note spéciale, et au *Matin* d'abord, au *Journal* ensuite eut des lecteurs nombreux, fidèles et qui le préféraient à tout autre auteur. Ces « nouvelles », il les a réunies en trois recueils : *Notre pauvre Amour, le Cœur en désordre, l'Homme dépouillé*.

Enfin, l'auteur du *Plaisir* a son violon d'Ingres : l'escrime. Épéiste, il brilla dans des tournois, eut des duels et fut des fondateurs du « Cercle Hoche »

LE PLAISIR

Le bruit d'un train qui passait la surprit.

« Le train de midi déjà ! »

Elle tourna la tête vers le rivage.

Comme elle s'était éloignée ! Devait-elle rentrer ? Oh ! pas encore. On déjeunerait un peu plus tard, voilà tout.

Et, les mains unies, les bras et les jambes étendus, Catherine s'allongea dans cette pose abandonnée du nageur qui profite de son élan.

Elle s'en allait vers le large. La joue appuyée contre l'épaule humide, elle ne voyait que la mer qui rejoignait le ciel bleu. La mer était bleue comme lui. Pas une vague, pas une brume. Le soleil de mai avait une telle puissance que ses rayons qui descendaient dans l'eau enveloppaient Catherine et que l'air et l'eau semblaient également tièdes.

Pour une nouvelle brasse, elle déplaça son visage, l'autre joue s'appuya contre l'autre épaule. Alors, elle vit le cap Ferrat, les rochers de Beaulieu, les montagnes qui dominent Nice, et il y avait entre ces rochers et ces montagnes, au-dessus de la baie de Villefranche que masquaient les hauteurs de Saint-Jean, un vaste espace tout rempli de lumière.

Une seconde brasse, un balancement du torse et des épaules, et le regard de Catherine se perdit sur l'horizon vide, dans cet immense azur qui l'attirait.

Bien souvent, elle s'était dit que ce serait une chose à faire que de s'en aller là-bas, tant que l'on aurait des forces, et de ne pas pouvoir revenir.

Elle s'arrêta de nager, elle contempla le large...

Oui, ce serait une chose à faire.

Elle n'était plus couchée, elle se tenait droite, et ses bras écartés ramaient doucement. Elle pencha la tête, elle aperçut son corps, ses longues jambes blanches, la jupe verte serrée à la taille et dont le volant flottait ; mais, tout à coup, le froid de l'eau profonde l'ayant saisie elle eut l'impression qu'un gouffre était au-dessous d'elle.

De nouveau, elle se tourna vers la rive. Que la maison était petite entre les taches sombres des bois de pins !

« Une crampe, et tout serait fini, pensa-t-elle, on n'aurait pas le temps de me secourir. »

Elle n'avait pas exactement peur, elle était troublée, et ce n'était point désagréable.

D'un revers de main, elle fouetta la mer. Elle n'aurait pas de crampe, elle était sûre d'elle-même, et, défiant le gouffre, elle fut amusée, parce que, hors de la jupe verte, ses jambes étaient si blanches.

Elle les aimait, elle aimait tout son corps. De la pointe des seins qui soulevaient à peine la tunique, mais dont la pointe était très nette jusqu'aux chevilles déliées, il s'affinait. Il était grand, vigoureux, jeune et plein de grâce.

Catherine serra les genoux et se mit à rire. En riant, elle cambra la taille, ploya la nuque, se renversa, et, comme elle montait à la surface de la mer, le soleil toucha la pointe des seins et les jambes que la jupe découvrait. Il éblouit Catherine. Elle ferma les yeux, elle ne bougea plus, assez habile pour que la seule cambrure de ses reins la fît surnager. Des cercles d'or et de pourpre s'entrelaçaient sous ses paupières closes, les rayons la brûlaient, elle sentait l'eau caressante qui mourait autour de son visage et qui glissait sous la paume de ses mains. Elle se laissait bercer. Il n'y avait en elle aucune pensée, elle s'oubliait, se dispersait, tellement heureuse...

Mais ce fut comme un souffle qui l'atteignit. Est-ce qu'on l'appelait ? Elle n'était pas certaine d'avoir entendu.

— Maman ! maman !

On l'appelait, quel dommage !

— Maman !

Il l'appelait avec anxiété, il la croyait perdue le pauvre Doude ! C'était dommage, mais enfin il fallait...

Et Catherine plongea pour se diriger vers la rive.

Entre la rive et Catherine, sur un minuscule bateau qu'il maniait avec une pagaie, un enfant se tenait debout.

Il était très petit, il paraissait plus petit au milieu de la mer. Il avait la tête nue et ses cheveux dorés brillaient. Il faisait des gestes, il cherchait, il se démenait, le bateau virait de ci, de là, l'enfant gardait son équilibre avec une adresse extrême.

Catherine le trouvait charmant. Ses gestes d'audace sur ce minuscule bateau lui plaisaient, et, tout en nageant vers lui, elle ne se pressait pas de lui répondre, elle savait bien qu'il ne serait plus le même quand elle lui aurait répondu.

— Doude ! cria-t-elle enfin.

— Oh ! maman, j'ai eu peur ! C'est pour cela que je suis venu si loin.

Il s'était assis et il pria :

— Ne me gronde pas !

Elle le gronda parce qu'il avait manqué à la discipline.

Sans protester, il voûta le dos et, triste, pagaya prudemment.

Mme de Vinzel ne regardait plus son fils. Elle regardait la maison qui grandissait entre les taches sombres des bois de pins.

C'était une maison carrée, très simple, blanche sous un toit plat, et que dominait la ligne du chemin de fer qui s'éloignait de la Méditerranée pour s'appuyer contre la montagne d'Eze.

Il y avait une terrasse, de vieux orangers, et d'indiscrets géraniums qui pendaient d'une balustrade. Devant la terrasse, la grève dessinait un promontoire qui la liait à un îlot rocailleux où poussaient des broussailles. A droite, on voyait les pelouses, en pente d'un jardin, puis un grand mur, et, de l'autre côté de ce mur, commençait le parc d'une villa somptueuse.

La villa Vinzel se cachait dans l'ombre de ses pins, la ville Dumez se mettait en avant. On aurait dit que toute la baie appartenait à Mme Dumez.

Cette Mme Dumez était une vieille femme que Catherine aimait et que parfois elle redoutait. Elle l'aimait parce que, malgré son âge, elle était si active, parce qu'elle recevait tant de monde qu'elle rendait la solitude plus précieuse ; elle la redoutait parce qu'elle posait des questions trop directes et qu'elle était méchante.

Tandis qu'elle écoutait le clapotis de l'eau sous la sage pagaie de son fils, Catherine songeait qu'il lui faudrait aller, cet après-midi, chez Mme Dumez, qu'il lui faudrait aider la vieille dame à recevoir, et, pour cela, s'habiller. Elle aurait voulu demeurer toute la journée à demi nue dans le soleil.

Elle nageait vite pour employer cette ardeur qui était en elle depuis l'aube, qui l'avait forcée à se lever tôt, à courir dans le jardin, à rire sans cause, à jouer comme une gamine avec Stony et avec Dorothée, les bull-dogs, qui ne savaient, pour jouer, que porter de grosses pierres.

Stony et Dorothée, sur la plage, attendaient leur maîtresse. Dès qu'ils l'aperçurent, ils gambadèrent, puis Dorothée, la chienne, s'élança dans l'eau cependant que le chien aboyait. [...] Catherine prit pied, renvoya Dorothée dont [les grosses pattes] maladroites la blessaient, et [...] où elle se trouva en face [de Doude, qui l']avait précédée et qui l'admirait.

Elle était admirable, les [...] larges et les hanches viriles, [...] moulant ses jambes et son torse.

Pour secouer l'humidité [de son] bonnet, elle leva la figure vers le ciel, [et ce] mouvement qui rejetait le corps, montra [dans toute sa grâce la] ligne du cou et de la gorge, bien que, vu ainsi, de bas en haut, comme le [voyait] Doude, ce visage eût plus de puissance que de beauté, menton un peu lourd et bouche un peu forte.

Immobile, campé à cette place où le sable sec miroitait, le petit Edouard admirait. Il n'était pas joli, il avait les bras et les mollets maigres, la poitrine étroite, et tant de taches de rousseur que ses traits en paraissaient tout déformés. Il se frottait timidement les cuisses et ne s'occupait pas de Stony qui lui avait apporté un gros morceau de bois et qui attendait, agitant sa courte queue.

A regret, Catherine quitta la mer. Elle marchait légèrement. Lorsqu'elle sentit le sable sec, elle s'y laissa tomber, et, penchée en avant, elle retira son bonnet, déroula ses nattes, les prit de ses deux mains, se coucha, le dos contre la terre brûlante, et, tout autour d'elle, étala, dispersa ses cheveux, ils étaient blonds, mais d'un blond rare, pâle, cendré.

Et toujours le petit Edouard admirait.

Maintenant, il observait de haut la figure [de] sa mère, ce n'était plus une figure puissante, c'était une figure douce, si douce ! Il ne connaissait rien de plus doux, rien de plus beau, [il] aurait voulu s'agenouiller et la câliner.

Les cheveux en éventail coupaient la ligne du front et leur nappe unie se confondait avec le sable. Le menton avait une fossette, la peau était très blanche, mais, entre l'œil et le nez, persistait, malgré l'ardeur du soleil, une ombre mauve que Doude avait embrassée deux fois dans sa vie. D'habitude il n'osait pas supporter le regard de sa mère, elle n'avait pas un regard méchant, les regards bleus ne sont pas méchants, mais un regard qui intimidait, qui restait longtemps sur vous, comme s'il posait une question à laquelle on aurait voulu répondre et qu'on ne comprenait pas. Un jour que sa mère avait [ri], Doude avait osé, il avait pris entre ses mains ce doux visage ; il avait promené ses mains depuis les tempes jusqu'au menton, et même, il avait effleuré la bouche, les lèvres gercées, et sa mère lui avait baisé le bout des doigts. Il s'en souvenait, Ah ! comme il l'aimait !

Etendue dans le soleil, Catherine ne se rappelait plus que son fils était là. Trop de lumière les séparait. Le sable était chaud et l'odeur des roses épanouies à l'ombre des pins se mêlait à l'odeur de la mer. Catherine aurait souhaité d'être ensevelie dans ce sable, comme jadis en Bretagne.

C'était un jeu : elle lui permettait de la couvrir de sable brûlant jusqu'à ce qu'elle écartât les bras, jusqu'à ce qu'elle tendît les bras vers [lui] qui se penchait et la saisissait. Non ! non ! il ne faut pas penser à cela, il faut ne penser rien ! Et Catherine s'engourdit voluptueusement au soleil.

A cet instant sortait du salon de la villa [miss] Jackson, impatientée parce qu'on ne déjeunait point. A grandes enjambées que gênait le fourreau de sa robe, hochant la tête autant que le permettait son col empesé, elle traversa la terrasse et s'approcha de la balustrade.

Elle ne demeura pas insensible au spectacle de cette femme presque nue, chaste, si belle, que ce petit garçon regardait timidement. [...] la mer était bleue, le sable était bleu au bord de la mer, [...] était le ciel ; il était doré autour de Catherine. La silhouette d'Edouard se détachait du mur où pendaient les géraniums moisis.

— Etes-vous folle, Kathleen ? cria miss Jackson. Il est une heure et l'enfant sera malade.

Au son de cette voix, Doude, comme pris en faute, courut vers la villa. Catherine se souleva sur un coude, la masse de ses cheveux [glissa] sur son épaule, sa poitrine s'appuya sur le sable, son visage se haussa vers la vieille miss Jackson.

— Je viens, Mary, je viens.

II

Lorsque Catherine eut servi la dernière tasse de thé et la dernière orangeade, lorsque, accompagnée de Raymond Bardane, [...] elle eut quitté le jardin d'hiver, il [...]

dans la vaste pièce surchauffée, que des vieillards.

Près des palmiers, autour de quatre tables, ils jouaient au bridge.

Ils étaient heureux, les sommes qu'ils risquaient étaient infimes et ils n'avaient pas d'amour-propre. Ils jouaient mal, le savaient et ne s'en souciaient point.

Ils jouaient pour occuper les heures de leur vieillesse et pour oublier que ces heures passaient. Ils jouaient, parce qu'ils étaient à la retraite, leur carrière étant finie, la gloire ou la fortune étant acquises. Ils jouaient, parce qu'ils ne désiraient plus rien, ils désiraient avoir de bonnes cartes, et, quand ils n'en avaient pas, cela leur était bien égal.

Ils se sentaient béats dans l'air tiède et la clarté de cet après-midi que faisaient tellement paisible les parois vitrées et les stores habilement ménagés. La saison périlleuse avait fui et les jours incertains et les brusques sursauts de température qui, même sur cette côte où ils se réfugiaient dès novembre, les mettaient en danger. Ils vivraient jusqu'à l'automne, et, dans cette certitude, se montraient plus cordiaux les uns envers les autres, et Mme Dumez moins impatiente : elle gagnait.

Le dos tourné à la mer et aux terrasses, la tête couverte d'abondantes boucles de cheveux blancs, le buste court, les mains sèches, nerveuses, agitées, elle était assise entre M. Plouvier, l'ancien ambassadeur, et M. Bellocq, l'ancien notaire.

M. Plouvier était élégant, il avait le teint frais, le crâne rose, l'œil vif, et l'on imaginait, dans la barbe grise, une bouche à la fois ironique et gourmande.

M. Bellocq était moins soigné. Il avait un col haut et large, comme on en portait jadis. Le menton rasé, s'y appuyait et la peau des joues remontait, formant de grosses rides.

Volontiers, M. Bellocq philosophait : « Moi qui ai de l'expérience », disait-il. M. Plouvier en avait lui aussi, mais il était taquin et léger. Quant à Mme Dumez, elle parlait beaucoup en jouant, elle parlait à la galerie, à ses adversaires, à son partenaire, qui était M. Vaurs, de l'Institut.

Depuis que Catherine de Vinzel était sortie, M. Vaurs n'écoutait plus Mme Dumez. Pourtant, il « faisait le mort », mais, par-dessus la table, il avançait la figure vers les vitres qui le séparaient des terrasses.

Les terrasses s'étageaient. Il y en avait cinq. Les fleurs les plus rares les bordaient, de telle sorte que la richesse de ce parterre morcelé aurait fait paraître la mer trop bleue, d'un bleu trop cru, si quelques grands pins sauvages n'avaient relevé ce décor que limitait à droite le mur de la villa Vinzel.

Vers les terrasses, M. Plouvier et M. Bellocq, eux aussi, tournaient la tête. Ils suivaient des yeux Catherine et Raymond Bardane qui descendaient à la plage, et ils enviaient ce jeune homme. Catherine s'entretenait avec lui. Il marchait comme un homme joyeux.

Catherine n'avait pas de chapeau, les vieillards s'étaient écriés : « Que vous êtes imprudente ! » mais elle leur avait souri et ils se rappelaient ce sourire.

Ces vieillards jouaient pour occuper les heures de leur vieillesse.

Elle était vêtue d'une robe de lingerie qu'un large ruban vert serrait à la taille. Le corsage dessinait la forme des épaules, et d'ailleurs, Catherine était si vivante que, dans chacune de ses robes, on devinait son corps.

— Dites-moi, chère madame, demanda M. Vaurs sur un ton bougon, qui est-ce, cette comtesse de Vinzel?

M. Vaurs n'était pas un habitué de la côte. Venu à Nice pour les fêtes de Pâques, avec sa maîtresse, une liaison de vingt ans, il n'avait pas fait de visites tant que son amie avait été auprès de lui. Elle s'en était allée, et il prolongeait son séjour, afin de s'acquitter de devoirs mondains qu'il respectait, car il avouait que sa courtoisie seule avait forcé les salons à s'occuper de ses œuvres qui étaient abstraites et peu faciles à comprendre ; et il tenait à l'estime des salons, parce qu'il aimait les femmes.

Mme Dumez le menaça du doigt :

— Ah ! toujours le même ! dit-elle.

Mais M. Plouvier fit la mine et M. Bellocq se trompa de cartes en jouant. Il essaya de reprendre celle qu'il avait jetée, Mme Dumez l'en empêcha, et ainsi gagna le *rubber*.

Alors elle se renversa sur son fauteuil, et, prenant son air malin :

— La comtesse de Vinzel...

Elle dit l'histoire de Catherine, elle dit d'abord ce qu'il y avait de bien à dire, et avec autorité, avec une autorité qui desservait plutôt, comme si l'on avait eu besoin de défendre cette jeune femme qui vivait séparée de son mari.

Le comte de Vinzel — il s'appelait en réalité Pierre Dupuis et était le fils d'un tailleur de diamants, originaire du Jura — Pierre de Vinzel avait dilapidé son patrimoine pour plaire à des filles, et, maintenant qu'il n'avait plus de fortune, il leur plaisait trop.

— Eh ! eh ! fit M. Vaurs.

Mais Mme Dumez secoua les épaules :

— Oh ! moi, dit-elle, je n'y connais rien...

Pierre de Vinzel était à coup sûr fort séduisant, et Mme Dumez vanta sa beauté. Elle l'avait rencontré avant son mariage avec Catherine, il y avait de cela neuf ou dix années. Ce n'était pas sa faute s'il se nommait le comte de Vinzel, son père avait eu la niaiserie d'acheter ce titre, et lui le portait en souriant. Vinzel était fort agréable en vérité. Qu'il fût un prodigue, c'était certain, et il ne possédait plus grand chose quand il avait épousé Catherine d'Armanjon qui, pour lui, avait perdu la tête, car cette petite avait été folle de lui, et cela n'avait rien d'extraordinaire : elle habitait, en Suisse, au-dessus du lac de Genève, un château lugubre. Mme Dumez y était allée. Où n'était-elle pas allée?

Mme Dumez était la femme d'un ancien ministre qu'elle avait voulu servir, mais qu'elle avait beaucoup gêné. Pour s'en débarrasser, M. Dumez, exploitant sa manie des voyages, l'avait expédiée partout, jusqu'à ce qu'une maladie, et la plus cruelle, une paralysie progressive, eût rendu la solitude odieuse à cet homme tellement actif. Il avait appelé près de sa chaise longue celle qu'il avait tenue éloignée de son cabinet de travail.

— Mais, chère madame, dit M. Plouvier, le château d'Armanjon n'est pas si lugubre. On y jouit d'une vue splendide.

L'ancien ambassadeur l'avait visité. C'était une sorte de château-fort qui datait des premières guerres religieuses. M. Plouvier expliqua que la famille d'Armanjon s'était divisée en deux branches, la branche catholique, devenue sous Louis XIV ducale, et la branche huguenote, qui avait émigré et dont Catherine de Vinzel était le dernier descendant.

— Excusez-moi, monsieur l'ambassadeur, fit M. Bellocq, le père de Catherine de Vinzel avait une sœur, Mme la baronne de Risbach, qui eut deux enfants : Hermann de Risbach et Hedwige.

— Ne parlons pas de celle-là ! s'écria Mme Dumez. C'est une honte ! Figurez-vous qu'elle fait des tableaux vivants aux Folies-Bergère.

— Ah ! s'exclama M. Vaurs, et quel est son pseudonyme?

— Vous ne le saurez pas ! répondit Mme Dumez, en fronçant le nez. Quoi qu'il en soit, le père de Catherine...

Elle revint au baron d'Armanjon.

Mme Dumez avait de la religion, mais elle avait coutume de dire qu'il n'en faut pas trop, car enfin, passer toute cette vie dans la terreur de l'autre, c'était... elle ne trouvait pas d'épithète, c'était ce qu'avait fait M. d'Armanjon, et chacun autour de lui en avait souffert. Sa femme, une Irlandaise ravissante, en était morte, et Catherine avait grandi entre miss Jackson, cette gouvernante qu'elle gardait encore auprès d'elle, et son père, qui était féru d'un pasteur, un nommé Morand, l'homme le plus sinistre que Mme Dumez eût connu.

— Mais, chère madame, dit M. Plouvier, il me semble que le baron d'Armanjon était mort quand sa fille épousa Pierre de Vinzel.

— Il était mort, répondit Mme Dumez, sans quoi le mariage n'aurait pas eu lieu, car il s'y opposait. Mais il restait le pasteur Morand et les Risbach. Pour leur échapper, Catherine est tombée amoureuse du premier galant venu. Voilà comment cela s'est fait. Ce qui s'est passé ensuite, je n'en sais rien, mais ce que je puis dire, c'est qu'il y a trois ans, quad j'ai construit ma villa, j'ai été un peu gênée de trouver cette petite comme voisine. Des bruits avaient couru... Eh bien ! elle est charmante.

— Oh ! charmante ! dit M. Bellocq, et tout à fait honnête.

— Ne vous avancez pas trop, Bellocq ! fit Mme Dumez. Moi, je me contente de dire que je ne sais rien.

— Elle est bien jolie ! dit M. Vaurs.

— Je connais quelqu'un qui en est passionnément épris ? fit Mme Dumez en baissant la voix.

— Qui cela? demanda M. Bellocq, et, avec une moue dédaigneuse: le jeune Bardane?

— Chut ! interrompit M. Plouvier. Voici sa femme.

En effet, dans la baie qui reliait le jardin d'hiver au salon de la villa, on apercevait une silhouette, une robe élégante, un élégant chapeau, mais, avant qu'on distinguât les traits du visage, Mme Dumez conclut :

— Il a tout essayé... il n'a pas réussi !

III

Attirés par le soleil et la mer, ils avaient quitté les vieillards, et, sur les allées qui parcouraient les cinq terrasses, ils marchaient très près l'un de l'autre.

Catherine se serrait contre Raymond, pour ne pas toucher de sa robe les plantes qui bordaient le chemin et qui avaient tellement poussé depuis un mois.

Les plantes poussaient encore. On voyait, à côté des fleurs éclatantes, toutes les teintes de vert sur les rameaux et les plus petites feuilles se déroulaient. Les géraniums et les rosiers grimpants éclairaient les branches des pins, et les colonnes d'un cloître, que Mme Dumez avait achetées en Italie, disparaissaient sous les grappes d'une immense glycine, bleue contre le bleu de la mer.

Vers la montagne qui sépare Eze de Beaulieu, le soleil descendait lentement.

Quand ils furent sur la grève, Catherine s'éloigna de Raymond, et il n'essaya pas de se rapprocher.

Ils causaient comme des amis. Elle le regardait, elle aimait à le regarder : sa figure était si franche !

Souvent, miss Jackson conseillait à Raymond Bardane de se raser la moustache. Elle prétendait qu'il ressemblerait ainsi à un adolescent anglais. Ceux qui le rencontraient pour la première fois avaient peine à croire qu'il fût marié, tant il paraissait jeune. Il était aussi blond que Catherine, il avait la même taille, le même genre de taille, la même souplesse, la même vigueur.

Aucune galanterie dans leurs paroles, ils étaient des amis et se racontaient l'un à l'autre ce qui leur était arrivé depuis qu'ils ne s'étaient vues. Raymond avait acheté un nouvel automobile, il avait joué au golf, gagné à Monte-Carlo, il était joyeux :

— Oh ! fit Catherine, vous ne savez pas : mes phaétons portent au nid.

Les phaétons sont de petits oiseaux très rares; Catherine en avait installé deux parmi tant d'autres passereaux d'Australie qui peuplaient la grande volière, son souci quotidien, et, proposant à Raymond de les lui montrer, elle le conduisit sur la plage, plus loin que l'îlot rocailleux, jusqu'à cet endroit où, ce matin-là, elle s'était étendue dans le sable.

Ils n'aperçurent pas Doude qui était dans l'île et qui se cacha derrière les broussailles.

— J'ai nagé, ce matin, dit Catherine.

Mais, comme Raymond s'écriait :

— Pourquoi ne m'avez-vous pas prévenu? Je vous aurais accompagnée.

Elle changea de conversation.

Devant eux s'ouvrait le jardin de la villa discrète. Ici encore, la végétation était prodigieuse, mais plus libre, plus à son aise. Catherine défendait que l'on supprimât une seule plante, et les luttes des lianes pour trouver le soleil les rendaient plus vivaces.

La maison n'avait qu'un étage, et des bougainvillées pourpres couvraient la façade, montaient vers le toit, encadraient les fenêtres. Au rez-de-chaussée, le salon donnait de plain-pied sur la terrasse. Des stores de toile bise le protégeaient. L'un d'eux était roulé au-dessus d'une porte ouverte, et la vaste pièce séduisait par la douce lumière dont elle était remplie. Miss Jackson y était allongée sur un fauteuil de paille, et lisait, tandis que, devant la porte, Stony presque noir, Dorothée blanche et rousse, dormaient, le cou rentré, la machoire en avant, leurs lourdes têtes entre leurs pattes.

On entendait un bruit d'eau. Le jardinier arrosait les pelouses, et, comme des rayons filtraient entre les branches et formaient de grandes bandes de clarté, l'eau qui les traversait emportait du soleil.

Stony et Dorothée ouvrirent les yeux. Pour se lever, ils haussèrent la croupe, leur gueule fut béante et leur langue pendit. Nonchalants et reniflants, ils vinrent au-devant de Catherine, la flairèrent, se tortillèrent, puis, fatigués, regagnèrent leur place.

Catherine marchait sur l'herbe et, dans l'ombre, ses cheveux étaient plus délicats.

— Comme vous êtes jolie chez vous ! dit Raymond.

Elle se mit à rire :

— Chez moi?

Et, pour couper court, elle appela le jardinier, car elle n'avait pas la clef de la volière.

La volière était à droite de la maison, à l'abri du mistral, contre le mur qui limitait le jardin du côté de la villa Dumez. Elle s'appuyait au rocher qui se dressait en paroi verticale. Au-dessus, le jardin continuait et l'on voyait s'étaler un immense héliotrope. Le grillage était caché par des lianes fleuries. A l'intérieur, des bigaradiers aux troncs nus, aux feuilles luisantes, des lauriers plus ternes, un bananier déchiqueté, ménageaient des reposoirs et des cachettes pour les nids. Un petit ruisseau, des cascades artificielles jasaient, et, lorsque Catherine et Raymond, avant d'entrer, se penchèrent pour mieux surprendre, trois moineaux de Gould, tête de velours sombre, gorgerette lilas, manteau d'émeraude et ventre jaune, s'apprêtaient à sortir du bain.

Quand ils eurent fini de s'ébrouer, Catherine poussa la porte. Ils s'envolèrent, et, pendant quelques secondes, ce fut un tumulte : le cardinal pourpre fuyait d'un coup d'aile; les papes de Nouméa, pareils à des perroquets nains, filèrent en ligne droite ; les mandarins aux joues d'ocre piaillaient ; les canaris furent gauches, les diamants à bavette se rassemblèrent, et la troupe des paddas, gris et blancs, tournoya.

— Ils ne vous reconnaissent plus, dit Catherine.

— Est-ce ma faute? protesta Raymond.

Et peut-être allait-il se plaindre, mais déjà Catherine s'occupait des mangeoires, secouait les salades tombées et balayait le petit ruisseau.

Raymond s'adossa contre le grillage. Les oiseaux se calmèrent. Avec des pépiements, les mandarins se remirent au travail. Ils entraînaient vers les bigaradiers des paquets de bourre, des touffes cotonneuses plus grosses qu'eux-mêmes. Le cardinal s'étira. Les diamants à

**

bavette faisaient leur chant qui ressemble au gloussement d'une poule, et auquel répondait l'étrange plainte des diamants à gouttelettes. Sur un perchoir, deux paddas se défiaient, avec leur danse de guerre.

Catherine avait choisi des branches de millet, et, le bras à demi tendu, les offrait aux oiseaux. Ce furent les moineaux de Gould et les mandarins qui, les premiers, descendirent en cercle autour d'elle, puis se posèrent, et jusque sur ses doigts.

« Comme elle est charmante ! » pensait Raymond.

Il l'aimait mieux depuis qu'elle avait obtenu qu'il ne l'aimât pas. Elle valait mieux que l'amour qu'il avait eu pour elle, mieux que l'amour de tous les hommes.

Catherine comprit sans doute qu'il pensait à elle et désira sans doute l'en empêcher.

— Je ne sais où sont les phaétons, dit-elle. Vous ne les voyez pas?

Il les chercha.

— Où est leur nid?

Mais ils n'étaient pas dans leur nid, ils perchaient au plus haut de la volière. Ce sont de tout petits oiseaux qui ont une longue queue et de grands yeux hardis, la femelle est couleur de brique, le mâle rouge-sang. Ils se pressaient l'un contre l'autre, leurs plumes ébouriffées se mêlaient et ils se caressaient du bec.

— Ils sont tellement amoureux ! dit Catherine.

Elle se levait sur la pointe des pieds, et Raymond contemplait sa nuque et la courbe de ses reins.

— Laissons-les ! Allons-nous-en, dit Catherine, d'une voix un peu gênée.

Ils gagnèrent la porte.

Doude était là, le front contre le grillage.

— Tu veux entrer? demanda Catherine.

Il fit signe qu'il ne voulait pas.

— Bonjour, Doude ! Tu vas bien? dit Raymond.

— Bonjour !

Et, enfonçant les mains dans les poches de son pantalon, Doude recula d'un pas.

Le grillage avait marqué son front de lignes roses. Catherine lui lissa les cheveux. Il tendit son petit corps pour que sa tête caressât la main de sa mère, et il les accompagna, tâchant à garder sa tête sous cette main.

Du seuil de la maison, miss Jackson cria :

— Il faut rentrer, Doude !

Il n'obéit pas. La gouvernante répéta son ordre. L'enfant fronça les sourcils. Raymond se mit à rire. Doude le regarda droit et les quitta.

— Si nous retournions chez Madame Dumez? dit Catherine. Votre femme doit être arrivée et elle sera inquiète.

— Oh ! elle n'est plus jalouse !

— Quand partez-vous? demanda Catherine.

— Ne me parlez pas de ce départ, j'en ai si peur !

— Pourquoi?

— Parce qu'il va falloir que je recommence à vivre pour atteindre un but auquel je ne tiens plus.

— Que vous êtes désabusé !

— Ne vous moquez pas ! Vous n'en avez pas le droit.

— J'ai le droit de vous gronder, Raymond. Depuis plus d'un mois que vous êtes sage, j'ai envie de vous dire que votre place n'est pas ici. Puisque votre femme est guérie, doublement guérie, vous ne devez pas rester ici. Il faut reprendre votre travail. J'aimerais que vous fussiez ambitieux. On ne peut pas être heureux et honnête longtemps ici, quand on est jeune.

— Donc, vous n'êtes pas heureuse, Catherine?

— Je vous ai déjà dit, Raymond, que jamais je ne vous parlerai de moi. Je suis votre amie, pour vous, parce que j'ai de l'amitié pour vous mais je n'ai jamais eu de confident et je n'en aurai jamais. Ne parlons pas de moi. Je pense qu'un homme dont la famille a des responsabilités, et qui sera, dans quelques années, le chef de cette famille, doit se préparer à tenir son rôle. Quand je vous ai connu, vous ne vous occupiez que des ouvriers dont vous serez bientôt le maître, vous étiez passionné et intéressant. Puis est venu cette folie... Je vous ai guéri en vous prouvant que je n'étais pas celle que vous convoitiez, en vous défendant de faire inutilement souffrir votre femme. Elle n'est plus jalouse. Il faut maintenant que vous partiez, que vous repreniez votre existence d'autrefois. Croyez-moi, Raymond, il n'est pas bon d'être heureux seulement parce que le ciel est bleu, la mer calme, parce qu'il fait chaud, parce qu'il y a de l'ombre, des fleurs et des parfums, ce n'est pas suffisant.

Ils étaient sur la plage, à l'endroit où le sable sec miroitait. Le soleil qui touchait la montagne les éclairait par derrière et dessinait devant eux leurs ombres. Une brise agitait les branches des pins.

— J'ai peur de partir, Catherine ! Je vous ai tant parlé de moi que je vais en parler encore. Quand je suis près de vous, oui, vous avez raison, mais, quand je serai loin de vous, je crains que celle que vous m'avez empêché de connaître ne vienne remplacer celle que je connais, vous, mon amie. Et j'ai peur d'essayer, j'ai peur de l'autre que j'ai passionnément désirée.

— L'autre n'existe pas, Raymond ! Elle n'existait que dans votre folie. Mais, quand vous aurez quitté ce pays, elle renaîtra peut-être, car l'absence crée le mirage et le mensonge, et, si elle renaît, je veux que vous la chassiez, que vous ne vous rappeliez de moi que celle que je suis, votre amie, et mon jardin, mes oiseaux, mon fils et ma gaîté. Raymond, soyez gai.

IV

Mme Bardane était rentrée dans le jardin d'hiver.

De loin, cette jeune femme paraissait extravagante, par la faute de son chapeau et de sa robe, mais, lorsqu'on la voyait de près, on s'apercevait qu'elle était fine, distinguée et même d'une timidité qui gênait un peu.

Sans se lever, Mme Dumez lui tendit la main, mais M. Plouvier, lui, se leva.

— Bonsoir, monsieur l'ambassadeur, lui dit Mme Bardane.

M. Bellocq et M. Vaurs s'étaient levés à leur tour. Mme Dumez crut qu'ils désiraient changer de place pour le nouveau *rubber*.

— Je joue avec vous, Bellocq !

Mme Bardane s'assit entre M. Bellocq et M. Plouvier.

— Mon mari n'est pas là? demanda-t-elle, comme si elle était inquiète et s'en excusait.

Hedwige Risbach, commère de revue aux Folies-Bergère.

— Il se promène avec madame de Vinzel, dit Mme Dumez, d'une voix détachée.

Mais Mme Bardane répondit simplement et sur un ton rassuré :

— Ah ! oui...

Et Mme Dumez la regarda en dessous, puis, parce que ses cartes étaient mauvaises et qu'elle avait envie d'être méchante, elle parla encore de Catherine, dont Mme Bardane avait été si ridiculement jalouse.

— Vous voyez, cher ami, dit-elle à M. Vaurs, que personne ne vous barre la route.

Elle poursuivit, s'adressant à Mme Bardane :

— Lorsque vous êtes arrivée, nous nous occupions de Catherine de Vinzel, et monsieur Vaurs...

— Faites-moi l'honneur de me présenter à madame, interrompit M. Vaurs.

Quand ce fut fait :

— Madame Dumez me prête des intentions coupables, parce que je me suis permis d'admirer sa ravissante voisine.

— N'est-ce pas qu'elle est jolie? s'écria Mme Bardane. Et si vous saviez comme elle est bonne !

— Oh ! fit Mme Dumez, n'exagérons rien ! Avec son mari, par exemple, elle n'a pas été si bonne... Moi, je trouve qu'une femme doit pardonner. Qu'en pensez-vous, monsieur Vaurs, vous qui avez écrit...

— Euh... fit M. Vaurs.

— Je pense, dit M. Bellocq, qu'il est plus facile à une femme qu'à un mari de pardonner. Dans ma longue carrière...

Mme Dumez le coupa :

— Il est vrai que Vinzel était un incorrigible coureur. On a toujours ignoré les dessous de son histoire avec cette Hedwige, la cousine de sa femme. Ce qu'il y a de certain c'est que Catherine les a surpris et les a chassés tous les deux. D'ailleurs, Vinzel s'est très mal conduit, ensuite, avec la Risbach. Il l'a déclassée, et, quand il en a été fatigué... Au fond ! c'est sa faute si elle fait des tableaux vivants aux Folies-Bergère !

— Mais, dit Mme Bardane, elle ne fait pas de tableaux vivants, elle a été commère dans la revue.

— Enfin ! elle montre ses jambes !

— Vous n'avez pas de trèfle, madame Dumez? demanda M. Bellocq.

— Du trèfle?... Bon ! j'allais faire une renonce...

Elle secoua les épaules, fronça le nez et reprit :

— J'ai beaucoup connu le père Dupuis ; c'était un homme commun, mais un brave homme. L'inconduite de son fils l'a tué...

— Oh ! madame ! protesta M. Plouvier. Moi aussi, j'ai connu le père Dupuis, et je vous garantis qu'il est mort de vieillesse.

— Il s'était marié à cinquante ans, dit M. Bellocq, avec une Espagnole de Buenos-Ayres. C'est elle qui l'a poussé à acheter son titre. Je vous passe parole, madame Dumez.

— Vous me passez parole? Sans atout !... C'est un peu audacieux, mais, sans atout !... Vous aurez beau dire, Plouvier, toute la fin de la vie du père Dupuis a été gâtée par les sottises de son fils. A dix-neuf ans, le petit Vinzel avait une écurie de courses !

— Est-ce là un gros péché? dit M. Vaurs qui cligna de l'œil vers Mme Bardane.

— Non, si on en a les moyens, mais il ne les avait pas. Sa mère dépensait sans compter. Elle l'a élevé en dépit du bon sens, tellement qu'il n'a pu entrer à Saint-Cyr et qu'il s'est engagé. Au régiment, en Afrique, il a eu une vilaine histoire, je n'en connais pas les détails, mais une très vilaine histoire, à la suite de quoi il a dû quitter l'armée. Puis, son père et sa mère étant morts, il a été de fredaines en fredaines. Vous vous rappelez le divorce de madame Schmidt? Eh bien ! il paraît que Vinzel donnait à madame Schmidt l'argent qu'il recevait d'une certaine madame d'Ambilly.

— Mais non ! dit M. Plouvier, madame d'Ambilly, que j'ai connue à la légation d'Amsterdam, n'avait pas le sou. On a prétendu que Vinzel entretenait ces dames avec l'argent d'une troisième, mais il n'y a jamais rien eu de prouvé.

— Enfin, il reçoit de l'argent des femmes, c'est patent !

— Vous êtes effrayante, madame Dumez ! s'écria M. Bellocq.

— Mais, pas du tout ! On le paie.

— Ce ne doit pas être désagréable, observa M. Vaurs qui souriait à Mme Bardane.

Mais Mme Dumez déclara :

— Moi, je ne comprends pas qu'une femme soit assez bête pour payer un homme !

— Sans doute n'avez-vous pas rencontré un Vinzel, dit M. Plouvier avec douceur. Je me souviens qu'à Berne, c'était un peu avant son mariage, il y a quelque dix ans de cela, il avait créé dans notre petit monde un état d'esprit extraordinaire. Nous ne parlions plus que d'amour. Oui, même de vieilles dames, même de vieux messieurs comme moi, se sentaient entraînés à sa suite dans une sorte de fièvre romanesque.

— Vous nous la baillez belle, Plouvier, vous avez toujours été paillard ! dit Mme Dumez.

— Je l'avais été, chère amie, hélas ! je ne l'étais plus. Mais ce diable d'homme nous donnait à la fois de l'inquiétude au sujet de nos maîtresses, et du mépris pour la fidélité que nous leur gardions.

— Il est donc très beau? demanda Mme Bardane.

— C'est un scélérat ! fit Mme Dumez.

— Qui cela? Bonsoir, madame.

Et, sur la main de Mme Dumez, se pencha un homme grand et maigre qui venait d'entrer dans le jardin d'hiver.

Mme Dumez sourit à cette tête penchée. On voyait des cheveux plats, un peu clairs sur les tempes et grisonnants autour des oreilles.

Aux autres tables, les autres joueurs s'étaient retournés.

— Qui est-ce? demanda M. Vaurs, à l'oreille de M. Plouvier.

— Monsieur Philippe Groux, murmura M. Plouvier.

Et M. Vaurs le connaissait de réputation.

Philippe Groux paraissait rarement dans les salons corrects de la Riviera, mais il était célèbre, les parties qu'il avait soutenues à Monte-Carlo et à Nice avaient créé une légende autour de lui. On disait qu'il avait risqué vingt fois sa fortune au jeu et qu'il l'avait perdue. Il vivait néanmoins somptueusement. On parlait sans cesse de son suicide, et il ne se tuait pas.

— Vous arrivez à propos, cher monsieur Groux, fit M. Bellocq en roulant le menton dans l'échancrure de son col. Si je ne me trompe, vous avez beaucoup connu Pierre de Vinzel, Vous aurez fort à faire pour le défendre contre notre amie.

— Le défendre?

Philippe Groux se redressa d'un air étonné.

Il était élégant. Ce n'était pas l'élégance sémillante de M. Plouvier. Sa toilette avait quelque chose de plus sobre, et l'habitude de brider les vives émotions du hasard rendait assez dur un visage naturellement sec, tandis qu'à l'angle de la bouche, un tic léger faisait parfois trembler le coin des lèvres qu'une courte moustache découvrait. Le regard avait de l'inquiétude et du vague, les yeux gris demeuraient volontiers à demi clos.

Vers Mme Dumez, il s'inclina :

— Vous vous attaquez à Pierre de Vinzel, madame? dit-il en souriant. Comme vous avez tort !

— Je m'attaque... Je ne m'attaque pas ! Je répète ce qu'on m'a dit.

Elle était gênée, car Philippe Groux n'appartenait pas au petit monde qu'elle gouvernait. Mais M. Vaurs qui, de nouveau, faisait le mort, et qui étalait ses cartes sur la table, annonça, malicieux :

— Madame Dumez nous racontait que le comte de Vinzel vit des femmes et qu'il eut, jadis, au régiment, une vilaine histoire.

— Ce n'est pas tout à fait exact, dit Philippe Groux. Vinzel est un vieux camarade à moi, et, si je suis peut-être mal documenté sur ses amours, j'ai pu apprécier sa conduite au régiment, j'y étais avec lui. Il eut en effet une histoire...

— Vous voyez bien ! s'exclama Mme Dumez. Je serais curieuse d'en apprendre les détails.

— Les détails n'ont guère d'importance, répondit Philippe Groux. Un jour, en Algérie, nous étions aux spahis, notre escadron, ayant reçu l'ordre de pousser une reconnaissance vers une tribu de pillards qui nous inquiétaient, tomba dans une embuscade. Nous fûmes chargés, cernés, mis en déroute. Quand je dis nous, j'exagère : dès le début de l'action, une balle m'avait touché, et je serais sans doute resté là-bas, si Vinzel ne s'était aperçu de mon absence et n'était venu à mon secours. Il m'emporta sur son cheval, mais à peine étions-nous hors de péril que le cheval s'abattit, et si malheureusement qu'il brisa la jambe de mon ami. Trois semaines plus tard, Vinzel fut réformé ; si vous le connaissiez mieux, chère madame, vous sauriez qu'il boîte parfois quand il fait humide.

— Il vous a par conséquent sauvé la vie, conclut M. Vaurs.

— Mais oui, dit Philippe Groux.

Et, tandis que Mme Dumez semblait maussade, M. Bellocq incrédule, M. Plouvier indifférent, Mme Bardane émue, il s'éloigna un peu de la table, regarda autour de lui comme s'il cherchait quelqu'un.

Sans doute ne le trouva-t-il pas, il vint s'asseoir à côté de Mme Dumez, lui donna des conseils sur son jeu, puis, quand la donne fut finie, lui murmura de tout près, à voix basse :

— A propos de Vinzel, vous me permettrez bien de vous l'amener, un de ces jours?

— Me l'amener?... Il est ici?

— Chut !... C'est un secret !

— Il est ici ! répéta Mme Dumez. Et que va faire sa femme?

— Ah ! ça, je l'ignore, je suis chez vous pour le lui demander.

A ce moment, les autres joueurs qui avaient achevé leur partie, entourèrent la table de Mme Dumez.

On ne voyait que vieillards, moustaches et barbes blanches, boutonnières décorées, antiques dames aux cheveux teints, toilettes hors de mode ou d'une richesse sénile.

Philippe Groux écarta sa chaise, se leva et regarda les terrasses à travers le vitrage.

Le soleil n'était plus dans le golfe, mais il éclairait encore le large, et les pins se détachaient avec des lignes plus simples, japonaises, comme d'une estampe japonaise, contre le ciel. Il n'y avait pas de vives lumières sur les feuilles. Le jour était gris et bleu, transparent et frais.

Philippe Groux aperçut Catherine qui gravissait les allées. Raymond Bardane la suivait. Ils n'avaient pas l'air de se parler. Philippe Groux traversa le jardin d'hiver où les vieilles gens se disaient adieu, où l'ombre montait, et, pour attendre Catherine, il s'arrêta à la porte du vitrage.

Dès que Mme de Vinzel le vit, elle se hâta joyeusement, et il n'aima pas cette joie qu'il devait troubler.

— Vous êtes gentille, vous ! dit-il. Je viens ici parce que vous m'en suppliez, et je ne vous trouve pas !

Et, montrant Raymond Bardane qui passait :

— Qu'est-ce que c'est que ce flirt?

Il tenait, en camarade, les poignets de Catherine. Son visage s'était adouci, et Catherine répliqua sur un ton mutin :

— Un flirt terrible !

Puis, d'une autre voix :

— Ne soyez pas méchant ! Je n'espérais plus que vous viendriez.

— Je vous pardonnerai si vous m'invitez à dîner ce soir.

— Mais je vous invite !

— Alors je vous pardonne.

Cependant Mme Dumez avait formé encore deux tables de bridge avec ceux des vieillards qui étaient restés, et les parties et les médisances continuaient.

Philippe Groux remarqua Mme Dumez qui se penchait vers M. Plouvier, puis vers M. Bellocq, puis vers M. Bardane ; et, bientôt, M. et Mme Bardane le regardèrent, lui, avec insistance. Il pensa :

« Ça y est ! elle leur a dit... il ne faut pas que je quitte Catherine, ce serait trop cruel si elle apprenait par eux. »

Mais, soudain, Raymond Bardane, abandou-

nant la table de Mme Dumez, se rapprocha de Catherine, et Philippe fronça en vain les sourcils. Catherine suivit Raymond qui murmurait :

— Deux mots ! seulement deux mots ! Il faut que je vous revoie ce soir, après le dîner.

— Mais je ne peux pas ! fit Catherine, surprise.

Il avait son visage d'autrefois.

— Qu'y a-t-il? dit-elle.

Il n'eut pas le temps de répondre. Geneviève Bardane s'étant aperçue de l'émotion de son mari quand il avait appris de Mme Dumez le retour de Pierre de Vinzel, et elle s'avançait inquiète, vers Catherine qui s'étonna de sa figure jalouse.

« Qu'est-ce donc? » pensa-t-elle.

Philippe Groux les rejoignit, et, comme ils se taisaient tous les trois, vanta la belle passe que Raymond Bardane avait eue, la veille, à Monte-Carlo.

Tandis qu'il parlait, il distingua dans l'ombre de la baie qui s'ouvrait sur les salons, un maître d'hôtel et des valets en livrée qui portaient une chaise longue et glissaient sans bruit.

Sur la chaise longue, M. Dumez était couché, et Philippe Groux se rappela les nuits de jadis, quand l'ancien ministre oubliait dans l'excitation du tripot ses défaites momentanées. Cet homme avait été redoutable, moins par la force de son intelligence que par son goût du danger, sa brusque énergie et la masse de son corps. Derrière l'énorme forteresse de son corps veillait un esprit aigu. Il ne restait plus de tout cela qu'un visage, et, dans ce visage, une bouche qui souffrait.

Ayant jeté ses cartes, Mme Dumez courait vers son mari. Les joueurs se levèrent. Il faisait sombre sous les palmiers. Philippe Groux se détourna.

Là-bas, contre l'horizon, les nuages s'empourpraient. Ils se reflétaient en rose dans la mer qui, plus près, était violette, plus près encore, presque noire. Paysage trop composé, estampe japonaise, le profil d'un grand pin contre le ciel, une bande rouge dans le ciel, une autre pourpre, une autre d'un bleu noir, et toute la gamme des nuances sur la mer, et cette petite île...

Paysage qui agaçait Philippe Groux. Ah ! pourquoi rester dans ce pays, dans cet asile? Comment ne pas se dégoûter de l'effort, quand c'est à cela que l'effort aboutit? Du factice, rien que du factice : ces terrasses arrangées, ces colonnes rapportées d'Italie, cette serre, ces palmiers, ces vieillards glorieux que n'amusait pas un jeu puéril et qui jouaient, cette vieille femme qui n'était pas vraiment très méchante, et qui essayait de le paraître.

Rien que du factice ! Seuls, ce moribond qui ne prenait pas la peine d'être brave, et Catherine... Et même, Catherine... On verrait bien !

Mais Catherine toucha le bras de Philippe.

— Prenez garde !

Et Philippe se recula pour permettre aux valets d'installer près du vitrage la chaise longue que M. Plouvier, M. Bellocq, M. Vaurs, les Bardane et tous les autres entourèrent.

Alors, quand, avec une patience inattendue et méticuleuse, Mme Dumez eut disposé les coussins sous les faibles épaules détruites, l'ancien ministre murmura d'une voix gémissante :

— Je vous dérange, excusez-moi...

V

Sur l'ordre de miss Jackson qui craignait le froid si prompt du crépuscule, Doude avait fermé la fenêtre du salon. Il s'y était résigné sans chagrin, parce qu'il n'avait plus envie de braver cette chauve-souris que la lumière de la lampe attirait et que la clarté du jour finissant aveuglait encore et rendait maladroite. Mais, contre la vitre de la fenêtre, ainsi que tout à l'heure contre le grillage de la volière, il avait posé le front, et il écoutait à peine miss Jackson qui lui lisait en allemand un conte d'Andersen.

Il songeait en liberté ; il voyait la mer entre les troncs noirs des vieux orangers que dominaient la corbeille des branches et le feuillage ; plus haut, il voyait le ciel où il guettait la première étoile, et, de chaque côté de la terrasse, des murs noirs : les pins.

La chauve-souris s'y réfugia. Tout devint immobile. Doude attendit que quelque chose bougeât. Son âme, qui ne s'était pas encore éveillée, avait besoin du mouvement des choses, et, comme miss Jackson se taisait soudain :

— Continuez, miss Jackson, dit-il, je vous écoute.

Il avait besoin de cette voix pour combler le grand vide qu'il sentait en lui ; il était inquiet à cause du silence et de l'immobilité de tout. Il allait se passer quelque chose, il fallait que miss Jackson parlât.

Par-dessus l'épaule, Doude jeta à la vieille gouvernante un regard impérieux.

— Continuez, miss Jackson, je vous écoute !

Elle céda, elle n'avait pas de défense ; elle n'était pas ici, elle était ailleurs.

Le grand vide, elle l'avait senti, elle aussi, et elle s'était enfuie, bercée elle aussi par sa voix monotone ; mais, à présent, elle était arrivée, et elle dut revenir pour continuer sa lecture.

Le salon occupait tout un angle de la villa. Il avait deux fenêtres à l'est, deux au sud, et, au sud encore, une porte-fenêtre. Il était blanc, avec beaucoup de boiseries rapportées contre les murs. Une bande grise ornait les rideaux des fenêtres, très clairs et très simples. Les meubles avaient cette commodité des meubles anglais, fauteuils étendus, tables pratiques, écritoire ingénieuse. Mais toute la pièce était égayée par des fleurs, fleurs de ces tableaux de Renoir qui pendaient contre les parois, fleurs d'une beauté si puissante qu'elle rendait fragiles et comme maladives les fleurs des vases, les lourds œillets et les roses du Midi trop ouvertes. Entre la cheminée et la fenêtre qui regardait à l'est, un divan était caché par une multitude de coussins dont Catherine avait tendrement choisi les couleurs.

Miss Jackson tournait le dos à ce divan. Elle était allongée dans un fauteuil ; ses épaules et sa nuque touchaient le dossier, un col empesé et des manchettes roides lui tenaient le cou et les poignets. La lampe était derrière elle, sur le piano, et un abat-jour en soie unie, de teinte paille, rejetait la lumière sur ses cheveux tirés, sur la ligne creuse qui lui marquait la tempe, et la saillie de la pommette rouge.

Elle lisait, et, peu à peu, isolée à nouveau du silence de la pièce par le bruit de sa voix, elle retournait à ce pays qu'elle habitait, chaque soir, au crépuscule.

Le château d'Armanjon domine la profonde vallée ; le croissant du lac sépare la plaine vaudoise de la colline savoyarde ; les Alpes luisantes sont une barrière derrière quoi miss Jackson avait imaginé l'Italie, dès le premier jour, quand elle était venue en Suisse avec cette jeune fille qu'elle aimait et qu'elle apportait comme épouse au baron d'Armanjon, avec cette amie qu'elle n'avait pas quittée, dont elle avait partagé l'exil, les déceptions, les souffrances.

Et comme elles avaient souffert, toutes les deux, dans ce château si froid, dans ces interminables corridors, dans cette famille hostile ! Valentine d'Armanjon en avait souffert jusqu'à mourir, et miss Jackson en serait morte si elle n'avait pas eu Kathleen qu'on lui avait léguée, pour laquelle elle avait vécu, elle avait espéré, et que, dans ses rêves, elle avait vouée au bonheur, qu'elle avait préparée pour le bonheur, le bonheur de là-bas, le bonheur d'Italie, qu'elle avait entraînée vers ce bonheur quand Pierre de Vinzel avait paru. Miss Jackson avait alors vécu abondamment, aimé pour lui, aimé pour Catherine, et ce beau roman d'amour, le seul de son existence, elle s'en souvenait, elle, elle ne savait pas, comme Catherine, oublier, elle n'était pas ingrate.

Si Catherine s'était souvenue, peut-être miss Jackson aurait-elle eu des remords, car c'était par sa faute que Catherine avait épousé Pierre de Vinzel. Après la mort de M. de d'Armanjon, Catherine ne voulait pas reprendre des fiançailles que son père avait désapprouvées et qu'elle lui avait promis d'abandonner.

Mais les promesses que l'on fait aux agonisants, faut-il donc les tenir ? Miss Jackson s'était efforcée de vaincre les scrupules de son élève, car rien n'existait pour miss Jackson que l'amour.

Elle pensait encore ainsi au déclin de sa vie. L'amour excuse tout et il faut tout excuser plutôt que le détruire. Quand il est détruit, le soleil ne brille plus, les parfums ne sont plus des parfums, il n'est pas de chaleur qui vous réchauffe, de gaîté qui vous ranime, la vie est déserte et le songe sans objet.

Six ans déjà, depuis que miss Jackson s'épuisait à regretter leur amour ! Six ans, depuis que la villa était abandonnée par l'amour, et Catherine, comme jadis, pouvait la fleurir, disposer les coussins sur le divan, s'occuper du jardin et de la volière, ce n'était plus la même chose. Pierre était parti, Catherine l'avait chassé, il n'était pas revenu...

Miss Jackson avait espéré qu'il reviendrait. « Il reviendra le mois prochain », se disait-elle, il ne résisterait pas à l'appel de l'amour ; mais Catherine l'avait oublié, elle s'était guérie de lui, et la tendresse fidèle de miss Jackson n'avait pas suffi. Ah ! cruelle Catherine à l'incompréhensible gaîté !

Quand elle était là, elle avait raison, on se réchauffait, on se ranimait, mais quand elle n'était pas là, le crépuscule semblait affreusement vide.

Miss Jackson s'arrêta de lire. Elle avait fini son voyage quotidien.

Devant la fenêtre tout absorbée par la nuit, Doude était à bout d'angoisse. Le scintillement de la première étoile l'avait distrait, mais le scintillement des étoiles ne dérange pas l'immobilité des choses, et Doude était inquiet à cause de cette immobilité.

Ce gamin, qui maniait avec tant de désinvolture son minuscule bateau, était parfois très petite fille. Peut-être lui imposait-on une discipline trop sévère. Il était trop protégé. Il avait besoin de secours, et, quand miss Jackson eut fermé le livre, il vint à elle, s'appuya contre les hauts genoux qu'elle repliait, lui caressa les doigts et se blottit.

Tristement, miss Jackson l'attira, le serra sur sa poitrine.

Elle se rappelait les soirs d'Armanjon, où Kathleen, toute enfant, venait ainsi, où elle rêvait à l'avenir de Kathleen, avec joie et courage. Elle n'avait plus de courage, elle était trop vieille pour toujours rêver à l'avenir, il lui paraissait moins possible de l'atteindre que de rejoindre le passé. Quand Doude serait un homme, elle ne serait plus là. Et puis, le passé la tenait, et puis, elle ne croyait plus du tout au bonheur.

— Je m'ennuie, miss Jackson. Si nous allions à la rencontre de maman ?

Ils sortirent du salon, non sans que Doude, qui avait appris à être soigneux, eût éteint l'électricité, et ils entrèrent dans le vestibule qui était vaste et dont le toit de la villa formait le plafond.

A gauche, un escalier aboutissait à une double galerie qui coupait les murs à mi-hauteur. Les boiseries étaient de chêne, Catherine détestait le marbre, si commun sur la Riviera ; on lui avait prédit qu'elle aurait des bêtes, mais tout était ciré, net, propre ; les domestiques de la villa Vinzel n'étaient pas du Midi.

En face du salon, un grand vitrage percé dans la paroi donnait de la lumière à l'intérieur, le jour, et, la nuit, laissait passer au dehors la lumière du vestibule, qui éclairait le jardin, la route pour les voitures, et, sur les rochers que la route contournait, les marches que miss Jackson et Doude gravirent.

La nuit commençait. L'heure des parfums, qui accompagne le coucher du soleil, n'était pas encore terminée. Le parfum du grand héliotrope dominait tous les autres. A peine un peu de lavande, un peu de romarin, un peu de basilic, et, quand venait une brise, l'odeur plus lourde des pins qui enveloppaient la villa.

Ils l'enveloppaient vraiment, la cachaient, se dressaient autour d'elle ou se penchaient, s'étalaient pour la défendre.

Miss Jackson et le petit Édouard n'avaient pas gravi trois marches que Stony et Dorothée dévalèrent du sommet de l'escalier.

Ils léchèrent les doigts de Doude et firent des grâces devant miss Jackson qu'ils respectaient, puis leur tinrent compagnie jusqu'à l'endroit où la route traverse la ligne du chemin de fer. Il leur était interdit d'aller plus loin sans qu'on les y invitât, et miss Jackson ne les y invita pas, car elle redoutait les trains et se croyait obligée de porter Doude chaque fois qu'ils traversaient le passage à niveau.

Doude se débattit. Miss Jackson le posa sur la route.

C'était la grande route qui va de Monte-Carlo à Nice. Les automobiles la parcouraient, leurs phares montraient leur vitesse, leurs sirènes poussaient des cris déchirants. Un tramway descendait sur la Corniche. Il venait du tunnel de la Mala, et ses deux voitures illuminées rendaient plus sombre la montagne. Du côté de Beaulieu, l'autre montagne était effleurée par la pointe de la lune nouvelle qui se couchait.

Miss Jackson et Doude s'engagèrent sur le trottoir. Doude marchait dans les jupes de miss Jackson. Les automobiles l'inquiétaient. Le jour, il n'en avait pas peur, même il n'avait pas peur maintenant de leur fracas, mais, lorsqu'ils arrivaient avec leur œil qui s'élargit, Doude pensait que certainement ils allaient l'écraser.

Il y pensait, aveuglé par les rayons d'un phare, quand il se sentit soulevé de terre. Il ne cria pas, c'était défendu. On l'embrassa sur les joues et il fut content, c'était Philippe Groux, son ami.

Toutefois, à peine eut-il touché le sol qu'il se précipita vers sa mère.

— Mary, dit Catherine, monsieur Groux dîne à la maison, j'espère qu'il ne mourra pas de faim.

Miss Jackson, revêche, en donna l'assurance.

Philippe lui déplaisait. Jadis, elle avait été aux petits soins avec lui. Quiconque appartenait à Pierre de Vinzel était l'objet de sa dévotion. Mais la dévotion s'était changée en mépris, lorsqu'après le drame, sur lequel miss Jackson avait ses idées, des idées complexes et généreuses, elle avait vu Philippe, au lieu de prendre parti pour celui qui lui avait sauvé la vie, au lieu de ne plus revenir dans une maison d'où l'on avait chassé son sauveur, se faire le confident de Catherine et de sa cruauté.

On retraversa le passage à niveau. Philippe ne voulut pas que miss Jackson portât le petit Édouard, et miss Jackson grommela, tandis que Doude s'avançait fièrement sur les rails.

Dorothée et Stony attendaient leurs maîtres, campés sur leurs pattes courbes, leurs grosses prunelles brillant dans la nuit. Ils ne manifestèrent pas d'émotion, ils descendirent les premiers.

Cependant cette romanesque miss Jackson se sépara de Philippe et de Catherine, par fidélité pour son rêve qui la reprenait.

Elle s'éloigna sur la route des voitures, elle faisait de grands pas, à l'anglaise, pour se réchauffer. Depuis le matin, elle avait de temps à autre des frissons, elle était malade et mécontente. Elle se disait : « Ah ! que les Français sont fourbes ! En Angleterre, l'amitié, c'est solide ! » Tout lui semblait permis à l'amour, mais l'amitié était sacrée. Miss Jackson n'avait jamais été amoureuse, mais toujours elle avait

été une amie, elle était indulgente pour les
autres et difficile pour elle-même.

Du haut de l'escalier, Catherine contemplait
sa maison, ainsi qu'à chaque retour.

La lumière du vitrage en marquait la forme.
Son rectangle aurait été parfait si, vers la droite,
du côté où souffle le mistral, le bâtiment des
communs n'avait été collé contre elle, entre elle
et le rocher.

Catherine aimait cette petite maison discrète.

Catherine, assise sur le divan, avait l'air triste.

C'était sa maison. Mais surtout, par delà la maison, c'était la mer Méditerranée, cette baie de
la Méditerranée, que Catherine, plus que
Mme Dumez, possédait, qu'elle avait le droit de
posséder puisqu'elle l'avait achetée par tant de
souffrances et de renoncements.

La côte n'existait pas, ni les rochers, ni les
pins, ni la maison. Il semblait à Catherine qu'elle
descendait vers la Méditerranée qui s'en allait
là-bas, dans le sillage des grandes étoiles solitaires, car il y avait encore très peu d'étoiles au
ciel.

Catherine regardait seulement cette étendue.
Philippe et Doude la regardaient, elle, si
blanche !

Elle était pour eux le centre du paysage. Pour
elle le paysage s'en allait. S'en aller, l'unique
tentation qu'elle n'eût pas vaincue...

Encore une fois, Catherine rentrait chez elle.
Ils avaient beau parler, Doude avait beau se
suspendre à la main de sa mère et à la main de
Philippe pour sauter les marches, Philippe avait

beau être amical et délicat, la maison était vide
et Catherine le sentait.

Le vieux valet de chambre qui savait tout le
drame et dont on ne savait pas les pensées,
parut sur le seuil de la villa. Les bull-dogs qu'il
nourrissait accélérèrent leur allure pour le
rejoindre, Puis, comme il demeurait immobile
et correct, Stony et Dorothée s'élancèrent sur
la route où l'on entendait miss Jackson tousser.

— Pas de lettres? demanda Catherine.

Elle fut soulagée parce qu'il n'y en avait
point. Elle haïssait écrire, répondre. Puis, elle
était soulagée parce qu'elle était dans sa maison
et que la maison n'était pas vide. Il y avait
Dorothée, blanche et rousse, qui s'étirait, le
noir Stony qui se frottait contre elle, Doude
qui jouait avec Philippe,
il y avait Philippe avec
lequel Catherine passerait
une soirée charmante,
Philippe pour lequel elle
avait l'amitié la plus sûre, il y avait l'élégance et
la vie de la maison.

Catherine se retrouvait
elle-même, et, comme elle
pensait à elle-même, elle
dit :

— Je vais changer de
robe, excusez-moi, Phi-
lippe.

Il tenait au bout de
son mouchoir Stony qui
déchirait l'étoffe et que
Dorothée mordillait, tan-
dis que le petit Édouard
riait aux éclats ; et Philippe manqua ce spectacle
ravissant : Catherine
montait vers la galerie,
elle paraissait plus longue
contre le bois de chêne,
sa nuque était plus belle,
son profil plus net, et, sur
la rampe, ses doigts si fins.

Le domestique appela les bull-dogs. Philippe
leur abandonna son mouchoir et se laissa entraîner par Doude au salon.

Les parfums s'y étaient accumulés depuis que
la fenêtre avait été fermée. Doude l'ouvrit et
poussa la porte afin de rester en tête-à-tête
avec son ami.

Doude ne se souvenait pas de son père. Il ne
s'était jamais demandé, n'ayant point de camarades, pourquoi son père était absent, mais
toute l'instinctive affection des enfants pour
l'homme qui leur semble à la fois autoritaire,
vigoureux et bon, toute l'instinctive affection
d'un fils pour son père, Doude l'avait pour Philippe.

Il ne se rappelait pas depuis quand il le connaissait ; il avait été grondé par lui, même, un
jour, battu, mais Philippe le traitait comme les
autres ne le traitaient pas, et il y avait, dans le
cœur de Doude, miss Jackson, qui enseignait et
qui prévoyait, sa mère qu'il aimait, et Philippe
qui était son ami.

L'âme de Philippe était trop souvent tendue pour qu'aux heures d'apaisement elle ne fût pas puérile. Au sortir du jeu, il désirait la fraîcheur, et cette maison qu'il avait visitée d'abord par devoir, parce que Pierre de Vinzel, au lendemain du drame, l'en avait prié, puis par sympathie pour Catherine, par dévouement, il y venait depuis l'automne par désir de fraîcheur.

Il regretta de n'être pas venu, ce soir, que pour cela. Il avait accepté, il le fallait bien, on lui avait sauvé la vie, mais que cela le gênait, que cela lui était déplaisant !

Sur le fauteuil où miss Jackson lisait tout à l'heure, il s'assit, découragé.

Doude s'appuya contre son genou.

— Alors, tu passes la soirée à la maison. Ça m'ennuie d'aller me coucher.

— A quelle heure te couches-tu, Doude ?

— A huit heures. L'année prochaine, maman m'a promis que je dînerai avec elle. C'est tôt de me coucher à huit heures !

— Eh bien ! moi, Doude, j'aimerais beaucoup aller me coucher. Ça ne m'amuse pas de me coucher tard.

— Mais tu ne te coucheras pas tard, puisque tu as ton automobile ! Et, si ça ne t'amuse pas, pourquoi restes-tu ?

— Ah ! voilà !

— Voilà quoi ? Tu es libre !

— Tu crois que je suis libre ? Tu te trompes, mon vieux !

— Tu n'es pas libre ? Ça t'ennuie donc de passer la soirée avec maman ?

— Non, ça ne m'ennuie pas...

— Tu es bien compliqué ! Si je pouvais, moi, je resterais toutes les soirées avec maman, parce que, tu sais, le soir, elle se met sur le divan et elle prend un livre, mais elle ne lit pas. Elle regarde, comme ça... Oh ! j'en suis sûr ! Je vais te dire : une nuit, je ne dormais pas, j'avais un peu peur du mistral et je suis descendu en cachette. Eh bien ! je l'ai vue, elle ne lisait pas, elle regardait et elle avait l'air triste, et alors, je pense que, si elle m'avait tous les soirs, ce serait moins triste pour elle.

VI

Tout de suite après le dîner, tandis que miss Jackson s'installait au salon, Philippe proposa à Catherine de sortir sur la terrasse.

Il pensait que miss Jackson, laissée seule, en serait dépitée et qu'elle rentrerait dans sa chambre, il espérait aussi qu'il se déciderait pendant leur promenade, mais, quand ils furent dehors, il n'osa pas gâter cette nuit immobile.

Le murmure de la mer incitait à parler à voix basse et le parfum des orangers persistait dans l'air absolument calme où passait de temps à autre la lueur du cap Ferrat.

Ces orangers vivaient là depuis toujours. Ils avaient des troncs droits et solides. Le rocher qui était à gauche de la maison les abritait du mistral, et la pointe de la Mala du vent d'est. Ils étaient plantés sur deux lignes parallèles. A travers leurs rangées, un chemin s'étendait d'un bois de pins à l'autre, entre la villa et la grève.

Bien que toutes les étoiles fussent maintenant dans le ciel, Catherine et Philippe ne se voyaient pas, ils ne voyaient que leurs silhouettes.

Catherine s'était enveloppée dans un manteau gris qu'elle relevait en relevant sa jupe, et Philippe regardait les souliers d'argent de son amie.

Parfois il se tournait vers le salon aux fenêtres éclairées.

Miss Jackson était encore là. Elle portait une robe de soie pourpre au corsage décolleté, elle avait les bras et les coudes nus, et, comme elle faisait une réussite, assise devant une table à jeu et penchée sur les cartes, ses maigres épaules se haussaient de chaque côté de son cou.

A cause de cette toilette, Philippe s'était moqué de miss Jackson, car lui était en veston, et Catherine n'avait qu'une robe d'intérieur, simple et jolie, bleue, avec des revers noirs croisés sur la gorge et de larges manches aux mêmes revers.

Pour l'instant, elle était enroulée dans son manteau, une sorte de burnous avec un capuchon qui pendait. Elle inclinait la tête pour mieux jouir de l'étendue de la mer, et, quand le hasard de la promenade plaçait Philippe entre elle et la mer, Catherine était contente parce qu'il avait de l'élégance, parce qu'il était grand, svelte, bien fait.

Ce fut d'abord une causerie par phrases inachevées.

— Oh ! Philippe, vraiment vous avez envie de fumer ?

— Non. L'habitude...

— Alors ne fumez pas.

— L'odeur du tabac vous déplaît ?

— Elle ne me déplaît pas, mais ce soir...

Philippe comprit, il respira le parfum des orangers et renonça à la cigarette.

Vite cependant, il s'accoutuma à la douceur de la nuit et il ne discerna pas que c'était elle qui le rendait triste et qui le poussait à parler de lui-même, comme s'il avait besoin que quelqu'un s'occupât de lui. Il résista, il pensa que ce serait lâcheté, qu'il avait autre chose à dire Il dit :

— Nulle part je ne me sens aussi bien que chez vous, Catherine.

— N'est-ce pas qu'on est bien ici ? répondit Catherine.

Il murmura :

— Je me demande ce qu'aurait été ma vie si je m'étais marié.

— Est-ce qu'on sait ?

— Oh ! évidemment, quand on change une carte... Figurez-vous que Doude m'a déclaré ce soir que j'étais compliqué !

— C'est une expression de Mary, elle prétend que tous les Français sont compliqués.

— Vous n'êtes pas compliquée, vous, Catherine ; mais moi, je ne m'y retrouve plus. Il y a des moments où je ne suis qu'un vieux garçon qui a ses manies, assez sympathique, assez médiocre, et puis d'autres où il faut absolument que je me batte, et, comme mes batailles ne sont pas très honorables, je devrais mépriser celui-là,

***

eh bien ! pas du tout ! c'est celui-là que je pré-
fère. Quand je joue, je me sens supérieur. Au
fond, nous sommes tous des vaniteux.

— Croyez-vous ?

— Ah ! je ne sais pas ! Si l'on avait un but...
Mais, si l'on avait un but, pourquoi voudrait-on
l'atteindre ? Par vanité ? Alors ?...

— Alors vous, dit Catherine, moqueuse,
c'est par vanité que vous vous êtes ruiné au jeu ?

— Oui et non. C'est complexe. Voyez-vous !
si je pouvais renaître, je demanderais à être tout
à fait intelligent ou tout à fait naïf. Si j'étais tout
à fait intelligent, où irais-je, je l'ignore, mais si
j'étais tout à fait naïf, j'irais mon chemin sans
m'inquiéter d'un but que je ne distinguerais pas,
sans penser, comme cet après-midi chez la mère
Dumez, que le but atteint ne laisse que les joies
que nous goûtons déjà, vous et moi, des inutiles,
des oisifs, dans cette belle nuit pour laquelle
nous ne sommes rien.

— Oh ! que vous êtes intelligent ce soir !
railla Catherine.

— Ce soir !... Que voulez-vous, c'est une idée
qui me revient comme ça, depuis mon enfance :
il doit y avoir en ce monde quelque chose à faire.
Je n'ai pas découvert ce quelque chose, voilà
peut-être le mal. Est-ce que vous seriez heureuse, par hasard, vous, Catherine ?

Elle ne répondit pas, elle aimait sa promenade,
les phrases de Philippe, pour banales qu'elles
fussent, convenaient à la nuit, parce qu'elles
touchaient aux idées.

Ils étaient au bout du chemin, près des
pelouses, non loin de la volière.

En souriant, Catherine la montra :

— Savez-vous qu'il y a ici cent cinquante
petits cœurs qui battent !

— Tant que ça ! railla Philippe à son tour.

— Ne vous moquez pas, je les aime, et pourtant, je ne suis pas tout à fait intelligente, ni
tout à fait naïve.

— Non, mais vous avez décidé que vous seriez
heureuse...

— Avec ça que vous n'êtes pas heureux,
Philippe !

— Je vais vous dire quand je le suis : c'est
au tripot, après une bonne passe, lorsque je me
suis arrêté et que j'ai mon gain, là, dans ma
poche, et que je m'étends sur un canapé, les
jambes à l'aise, le corps défait, avec des filles
autour de moi. Vous ne connaissez pas l'atmosphère des tripots, Catherine, ce relâchement,
cette liberté, tout est possible au vainqueur que
je suis et il ne désire rien.

— Et il n'a jamais de remords ? demanda
Catherine.

— Non, il est satisfait de lui-même. Il a su
quitter la table, se vaincre, renoncer. Les adversaires l'attendent, l'appellent, et lui se dit :
« Pas si bête ! » Est-ce que n'est pas un peu
votre bonheur, Catherine ?

— Rentrons, dit-elle.

Il l'avait offensée, il s'en aperçut et songea :
« Pourrai-je lui faire ce mal ? » Elle semblait
tellement protégée par l'atmosphère de ce jardin,
le silence et la nuit.

Philippe tira sa montre, frotta une allumette,
et, comme s'il plaisantait :

— Il est neuf heures moins vingt, si, à neuf
heures moins le quart, miss Jackson n'est pas
partie du salon, je vous promets de rentrer.
Accordez-moi ces cinq minutes, parce que, vraiment, miss Jackson, ah ! celle-là...

— Celle-là, Philippe, a trouvé quelque chose
à faire.

— Quoi donc ? Elle se dévoue ? Mais quand on
se dévoue avec de tels soupirs, on n'y a guère de
mérite. L'avez-vous entendue pendant le dîner ?

— Elle était malade, elle s'est enrhumée hier,
elle est très vieille.

— Donc, Catherine, vous croyez que se
dévouer à quelqu'un, c'est la vertu qui vous
rend heureux ?

Elle le regarda, surprise par son insistance,
et il avait l'air si grave qu'elle se mit à rire.

— Pourquoi riez-vous ? dit-il.

— Votre recherche du bonheur m'amuse,
Philippe. Il n'y a pas de bonheur, il n'y a que la
gaîté, il faut être gai, c'est facile !

— Doude prétend que cela ne vous est pas
facile, la nuit, quand vous êtes seule dans votre
salon et que vous ne lisez pas.

— Doude ?

— C'était une nuit de mistral, il est descendu
et il vous a vue.

— Rentrons, j'ai froid !

— Une seconde, voilà miss Jackson qui se
lève. Elle range les cartes pour s'en aller. Là,
que vous disais-je ?... Ah ! elle vient à la fenêtre,
cachons-nous !... Maintenant nous pouvons
rentrer.

— Mais que vous a fait cette pauvre Mary ?

— Que lui ai-je fait ?

— Je devine...

— Quoi ?

— Rien... Voulez-vous un cigare ?

— Je vous remercie, mais vous me permettrez une cigarette, à présent que la fumée n'of-
fensera plus vos orangers ?

— Cela vous étonne, Philippe, que j'aime mes
plantes et mes bêtes ?

— Cela m'émeut que vous soyez triste, la
nuit, sur ce divan. D'ailleurs, je m'en doutais...

— Mon ami, imaginez ce qui me donnerait en
ce moment la plus grande joie. Je serais tellement contente si je vous guérissais de votre passion !

— Attendez que je glisse un coussin sous
votre tête. Que vos cheveux sont jolis !... De
quelle passion aimeriez-vous me guérir ?

— Vous n'en avez qu'une et j'ai toujours peur
d'une catastrophe, ça me ferait tant de peine !

— Ça vous ferait de la peine ?

— Mais oui.

Du divan où elle se reposait, elle se penchait
vers Philippe qui s'était enfoncé dans un fauteuil.

Elle ne pensait pas qu'il fût étrange de demeurer en tête à tête avec Philippe. Elle avait confiance et elle était pure, très pure, et cependant,
elle se sentait plus tendre pour Philippe, parce
qu'il était le genre d'homme qu'elle préférait, il
avait ce visage précis sous les cheveux coiffés
plat, cette toilette sobre, ce corps maigre et
robuste sans être lourd, que Catherine préférait,
et aussi, cet air mauvais sujet et ce vague dans

le regard. Et puis, il était en danger. Catherine connaissait sa situation de fortune : il avait réellement perdu les quatre millions que lui avait légués son père, Constant Groux, le grand marchand de céréales, et, depuis lors, il ne jouait qu'avec l'argent des prêteurs.

Ceux-là, Catherine ne les plaignait pas, ils jouaient, eux aussi, et sur la vie de Philippe qui choisirait de mourir, Catherine en était certaine, plutôt que de mentir à sa signature. Mais, depuis qu'il n'avait plus d'argent, Philippe gagnait, tout au moins se défendait-il et faisait-il face aux nécessités d'une existence restée somptueuse.

Il était en danger et ne semblait pas s'en apercevoir, il avait cette légèreté que Catherine avait déjà rencontrée et qui l'avait séduite avant qu'elle en souffrît.

Dans l'affection de Catherine pour Philippe, il y avait le reflet de son amour d'autrefois, du grand amour passé.

— Comme vous êtes gentille ! dit Philippe.

Et il lui tendait la main et garda les doigts qu'elle lui donnait.

— Ecoutez, mon amie, ce soir, je n'ai pas été franc avec vous, reprit-il. J'aurais dû remplir tout de suite la mission que j'avais acceptée, mais, si je ne l'ai pas fait, c'est que, moi aussi, je vous aime beaucoup. Non ! ne retirez pas votre main !... J'ai accepté de vous parler encore de lui.

— Oh ! Philippe, s'écria Catherine, pourquoi ?... Depuis l'automne, vous vous taisiez, et je vous en étais si reconnaissante.

— Et je me tairais encore si je vous croyais tout à fait heureuse, mais vous n'êtes pas heureuse, mon amie. Votre fils vous a vue, une nuit, quand vous ne le voyiez pas, et je vous ai vue, comme lui, bien souvent.

— Il vous a écrit ? demanda Catherine, qui retira sa main.

— Non, il est venu chez moi.

— Il est ici !

— Il est arrivé aujourd'hui, il est venu chez moi ce matin.

— Vous avez passé la matinée avec lui, sachant que vous passeriez la soirée avec moi, oh ! ce n'est pas très bien, Philippe ! Dans ces cas-là, il faut choisir, et je supposais que vous aviez choisi.

— Il est malheureux, Catherine, il souffre... S'il ne souffrait pas... Ecoutez-moi, je vous en prie !

Elle s'était reculée sur le divan. Les épaules soutenues par les coussins, elle rejetait la tête en arrière, et Philippe admirait la puissance de son cou tendu et de son menton lourd.

— A quoi bon ? fit-elle. Il vous a chargé d'une mission, vous l'avez acceptée, dites-moi en peu de mots ce qu'il veut.

— Si je vous le disais en peu de mots, vous ne comprendriez pas. Il a peur.

— De la misère ? Si c'est de l'argent qu'il demande, je n'en ai plus.

— Oh ! Catherine !

— Je n'en ai plus ! Mon notaire l'en a averti.

— Votre notaire ? Mais il n'a jamais été question d'argent...

— Vous voulez rire ! Il ne peut plus être question que de cela entre lui et moi, et, depuis six ans, il n'est plus question que de cela... Comment ! vous ne le saviez pas ?... Depuis six ans, Pierre a tiré sur ma bourse comme si c'était la sienne, il m'a envoyé ses créanciers, certain que je les paierais, et, par crainte d'une catastrophe pareille à celle que je redoute pour vous, je les ai payés, en cachette, honteusement jusqu'à ce qu'il ne restât plus de ma fortune que cette villa où je passerai l'été par mesure d'économie, et Armanjon qui ne rapporte rien, et, pour mon fils, de quoi vivre et me faire vivre, à peine. Vous ne saviez pas cela ?... Non ! vous ne le saviez pas ! Alors, c'est fini ! Dites-lui que vous savez et qu'il s'en aille !

— Il ne s'en irait pas, Catherine. Et quoi qu'il fasse, quoi qu'il ait fait, je ne l'abandonnerai pas... Si je vous quittais pour lui annoncer, comme j'en ai le désir, qu'il me dégoûte et que je ne le reverrai plus, il ne resterait pas longtemps sans me reprendre. Quand je me répète ses paroles, elles me semblent mortes, mais quand je l'écoute...

— Dites-lui que je n'ai plus d'argent et il partira.

— Vous êtes injuste, vous le connaissez mal...

— Je le connais mal ? Qui donc le connaît mieux ?

— Moi. Je lui ressemble... Vous ne pouvez pas nous connaître, parce que vous nous regardez du dehors. Ce qui vous effrayait pour moi tout à l'heure, c'était la catastrophe d'argent, et c'est le moindre danger que je coure. Ce n'est pas l'argent qui nous tient, Catherine, nos drames ne sont jamais des drames d'argent...

— Vraiment !

— Vous ne comprenez pas. Ce sont toujours des drames entre les passions nécessaires à notre orgueil, et, puis, tout de même, l'estime personnelle dont nous avons besoin pour vivre, comme nous avons besoin de notre orgueil. Pierre ne m'a point parlé de votre fortune, mais je ferais serment qu'il ne se souvient pas de vous avoir ruinée. Il a peur, il est au bord du précipice et il n'a plus le vertige.

— Je déteste les images. De quoi a-t-il peur ?

— De lui, comme je vous ai vue avoir peur de vous, les premiers temps, comme j'ai peur de moi, certains soirs, quand je sens que j'irai là-bas, que je le veuille ou non, qu'il faut que j'y aille, et que le jour viendra où, pour continuer la partie, je ferai des choses auxquelles j'aime mieux ne pas songer.

Mais Catherine eut un petit ricanement dont Philippe n'aurait pu dire si c'était émotion, ironie ou cruauté.

Après un silence, elle demanda :

— De quoi vit-il ?

— De l'argent qu'on lui donne.

— Qui « on » ? Des femmes ?

— Et il ne veut plus qu'on lui en donne, Catherine.

— Qu'en savez-vous, puisqu'il ne vous a pas parlé d'argent ?

— Il m'a dit qu'il ne pouvait pas continuer cette vie, et vous venez de m'apprendre une des raisons pourquoi il ne peut la continuer. Mais n'allez pas trop vite, Catherine... Vous ne lui donnerez jamais autant d'argent qu'on lui en offrira s'il retourne vers les amis, les complices qu'il vient de quitter, et qui lui ouvrent leurs bourses pour qu'il les amuse et mette dans leurs fêtes ineptes et basses cette élégance de manières, d'esprit et même de cœur, qui manque à ceux-là et que lui a gardée malgré tout. Non ! vous ne pourriez pas lui offrir le luxe dont ceux-là l'entourent, mais ce que vous pouvez faire, c'est de le sauver, parce qu'il tombe et s'en aperçoit, et, quand on s'aperçoit de ces chutes-là, elles sont mortelles.

Tandis qu'il parlait, Catherine s'était levée et avait fui à l'autre extrémité du salon. Elle s'était éloignée avec lenteur, mais elle savait bien qu'elle avait fui.

Ce n'était pas les mots trop nombreux de Philippe qu'elle entendait, c'était ses propres pensées et le souvenir des pensées anciennes qui l'avaient souvent avertie qu'un jour il en serait ainsi, que le jour viendrait où il en serait ainsi.

Le jour était venu, et, bien qu'elle s'y fût préparée, elle n'était pas prête.

Elle tournait le dos à la pièce et, le front contre une fenêtre, elle contemplait la nuit.

— Vous l'aimez..., dit Philippe, ne le sauverez-vous pas ?

Elle lui montra sa figure bouleversée.

— Je suis affreusement lasse, dit-elle, vous ne m'en voudrez pas si je vous quitte.

Elle se dirigeait vers la porte.

Il lui barra le chemin, et, d'un geste presque paternel, il posa les mains sur ses épaules :

— Vous êtes trop courageuse pour me renvoyer. Si je vous obéissais ce soir, vous auriez demain un autre combat à soutenir. Pierre viendrait lui-même. Vous ne le recevriez pas, c'est entendu, mais il trouverait aisément le moyen de vous atteindre. Pourquoi ne pas me permettre de remplir jusqu'au bout mon rôle d'ambassadeur ?

Catherine avait baissé la tête, elle la redressa, et, les yeux dans les yeux de Philippe :

— Soit ! que propose-t-il ?

— De changer sa manière de vivre.

— Mais, qu'il la change !

— Il ne le peut sans vous.

— Je ne comprends pas.

— Il propose de revenir vivre auprès de vous.

— Dans cette maison ?

Et Catherine échappa aux mains de Philippe.

— Il a peur et il propose de revenir vivre dans cette maison ! Ah ! j'aurais cru qu'il y aurait peur davantage ! En voilà assez, Philippe ! Tout cela ne nous mènera à rien et je m'étonne même que vous ayez osé m'en parler.

— Vous préférez donc qu'il vous en parle lui-même, Catherine ?... Je ne suis qu'un mauvais avocat puisque je ne vous touche pas... Il m'a dit qu'il avait été meilleur dans cette maison, et il me l'a dit avec un tel accent qu'il vous aurait convaincue... Non, non, vous ne partirez pas sans me répondre !

— Je vous ai répondu. Qu'il s'en aille !... Mais, au fait, moi, j'ai une question à vous poser. Cette femme qui l'entretient, comment s'appelle-t-elle ?

— Je ne crois pas que ce soit une femme qui lui donne de l'argent, Catherine, je ne le crois pas. Ce sont des amis, les amis, les complices dont je vous parlais ; mais, si c'était une femme, ce ne serait pas celle à laquelle vous pensez... Il a été plus cruel avec celle-là qu'avec vous.

— Et celle-là, vous la plaignez, n'est-ce pas ?.. Proposez donc à celle-là de le reprendre !

— Il a été plus cruel avec toutes les autres qu'avec vous, Catherine. Il ne parle de votre cousine Hedwige, il ne parle de toutes les autres qu'avec mépris, mais, de vous, il parle...

— Je l'ai chassé, Philippe, il ne m'a pas vu souffrir, c'est à cause de cela qu'il me respecte et qu'il revient.

— Et c'est à cause de cela que vous pouvez le sauver.

— Il est dans la misère ?

— Dans une telle misère que j'ai hésité, cet après-midi, à prier Mme Dumez de lui procurer une place.

— Vous avez raconté à Mme Dumez qu'il était à Nice ?

— Ai-je eu tort ? Je n'étais pas sûr d'avoir la force de vous faire ce mal.

— Vous voyez bien ! Vous avouez que c'est me faire du mal et que vous savez qu'il n'a plus d'argent. Comment le savez-vous s'il ne vous en a pas parlé ?

— Il m'a dit : « Si elle ne veut pas de moi, je chercherai une place, je travaillerai, je ne peux plus continuer cette vie. »

— Et vous avez raconté à Mme Dumez...

— Qu'il était à Nice, pas autre chose.

— Eh ! que m'importe ! cela ne changera rien... Mais c'en est fini de mon repos, il faudra subir leurs regards, éviter leurs questions... Ah ! Philippe, pourquoi m'avez-vous fait cela ?... Il veut travailler ?

— Si vous le repoussez, il faudra bien qu'il travaille.

— Mais, à quoi ?

— Je ne sais pas.

Alors Catherine s'assit sur le divan, et, la tête dans les mains, elle songea, puis, sans lever les yeux :

— A quel titre prétend-il rentrer ici ?

Avant de répondre, Philippe reprit sa place dans le fauteuil, et, lentement, posément :

— Mon amie, Pierre est votre mari. Il a été vis-à-vis de vous aussi coupable qu'on peut l'être, il n'en reste pas moins un homme que vous avez aimé, c'est donc qu'il y avait dans son caractère autre chose que de la bassesse... Depuis cinq ans, chaque fois que je lui ai parlé de vous, il m'a juré qu'il vous aimait, et que, s'il ne revenait pas, c'était par crainte de votre accueil qu'il avait prévu. Il est fier ; oui, d'une certaine fierté, mais celle-là, il la possède : je ne l'ai jamais vu humble devant une femme. Devant vous, il sera, il est humble.

— Pourquoi ne me parliez-vous plus de lui cet hiver ?

— J'assistais à sa chute et je le jugeais indigne de vous.

— Sa chute ? il ne tombe que depuis six mois !

— Il s'abandonne depuis six mois... Il s'est détaché de ses amis d'autrefois pour aller à des amis plus profitables, que je ne méprise pas, ce sont peut-être, ailleurs, dans leur patrie, de braves gens, mais, à Paris, quand Pierre les accompagne, ce sont les êtres les plus vils que l'on puisse rencontrer, et, depuis le printemps de l'année dernière, depuis l'automne surtout, lorsque j'entre dans un restaurant où Pierre se trouve, j'en sors vite, de crainte qu'il ne m'expose à serrer trop de mains... Me comprenez-vous?... Toute la question est de savoir si vous vous reconnaissez le droit, en face des remords sincères de votre mari et de son désir de relèvement, le droit cruel de le jeter à nouveau dans une existence et une société malpropres, qu'il hait... A présent, je vous dirai mon opinion : si vous n'avez plus de tendresse pour lui, je ne dis pas de l'amour, je dis de la tendresse, pour lui, pour vos communs souvenirs, repoussez-le.

— Il ne s'agit pas de moi, Philippe. Ces amis dont vous parlez...

— Faut-il que je précise? Paris est plein de jeunes étrangers et de vieillards qui ont trop travaillé dans des pays lointains, et qui arrivent dans cette ville qu'ils croient la plus pervertie du monde, pour découvrir le bonheur, le bonheur le plus bas et le plus simple, et qui s'aperçoivent bientôt que c'est aussi difficile de s'amuser, comme ils l'entendent, à Paris que dans une autre ville. Il leur faut quelque introducteur dans le monde dont ils rêvaient chez eux. Votre mari a tenu cet emploi, voilà pourquoi je ne vous parlais plus de lui ; il ne veut plus le tenir, voilà pourquoi...

— Mais, Philippe, interrompit Catherine, admettons que je lui rouvre ma maison, comment y vivra-t-il, oisif ?

— Est-ce donc, mon amie, que vous mettez dans le travail une telle vertu qu'il vous paraisse indispensable au relèvement d'un homme?... Pierre vivra ici dans sa famille, et je vais vous sembler bien bourgeois, il retrouvera, avec sa famille, la bonne route. J'ai éprouvé, Catherine, ce que c'est de ne pas avoir une famille à aimer, à respecter, à défenpre. Si je m'étais marié, ma femme aurait souffert autant que vous, mais, aujourd'hui, elle seule pourrait, comme vous me le proposiez si doucement, me guérir... C'est mieux que le travail, une famille, pour relever un homme, mon amie.

— Dites-lui que je lui enverrai cinquante mille francs et qu'il me laisse.

— Je vous supplie de le sauver et vous offrez de le perdre.

— Je ne peux pas lui donner cette somme, Philippe, je n'ai pas le droit de ruiner tout à fait mon fils !

Elle se cachait le visage.

— Philippe ! vous êtes mon ami, dites-lui de s'en aller, dites-lui... Ah ! pourquoi n'ai-je pas demandé le divorce, il y a six ans? C'était simple, on me le conseillait et j'ai refusé, je ne voulais pas être libre, j'avais peur... Et aussi, j'espérais, j'attendais...

— Il est revenu, Catherine.

— Mais je n'ai pas oublié !... Dans cette maison, Philippe, ici, dans le fumoir, à côté d'ici... Je n'ai pas oublié, je n'ai pas touché à l'arrangement de la pièce...

Catherine inspecte minutieusement son corps, à la recherche d'une imperfection.

ce, et j'y suis entrée souvent pour les revoir et ne pas oublier!... Dites-lui qu'il s'en aille, dites-lui que, s'il m'aime encore, il se sacrifie!... Non ! non ! ne lui dites pas cela !... Ecoutez ! pourquoi se repent-il? Il y a une raison?... Dites-lui que j'ai trouvé le calme, que j'ai eu beaucoup de peine à le trouver... Vous ne voulez pas?... Vous ne pouvez pas : il vous a sauvé la vie.

— Il vous a aimée, Catherine, il a été votre bonheur et votre seul bonheur. Rappelez-vous comme je me rappelle.

— Non ! pas ça !... Ça, c'est fini, c'est mort, c'est sali !... Je réfléchirai... Vous ne comptiez pas que je me déciderais tout de suite. Voyons! vous n'y comptiez pas ! Je réfléchirai, je tâcherai de me souvenir qu'il y a cela en lui, le courage. Et puis, il n'est plus jeune, a-t-il beaucoup changé.

— Ses cheveux sont gris sur les tempes, mais son visage et sa taille sont restés les mêmes.

— Je ne pourrai pas, Philippe, je ne pourrai pas !... Je lui céderai Armanjon pour qu'il y vive.

— Il ne demande pas l'aumône, Catherine, il demande votre présence.

— Je réfléchirai, dites-lui que je réfléchirai, mais qu'il ne vienne pas ici avant que je vous écrive. Et maintenant, Philippe, allez-vous-en... Ah ! ma pauvre maison, mon pauvre jardin, mon pauvre petit Doude !... Non ! ce n'est pas possible !

— Catherine !

— Partez, Philippe ! Je vous écrirai demain, oui, demain, je vous le promets... Mais partez donc, ne voyez-vous pas que je n'en puis plus ?

VII

Le vieux valet de chambre ouvrit la porte de la villa.

Dans la cour, l'automobile de Philippe attendait, son phare brillait, les détonations du moteur retentirent.

— Bonne nuit, Catherine.

Elle gravissait l'escalier et s'arrêta sur la galerie.

— Bonne nuit, Philippe.

Il ne pouvait se décider à partir, et elle restait immobile là-haut, les mains appuyées contre la balustrade, les larges manches découvrant ses bras nus.

Près de la porte, le vieux valet de chambre se raidissait, il avait les épaules voûtées, mais il ne voulait pas admettre qu'il eût perdu sa belle apparence d'autrefois.

Tout à coup, Stony qui rôdait dans le jardin traversa la lumière du phare et se glissa dans le vestibule.

Il s'arcbouta sur ses courtes pattes, solide et trapu, et ses yeux voilés qui semblaient comprendre, interrogèrent Catherine. Il couchait dehors, au chenil, Dorothée couchait à l'office, il était le sacrifié, elle la favorite, et, lorsque Philippe eut répété : « Bonne nuit ! » et se fut jeté dans la voiture qui démarra, lorsque le silence et la nuit furent revenus dans la cour :

— Mettez dehors Stony, dit Catherine au valet de chambre.

— Allons, Stony, fit le vieillard.

Le chien ne se pressa pas, ne refusa pas d'obéir, il était accoutumé, mais, sur le seuil, il tourna de nouveau la tête vers sa maîtresse.

— Allons, Stony ! dit Catherine.

Le vieillard le poussa et ferma la porte.

— Madame la comtesse se couche déjà ?

— Oui, mon bon Jules, je suis lasse. Envoyez-moi Françoise.

— Madame la comtesse oublie qu'elle a permis à Françoise de ne rentrer de Nice que par le train de onze heures.

— C'est juste.

— Alors, je puis éteindre au salon ?

— Éteignez, Jules.

Et Catherine s'éloigna de la balustrade.

A gauche et à droite, la galerie se prolongeait : à gauche, c'était jadis les appartements de Pierre de Vinzel, où, depuis, on avait installé miss Jackson et Doude ; à droite, le corridor passait devant le cabinet de toilette de Catherine, et le regard de Catherine qui s'était arrêté sur le rideau masquant la pièce où dormait son fils, puis sur la porte de Mary, s'en alla dans le couloir.

Catherine n'avait pas envie de rentrer chez elle, de commencer cette nuit de solitude, de se retrouver elle-même, si différente de ce qu'elle était ce matin, lorsqu'elle se préparait avec tant de joie pour se baigner dans la mer.

Un instant, elle pensa à redescendre et à se promener sur la terrasse, mais elle eut peur de cette promenade et elle fit les gestes qu'elle faisait chaque soir, elle entra dans le cabinet de toilette, alluma l'électricité, se dirigea vers la fenêtre qu'elle ouvrit, il n'y avait jamais assez d'air à son gré.

Elle enleva les épingles de sa coiffure, les posa une à une sur la psyché, dans une petite boîte de cristal, secoua la tête pour se délivrer du poids de ses cheveux, les prit dans ses mains, les écarta, les peigna de ses doigts, les étala sur ses épaules, puis se pencha vers la glace pour chercher sur sa peau blanche une tache de rousseur.

Il n'y en avait point. Il y avait dans ses yeux une tristesse qui lui déplut, elle fronça les sourcils et, plus vite, se déshabilla, le dos au miroir.

S'approchant de la dormeuse qui était au fond de la pièce, elle dégrafa sa robe avec peine et regretta d'avoir permis à la femme de chambre de passer la soirée à Nice.

Catherine aurait aimé qu'on la dévêtît, elle se rappelait, en cherchant les agrafes, l'habileté avec laquelle il les maniait : il s'avançait vers Catherine, et puis, elle était dévêtue.

Elle jeta la robe bleue sur la dormeuse, et, libre dans le maillot qui enveloppait sa taille et ses longues jambes, elle contempla cette robe tombée.

La gorgerette soutenait les seins ; les bras et les larges épaules étaient nus sous les cheveux qui les caressaient. Près de la robe, sur le tapis, l'ombre de Catherine s'étendait, envoyée par la lampe.

Le petit bruit de la mer montait de la plage.

Pourquoi Philippe avait-il parlé ? Catherine aurait été heureuse en retirant sa gorgerette, ses bas, son maillot, elle aurait été heureuse dans l'air de la nuit, son corps libre dans l'air de la nuit, son corps qu'elle aurait minutieusement inspecté, car elle était toujours à la recherche d'une imperfection ; elle aurait frotté avec le polissoir les ongles de ses pieds, avec le gant de crin ses chevilles, ses mollets, ses cuisses, son ventre et sa poitrine, et, le sang courant sous la peau, animant sa blancheur, elle aurait marché plus légère à travers la pièce, suivant dans les miroirs son image et s'amusant de ses cheveux qu'elle balançait d'une épaule à l'autre.

Et jamais elle n'était aussi chaste qu'à l'instant où elle était joyeuse d'être nue.

Combien de fois miss Jackson, dont la chambre communiquait avec le cabinet de toilette, n'avait-elle pas surpris Catherine qui se riait à elle-même ?

Miss Jackson ne comprenait pas ; elle reprochait à Catherine sa puérilité, elle avait désiré que Catherine animât les sensations heureuses des beaux soirs en puisant dans une âme triste la mélancolie et les regrets.

C'était à Mary que pensait Catherine, tandis qu'elle détachait sa gorgerette, enlevait ses bas et son maillot.

Jadis, lorsque Catherine avait du chagrin, elle réveillait Mary, elle lui disait :

« Je suis malheureuse... »

Et, quand on disait cela à miss Jackson, tout l'ennuyeux et le ridicule de ce caractère disparaissaient. Pour ceux qui aimaient et pour ceux qui souffraient, elle était l'amie incomparable.

Mais, depuis longtemps, Catherine ne l'avait plus appelée, depuis que Catherine sentait que sa volonté de guérir offusquait Mary, et aussi, parce que, jusqu'à ce soir, Catherine avait été orgueilleuse de sa solitude.

Cette solitude était complète. Doude? un enfant; Raymond Bardane? un être délicieux, mais trop juvénile; Philippe? un homme en qui elle avait eu confiance, mais qu'elle n'avait pas mis à l'épreuve; les Dumez? des voisins, et il y avait des mois que Catherine négligeait de répondre au pasteur Morand.

Dans sa dernière lettre, il avait exhorté Catherine aux vertus chrétiennes qu'il prétendait lui avoir enseignées. Il exagérait, il lui avait vanté le pardon, mais lui-même estimait chacun à ses œuvres. Au fond, il devait approuver Catherine et l'aurait soutenue si elle ne s'était éloignée de lui comme des autres.

Elle avait été guérie par le soleil, la mer, leur gaîté, et non par des prières.

Jamais elle n'avait prié avec amour. On ne priait pas avec amour au château d'Armanjon, on priait avec intelligence, et, quand la vie avait été trop séduisante pour Catherine, quand Pierre après la mort de M. d'Armanjon, avait demandé à Catherine de ne pas tenir sa promesse, les prières n'avaient pas défendu Catherine, et, lorsque la vie n'avait pas été juste, lorsque Catherine n'avait pas compris pourquoi on lui faisait cela, son intelligence s'était éloignée de Dieu, et sa vertu était devenue d'être chaque jour satisfaite d'elle-même, vigoureuse et saine.

Elle avait été fière d'être seule, de s'être guérie toute seule, de ne pas avoir eu besoin qu'on l'aidât, de s'être tellement éloignée de tous, que, si elle avait appelé au secours, on n'aurait pas eu le temps de la secourir.

Mais, ce soir, elle n'était plus seule, et cela la gênait de passer nue devant les miroirs pour prendre dans sa chambre sa robe de nuit.

Elle passa vite, et, dès qu'elle fut dans sa chambre et enveloppée, elle ouvrit toute grande le fenêtre.

Devant cette fenêtre et celle du cabinet de toilette, courait un balcon que les bougainvillées pourpres encadraient.

Catherine y monta, elle avait horreur de ce lit où elle ne dormirait pas.

Le balcon dominait les orangers de la terrasse et le sable de la grève. Le sillage des étoiles s'étendait. Parfois éclatait la lueur du cap Ferrat. La nuit n'était pas très chaude.

Catherine décida que cet homme ne rentrerait pas dans sa maison.

Délivré des parfums, l'air ne portait plus que la forte odeur de la mer, et la mer et Catherine veillaient sur la maison endormie.

Il ne rentrerait pas dans cette maison.

La première fois, avant la reprise de leurs fiançailles, la première fois qu'il avait eu l'audace de revenir près de Catherine, lorsque le cercueil de celui qui l'avait chassé n'était même pas sorti d'Armanjon, Catherine avait été faible, mais ce qui le séparait d'elle à cette époque, ce n'était qu'une volonté étrangère et le souvenir d'un serment.

Il avait eu l'audace, la seconde nuit où l'on veillait M. d'Armanjon, de revenir dans le parc du château, de faire le signal, et miss Jackson, qui connaissait ce signal, lui avait répondu. Les Risbach reposaient, le pasteur Morand n'était plus là. Catherine, seule dans l'immense chambre où il faisait froid, priait et n'osait pas lever la tête vers le cercueil qu'on avait cloué pendant l'après-midi.

Pierre était venu, et si doucement qu'elle ne s'était aperçue de sa présence qu'à l'instant où il lui posait la main sur l'épaule. Catherine s'était défendue, mais elle l'aimait trop, et il avait trop raison quand il disait que l'amour ne se soucie pas du rang des familles, qu'il était un parvenu, soit ! mais qu'il l'aimait assez pour se corriger du désordre que M. d'Armanjon lui avait reproché si amèrement. Et n'avait-il pas proposé de changer de religion pour plaire à Catherine, et n'était-ce pas vrai ce qu'affirmait miss Jackson : les morts n'ont pas le droit de disposer de notre vie? Pierre avait rappelé le pur bonheur de leurs secrètes fiançailles : « Si j'étais un dépravé, vous aurais-je tellement respectée? » Et Catherine s'était souvenue de toutes ces promenades que Mary surveillait de loin, promenades dans les bois, le jour, promenades dans le parc, la nuit, quand il faisait le signal pour que miss Jackson lui ouvrît la porte. Pierre n'avait pas effleuré les lèvres de Catherine, mais il avait été la poésie qui déjà était en elle et qu'elle ignorait, qui jaillissait d'elle depuis que Pierre glissait si tendrement sa main sous son bras. Qu'importait que les Vinzel eussent acheté leur titre, qu'importait que Pierre fût d'une autre religion, qu'importait son passé? Pierre se corrigerait, il était corrigé. Restait le mort dans son cercueil. Il n'avait même plus le visage découvert. Pierre suppliait, Mary démontrait, Catherine interrogeait l'avenir. La bise, le grand vent des Alpes, soufflait sur la vallée. Que ferait Catherine dans ce château glacial, où miss Jackson la persuadait de voir le fantôme de sa mère tuée par l'ennui? Et soudain, Mary avait laissé seuls Pierre et Catherine, et Pierre avait serré Catherine dans ses bras, et, quand Pierre était parti, Catherine savait qu'elle ne tiendrait pas sa promesse, et, tout à la fois désespérée et orgueilleuse, elle avait quitté la chambre, abandonnant le cercueil.

Non, Pierre ne rentrerait pas dans cette maison.

Mais, quand la décision fut prise, il y eut en Catherine et tout autour d'elle ce vide où elle s'était abîmée au crépuscule, tandis qu'elle s'approchait avec Doude et Philippe de sa maison. Quand ce serait fini, quand elle aurait répondu à Philippe, quand ce serait fini, pour quoi vivrait-elle? Ce jardin, cette terrasse, cette grève, ne seraient plus les mêmes. Elle y avait vécu en luttant contre le souvenir. Ses fleurs, ses oiseaux quels jeux enfantins ! Son fils, elle ne parvenait pas à s'oublier en pensant à lui. Mᵐᵉ Dumez conseillait à Catherine de refaire sa vie, où cela? S'en aller, fuir la grande tentation, la folle idée.

Le sillage des étoiles s'étendait.

Fuir ailleurs, ce serait comme ici. Pourtant, cet homme lui était devenu étranger, il avait trop mal agi pendant six années. Pourquoi le sauverait-elle au prix de son repos?

Catherine veillait sur la maison, elle la défendrait.

Il cherchait un asile. Ce serait assez beau qu'elle lui eût préparé un asile... Mais ce serait mentir que de le croire, elle n'y avait pas songé, elle avait vécu pour rester elle-même malgré tout, pour lui montrer qu'il ne l'avait pas atteinte, pour se venger par sa pureté qui lui donnerait un double remords, pour se venger en face de lui, en pensant à lui.

Ah ! qu'il vienne, qu'il voie, et, quand de lui-même il partira, poursuivi par le double remords, elle sera vengée et sauvée, sauvée, car, de l'avoir accueilli sans émotion, cela aura détruit ce qui restait en elle, au fond d'elle-même, pour lui, pour ces souvenirs qui ne paraissaient qu'aux moments où Catherine était déprimée, dans les insomnies, les nuits lourdes, ces images, ces frémissements.

Il y avait encore en elle tellement d'inconnu qu'elle avait peur. Elle n'appelait pas cela de l'amour, elle appelait cela son esprit pervers, parce que, devant cela, elle redevenait une enfant hantée par les leçons apprises.

L'esprit pervers la tentait ce soir dans le vide où elle s'abîmait.

Elle se disait :

— Je lui permettrai de revenir pour lui montrer que je ne le crains pas.

Et elle frémissait, toute sa chair frémissait.

Elle appuyait les mains contre le marbre de la balustrade, puis, pour sentir leur fraîcheur, elle les appuyait contre sa poitrine. Elle sentait la courbe de ses seins et elle rejetait les bras, elle respirait profondément.

C'était pour donner à son cœur la place de battre. Il battait comme aux beaux soirs où elle attendait sur le balcon de sa chambre, au château d'Armanjon, le fiancé qui l'avait éveillée.

Elle se disait :

— Que craindrais-je? Je l'ai jeté dehors. Il ne s'approchera pas de moi, toujours il y aura entre nous cette scène : lui et elle. Ah ! qu'il revienne et que je lui montre que je me souviens assez pour n'être pas troublée par sa présence !

Et comme la nuit était plus belle, comme tout était plus beau, comme tout était complice ! Tout aiderait Catherine, qui déjà l'avait aidée,
la mer l'aiderait, et le jardin, toutes les choses familières seraient ses alliées. C'étaient les alliées de ce frémissement qui faisait battre son cœur, qui faisait qu'elle ne pouvait toucher la courbe de ses seins, qui la rendait plus puissante, qui appelait la lutte, qui livrait Catherine au désir de plus de bonheur.

Les bras raidis, la tête levée, elle respirait profondément. Elle était prête pour le combat. Et, quand parurent les détails du retour, les petites choses, les petits événements, quand elle pensa :

« Ce n'est pas possible ! »

La déception fut si forte que Catherine soupira comme si elle regrettait.

Elle regretta d'être elle-même, elle regretta d'avoir vécu purement, d'avoir vécu pour se venger, de ne pas avoir été, comme lui, en quête de toutes les joies. Elle songeait à de jeunes visages, à Raymond, aux paroles qu'ils avaient échangées sur la grève, au sable où ce matin, même elle s'était étendue.

Jadis, en Bretagne, Pierre la recouvrait de sable brûlant, il modelait sa forme, elle sentait ses mains à travers le sable, et elle écartait les bras, elle tendait les bras vers lui.

Catherine inclina la tête sur l'épaule. Elle n'avait plus de force, elle avait de l'inquiétude, de l'angoisse, du chagrin. En elle grandissait la conviction qu'elle lui permettrait de revenir, et, lorsqu'elle entendit quelqu'un qui marchait dans le cabinet de toilette, lorsque miss Jackson s'avança, les mains appuyées contre la poitrine, le, pommettes rouges, lorsque miss Jackson qui avait l'air extraordinairement vieille avec ses cheveux défaits et le débraillé de sa toilette, gémit :

— Je suis malade...

Catherine l'écouta sans l'entendre et murmura :

— J'ai du chagrin, Mary.

— Du chagrin? fit miss Jackson dont les yeux ne se plaignirent plus, mais interrogèrent. Dites ! qu'y a-t-il?... Ne restez pas sur le balcon, il fait froid.

Et elle tira Catherine qui murmurait encore :

— Du chagrin, Mary... Je vais me coucher. Si vous étiez gentille, vous attendriez là, comme autrefois, jusqu'à ce que je m'endorme.

VIII

Et l'automobile de Philippe, dans la lumière de son phare qui éclairait la route goudronnée et les rochers couleur d'ocre, parcourait la Corniche, traversait Beaulieu, Villefranche, gravissait le mont Boron, dominait Nice, descendait vers la ville.

Philippe était si accoutumé à ce chemin que son corps se pliait aux brusques cahots dans les contours rapides, mais l'agitation de la voiture rendait plus active sa pensée.

Ce qu'il venait de faire lui déplaisait, ce n'était point dans sa ligne, il ne faisait pas de mal aux autres ; ceux qu'il attaquait à la table de jeu restaient des êtres impersonnels dont il ne se rappelait ni la voix, ni le visage. La voix et le visage de Catherine l'accompagnaient ce soir.

Sa fraîche amie était perdue. Troublée, amoureuse, elle céderait. Pierre rentrerait chez lui, et alors...

Elle était charmante, cette jeune femme. Philippe la connaissait à peine quand Pierre lui avait dit : « Je me suis fait prendre, elle va être malheureuse, je te la confie », et Philippe, pensant qu'elle serait bien ennuyeuse dans sa tristesse, avait accepté à contre-cœur de s'en occuper, mais il avait dû s'ingénier afin qu'elle le lui permît. Elle était charmante dans sa retenue, sa simplicité, son naturel parfait, et sans doute Philippe l'aurait-il aimée s'il ne s'était habitué depuis longtemps à des amours faciles qui ne lui laissaient ni le loisir, ni le désir d'entreprendre des conquêtes. Elle était charmante, elle prouvait que la joie n'existe en toute chose, que l'on peut être joyeux quand bien même on a perdu ce qui semble la raison de vivre, que l'on peut vivre sans amour, sans grandes phrases, sans grandes attitudes.

Philippe n'était pas satisfait de lui-même, mais, si c'était à refaire, il le referait, parce que Pierre le lui avait demandé.

Quelle chose bizarre que ce pouvoir des êtres auxquels on obéit ! Charme physique, ardeur d'une âme aventureuse, Pierre avait disposé depuis sa jeunesse de quiconque l'approchait, il était là, on l'écoutait, chacun avait envie de lui plaire et la révolte venait plus tard.

Il y avait cela, il y avait autre chose : Pierre ne pouvait pas avoir menti ce matin, quand il était venu chez Philippe avec le visage de l'homme qui va se tuer. Il était courageux, il s'en irait un jour, comme Philippe s'en irait lui-même, proprement, mais, ainsi que Pierre, s'il le pouvait, empêcherait Philippe de s'en aller, Philippe avait le devoir de retenir son ami ; les cas sont rares où le devoir ordonne d'encourager l'ami qui s'en va, et il s'agissait de l'encourager ou de le retenir.

Par pudeur devant la menace banale, Philippe ne l'avait point dit à Catherine, mais il s'agissait de le retenir, et Philippe n'avait pas hésité.

D'ailleurs, Catherine n'était pas heureuse, elle était admirable de gaie bravoure, mais on ne peut pas être heureux avec des fleurs, des oiseaux, du soleil, tout cela n'est que l'ornement du bonheur, le parfum qui l'avive, il n'est de bonheur que dans la passion. Le repos de Catherine, ses promenades sur la plage, ses nonchalances, ne valaient pas l'instant magnifique et dangereux que Pierre goûterait quand il l'aurait dans ses bras, sur sa bouche, plus éprise parce qu'elle ne pardonnerait pas, qu'elle haïrait sa défaite et préparerait sa revanche. Il n'est de bonheur que dans la passion, et la passion n'est que luttes et combats, périls affrontés, dangers menaçants, la vie risquée dans un geste. Ainsi pensait Philippe, et il souriait à cette pensée.

Presque chaque soir, que ce fût à Monte-Carlo ou à Nice, Philippe jouait. Depuis des années, douze ans, quinze ans, il entrait chaque soir, à dix heures, dans une salle de jeu, et, quand dix heures s'approchaient, il était impatient de jouer. Mᵐᵉ Dumez le comparait alors volontiers à un morphinomane qui attend sa piqûre, et elle ne se trompait qu'en attribuant son vice au besoin d'oublier quelque grande souffrance. Il n'y avait point de grandes souffrances dans sa vie, point de désastres. Engagé volontaire, il avait séjourné cinq ans en Afrique, et en était revenu avec la nostalgie des rares combats auxquels il avait assisté ; il s'était ennuyé en Europe jusqu'au jour où il s'était mis au jeu, et ce n'était pas pour avoir plus d'argent, mais pour satisfaire ce goût qu'il avait du péril et de la bataille.

Aux spahis où il avait rencontré Pierre, ce goût les avait unis, et encore cette fatigue quand on leur demandait un long effort. Il leur fallait se battre et ils n'avaient pas de patience. Leurs origines étaient pareilles : fils de vieillards qui avaient eu du génie, mais qui l'avaient détaillé au jour le jour, qui l'avaient usé et qui s'étaient usés eux-même, sans grandeur. Le père Groux et le père Dupuis étaient de la même moûture. Une seule fois leur désir avait eu pour objet autre chose que l'argent, Dupuis avait épousé une Espagnole fantasque, Groux une chanteuse autrichienne, et, de ces mariages d'amour, Pierre et Philippe étaient nés. Ils vivaient comme ils pouvaient.

L'automobile descendait vers Nice. Les lumières des maisons dessinaient le contour du vieux port, le phare de la voiture éclairait les portails des villas étagées sur le mont Boron. Elles étaient désertes. La saison était finie. On avait fermé le cercle du Casino municipal, et, depuis une semaine, c'était à Monte-Carlo ou dans des tripots que Philippe jouait.

Comme la voiture pénétrait en ville, l'impatience de jouer s'empara de Philippe, et le souvenir de la partie d'hier, de la passe de veine qu'avait interrompue la fuite des pontes décavées. Ah ! qu'étaient devenus les grands jours de la saison, où jamais le quart d'heure de chance n'était perdu ! La veille, au cercle des Anglais, Philippe était resté seul en face des cartes inemployées où il ne doutait pas qu'il aurait puisé encore vingt coups heureux, il était resté là satisfait et inassouvi, pensant que demain il y aurait plus de monde et que demain il recommencerait ; or, demain, c'était aujourd'hui. En s'éveillant, il avait eu la certitude qu'il aurait une bonne soirée, et l'arrivée de Pierre l'avait surpris désagréablement. Était-ce signe que la veine allait tourner ?

Philippe regarda sa montre : pas encore dix heures. Il avait donné rendez-vous à Pierre vers minuit, croyant que cela durerait plus longtemps avec Catherine, mais, puisque l'entrevue avait été si rapide, puisqu'il n'était pas encore dix heures...

Évidemment, il aurait pu s'arrêter d'abord à l'hôtel de son ami, mais il n'était pas pressé de revoir Pierre qui aurait dû l'avertir, avant d'user de lui, que Catherine avait payé ses dettes et l'avait entretenu.

Philippe était en pleine révolte. Il comptait dire à Pierre, il lui dirait...

A quoi bon ? on ne change rien à rien.

Philippe bâillait, remuait les jambes, souffrait des cahots de la voiture.

Le chauffeur qui n'avait pas reçu d'ordres, se dirigea tout naturellement vers le cercle des

****

Anglais, et Philippe ne l'en empêcha pas, il éprouvait un grand mépris pour toute chose, pour tout ce qui n'était pas sa propre bataille.

IX

C'était un grand lit très vaste et très bas, sans bois, ni cuivre. Le beau couvre-pied, gris sous la dentelle, tombait jusqu'au tapis, et les oreillers s'appuyaient contre un panneau de soie grise appliqué au mur, tandis que les vantaux dépliés de deux paravents de laque masquaient les angles, au fond de la chambre.

Cette chambre, Pierre l'avait arrangée et Catherine n'avait rien modifié à cet arrangement. Après le drame, elle était trop fatiguée, trop épuisée, elle n'avait le désir de rien, pas même de fuir. Et puis, elle avait pris l'habitude d'être couchée bas, d'avoir beaucoup d'espace au-dessus d'elle, l'habitude des murs clairs qui donnaient de l'espace au delà des paravents, du tapis épais et doux sous les pieds, de la lampe bien disposée et à la clarté agréable, des rideaux qui faisaient de chaque côté de la fenêtre deux longues lignes sombres, de cette absence de meubles : il n'y avait dans la pièce que le vaste lit, les paravents précieux et, près de la lampe, un tout petit guéridon où l'on posait son livre avant de 'endormir.

Ce n'était pas une chambre pour y vivre le jour. Sous le grand soleil, cette harmonie de gris et de noir aurait été déplaisante, mais on n'ouvrait pas les persiennes le matin, avant d'avoir baissé le store qui tamisait le soleil. C'était une chambre pour Catherine, et, jadis, Pierre arrêtait parfois Catherine sur le seuil, il voulait qu'elle marchât lentement jusque vers le lit, il prétendait qu'elle n'était jamais aussi jolie que dans cette chambre, les cheveux de Catherine éclairaient la pièce.

Ils étaient épars sur l'oreiller où Catherine, les yeux levés vers le haut plafond, appuyait la nuque. Est-ce que Catherine écoutait Mary?

Assise au pied du lit, gênée parce que le lit était trop bas, miss Jackson, qui avait froid, qui avait la fièvre et qui n'osait pas tousser, serrait contre sa pauvre poitrine ses bras osseux.

Maintenant miss Jackson savait tout. Catherine lui avait dit : « Il meurt de faim, alors il est revenu. » Elle avait dit cela sans penser aux conséquences et pour expliquer son émotion, mais, vite, les conséquences lui étaient apparues, et, avec une sorte de méchanceté et d'allégresse, elle avait décrit l'état d'abjection où elle le supposait tombé ; même, elle avait inventé des détails, imaginé ceux qu'elle se reprochait de ne pas avoir demandés à Philippe, car miss Jackson, vraiment femme et maternelle, posait des questions sur cette misère émouvante, et Catherine lui montrait Pierre à bout de ressources, malade, suppliant qu'on lui procurât un abri.

— J'ai refusé, mais cela m'a fait mal, disait-elle, je ne pouvais pourtant pas le recevoir dans cette maison.

A cela, miss Jackson répondait avec son cœur et sa fièvre. Elle était tout à fait souffrante, elle s'était couchée de bonne heure et s'était endormie d'un sommeil pesant que des cauchemars bientôt avaient troublé. Quand elle s'était éveillée, une vive douleur l'empêchait de respirer, et une incompréhensible inquiétude, un désespoir plus incompréhensible encore la remplissaient d'effroi. Elle avait quitté son lit, étonnée de ce malaise qui lui paraissait d'autant plus grave que, si vieille, elle pensait souvent : « De quoi donc est-ce que je mourrai? » Mais les égoïstes confidences de Catherine avaient expliqué à cette romanesque son inquiétude et son cauchemar : elle avait senti pendant son sommeil que Pierre était revenu, qu'il avait besoin de son aide, et, pour l'aider, elle s'était éveillée.

A présent, miss Jackson disait tout ce qu'elle avait pensé sans pouvoir le dire depuis que Catherine lui avait imposé silence, elle disait que Pierre n'était pas le coupable, que sa complice l'avait séduit, qu'Hedwige de Risbach avait toujours été fourbe ; elle rappelait les méfaits de cette cousine avec laquelle Catherine avait été élevée dans les solitudes d'Armanjon ; elle faisait le procès des Risbach, montrait la mère cupide, rendue ambitieuse par ses déboires conjugaux : M. de Risbach avait ruiné sa femme, l'avait trahie, délaissée, et Mme de Risbach enseignait à Hedwige qu'il fallait ne pas suivre son exemple, ne pas se résigner, qu'il fallait triompher à tout prix, elle conseillait à son fils de plaire à Catherine, elle préparait pour lui ce riche mariage, et, parce que Catherine ne semblait pas s'y prêter, Mme de Risbach la détestait, avait inculqué cette haine à ses enfants, et, lorsque Catherine avait recueilli chez elle sa cousine qui s'ennuyait trop, près de cette mère acariâtre, Hedwige avait tout mis en œuvre pour s'emparer de Pierre.

Miss Jackson expliquait ainsi que Pierre eût été infidèle, et, comme il n'y avait à ses yeux, dans la vie de son idole, que cette infidélité qui comptât, elle insistait sur ce point qui était tellement indifférent à Catherine. Qu'importaient à Catherine les causes de la trahison? Il l'avait trahie après l'avoir tant aimée.

Catherine se souvenait de l'amour plus que de la trahison. La monotone voix de miss Jackson ressassait les inutiles excuses, oui, Mary, jalouse plus que Catherine, l'avait avertie qu'il était périlleux d'accueillir cette jeune fille séduisante pour les hommes, coquette, qu'il était périlleux de la laisser en tête-à-tête avec Pierre, oui, oui, Mary avait raison, il avait été pris par une coquette, par une fourbe, par une ingrate qui se vengeait, qui l'avait entraîné, lui toujours si attiré par les femmes; oui, Catherine avait été coupable de négligence, mais que lui importait? elle était amoureuse, elle était dans le lit où il l'avait tant aimée.

Vers cette maison qu'il possédait et que Catherine ensuite lui avait achetée, il l'avait conduite, comme but de leur premier voyage, dès qu'ils avaient été mariés, et c'était là, dans ce lit, qu'il s'était approché d'elle, avec quelle délicatesse, avec quelles tendres précautions, là qu'elle avait éprouvé pour la première fois combien il était fort quand elle était nue dans ses bras.

La voix dolente et fiévreuse de miss Jackson

plaidait pour lui, rappelait tout ce qu'il avait été avant l'arrivée d'Hedwige, la noblesse de ses sentiments, pourvu qu'on les dépouillât de leur ironie, la confession sincère que, pendant les fiançailles, il avait faite de ses fautes, « fautes de jeunesse », affirmait miss Jackson, elle voulait que lui aussi, de même que Catherine avait été victime de l'austérité de M. d'Armanjon, il eût souffert des rigueurs d'un père qui ne l'avait pas compris, elle énumérait les épisodes de la vie passée dans le bonheur, à eux trois, avant la naissance de Donde, et, amoureuse de celui qui était revenu, elle vibrait en parlant de chacune de ses actions gentilles.

Catherine l'écoutait mal, mais un mot, ici et là, créait des images et Catherine se souvenait elle aussi de la vie passée dans le bonheur, à eux deux, dans un bonheur si absorbant que, venus pour demeurer quelques semaines dans cette maison, ils y étaient restés quatre années, chassés uniquement par les mois trop chauds.

Ils avaient vécu quatre années dans cette chambre. Ailleurs, sur la plage, dans le jardin, à Nice ou à Monte-Carlo, ils se reposaient engourdis, solitaires parmi les autres, songeant à la nuit finie et à leur prochaine nuit. Après le dîner, ils partaient en voiture sur la route qui conduit à Èze ; ils montaient lentement les lacets interminables, et la Méditerranée, qui devenait plus grande, leur apparaissait entre deux baisers ; puis, quand ils dépassaient le rocher d'Èze et l'étrange ville suspendue, quand ils atteignaient le faîte de la colline, ils se blottissaient l'un contre l'autre, ils allaient dans l'air plus frais, dans le vent de la nuit qui leur prouvait que l'hiver quelque part existe, ils revenaient sur Beaulieu, dans la tiédeur de son golfe, leurs mains avaient des caresses, et, quand ils étaient dans leur lit, ils avaient tellement envie l'un de l'autre...

Ah ! comment avait-elle pu oublier cela, vaincre cela, comment avait-elle pu ne pas lui crier : « Reprends-moi, laisse-la, reprends-moi ! » Elle était restée seule dans ce lit ; chaque soir, à force de fatigue, elle s'affaissait dans ce lit pour s'y endormir tout de suite.

Lorsqu'elle s'endormait sur son épaule, il avait un petit geste de la main pour la débarrasser des cheveux qui lui chatouillaient le visage, et elle croyait s'endormir protégée par cette main qu'elle embrassait. Il demeurait toute une heure à la regarder dormir, afin qu'elle trouvât ses yeux quand elle s'éveillerait. Ses yeux étaient pleins de paillettes dorées, l'angle tombant d'une paupière aux cils courts et drus les limitait, il y avait un frémissement dans ces yeux entourés d'ombre, et Catherine sentait leur regard qui se mêlait à son sang pour la soulever vers la bouche qui l'appelait. Catherine voyait la bouche fine, mais qui était à la fois puissante et charnue contre les lèvres. Il prenait les lèvres, il prenait la bouche jusqu'aux gencives, jusqu'aux dents qui avaient envie de toucher ses dents, et Catherine s'était donnée avant même qu'il fût son maître, qu'elle ne vécût que de sa volonté qui remplaçait la sienne, qui devenait son âme et son sang.

Plus fiévreuse, grelottant presque, serrant sa gorge de ses mains, miss Jackson parlait de la beauté de celui qu'elle avait assez défendu. Elle en parlait pour le défendre encore, elle avoua qu'elle-même, si elle avait été plus jeune, aurait été coupable en pensée, oh ! en pensée seulement, mais qu'il lui aurait fallu se souvenir que sa petite Kathleen lui avait été léguée, pour qu'elle ne devînt pas sa rivale.

Alors Catherine tourna son visage, où il y avait autant de volupté que de douleur, vers cette pauvre Mary dont les rares cheveux blancs pendaient en mèches déconcertantes sur les oreilles et près des pommettes rouges.

D'une voix qui s'enrouait, miss Jackson affirma que certains hommes sont nés pour qu'on les aime, ils vont leur chemin, inconscients du bonheur et du malheur qu'ils apportent et qui les suit, ils souffrent, eux les premiers, de leur inconstance, et l'on devrait les bénir toujours, même quand ils trahissent, parce qu'on ne les oublie pas et que la vie, avec eux, fut plus grande, et miss Jackson assurait qu'il faut vivre pour la vie plus grande.

Catherine contemplait miss Jackson. Elle était comique, cette vieille fille si laide sous sa chemise et qui suppliait Catherine de ne pas renoncer à l'amour, elle n'avait jamais eu d'amour, et, tout à coup, il parut à Catherine que ce n'était pas dans la chambre que parlait miss Jackson, mais qu'elles étaient toutes les deux dans leur clairière favorite, près du château d'Armanjon, sur le tertre d'où l'on aperçoit le lac et les Alpes derrière lesquelles s'allonge l'Italie. Miss Jackson parlait à Kathleen qui n'avait pas seize ans, du soleil d'Italie, et c'était au fond la faute de miss Jackson tout cela, ou, plus loin, la faute de celle que l'ennui avait tuée, dont Catherine ne connaissait que le fantôme qui, dans les longs corridors d'Armanjon, lui faisait signe de s'en aller. Il fallait que ce fût la faute de quelqu'un, il y avait en Catherine quelque chose qui protestait contre cet alanguissement.

Tout recommençait. Dans la chambre où le cercueil était cloué, miss Jackson avait plaidé la cause de l'amour, et, dans cette chambre même où Catherine était couchée, miss Jackson avait plaidé la cause de l'amour, quand Pierre avait trahi. Chaque fois, Catherine n'avait pas écouté les paroles de miss Jackson, mais elle avait éprouvé la contagion de son ardeur et réagi contre cette ardeur qui l'emportait. Petite fille, elle avait tâché d'aimer Dieu plus que l'Italie, de verser dans ses prières son adoration du soleil et son élan vers l'inconnu ; jeune fille, elle avait discuté, opposant la beauté morale que son père et le pasteur Morand prônaient, à la beauté qui touche les sens et que miss Jackson vantait ; elle s'était indignée, lorsque miss Jackson lui avait déclaré qu'elle aimerait à changer de religion à cause de la somptuosité des églises et du mystère catholique ; et, plus tard, l'orgueil de Catherine, le respect qu'elle avait d'elle-même, ce qui était fier et noble en elle-même, avait lutté avec désespoir contre cet alanguissement de son corps qui voulait se donner.

Ridicule et à plaindre, miss Jackson, revenue

au cauchemar et à l'angoisse qui l'avaient épouvantée, conjurait Catherine de ne pas la laisser mourir avant de lui avoir montré un nouveau bonheur. Elle ne parlait plus de Pierre comme d'un misérable, on aurait dit qu'elle ne se souvenait pas qu'il mourait de faim. Comment aurait-elle imaginé qu'il était déchu, le chevalier de ses rêves ? A pe ne voulait-elle admettre que, blessé, il venait s'us les fenêtres de sa belle pour expier et attendre qu'on lui pardonnât. Miss Jakeson parlait d'elle-même, de son départ d'Angleterre, quand elle avait tout quitté pour suivre la mère de Kathleen, qui l'avait emmenée vers les aventures ; elles avaient abouti, les aventures, dans les longs corridors d'Armanjon, et, si Mary n'était pas morte, c'était qu'on lui avait légué Catherine, mais toute sa vie sacrifiée, tout ce froid qu'elle avait enduré, tout ce silence où Catherine, depuis des mois, l'avait contrainte, et dont elle ne s'était distraite que pour soigner Doude, tout cet abandon valait qu'on la récompensât en étant heureux.

Malgré ses cheveux rares, ses pommettes rouges, son cou décharné et sa piteuse gorge, miss Jackson atteignait dans sa fièvre à une émotion poignante, parce que, pour la première fois peut-être, oubliant ce qu'elle se devait, ce qu'elle devait à son éducation, à sa race, elle se livrait pour sauver celui qui était revenu.

Mais il advint que sa passion retira du cœur de Catherine la passion qui l'agitait. Quel spectacle ! Cette vieille femme, dont le grotesque avait pour excuse une abnégation très grande, n'était qu'une amoureuse qui n'avait pas réussi et qui jetait sur l'amour son ridicule.

Il n'y avait plus d'unité dans les pensées de Catherine, les souvenirs de l'enfance étaient là, les souvenirs de l'amour étaient ici, et, devant elle, miss Jackson donnait la comédie.

Jadis, Catherine avait vu Mary aussi déplaisante. C'était un soir que, sur un grand rocher, Catherine, petite fille, avait perdu la piste d'une chèvre qu'elle suivait, et, soudain, ne pouvant continuer sa route, n'avait pas su comment redescendre. Le rocher était au-dessous du château et surplombait un précipice. Catherine s'était collée contre la paroi, les bras écartés, accrochant ses doigts à des arbustes, et elle avait redressé la tête, toute tendue dans la volonté de ne pas avoir peur, elle avait oublié sa peur en face du soleil qui se couchait sur les Alpes. Mais miss Jackson cherchait son élève et, ne la trouvant pas, poussait des cris ; elle l'avait aperçue et les cris avaient redoublé. « A quoi bon ces cris ? » avait pensé Catherine, puis, lorsqu'on l'avait sauvée, et comme miss Jackson sanglotait d'émotion, Catherine s'était dit que cette émotion rendait miss Jackson bien laide, elle avait préféré l'attitude de son père qui, impassible, l'avait grondée et renvoyée dans sa chambre, elle avait aimé surtout les paroles des bergers qui, l'ayant vue de loin contre la paroi du rocher, avaient dit qu'elle ressemblait à une petite madone. C'étaient des bergers savoyards, pleins de superstitions et de courage. Dès lors, ils avaient toujours comparé Catherine qui se plaisait sur les sentiers les plus

dangereux, à ces petites madones que l'on trouve dans leur pays, en d'étroites chapelles, aux endroits où quelque catastrophe se produisit, et souvent Catherine, toute seule dans la montagne, prenait une pose de madone pour ressembler à leurs imaginations.

Toujours Catherine s'était occupée d'elle-même. Heureuse d'être jolie, elle s'était voulue brave, audacieuse et franche. Le pasteur Morand disait qu'elle avait de la dignité, et, quand bien même Hedwige et Hermann de Risbach savaient mieux leurs leçons, il gardait un sourire pour l'enfant qui ne mentait pas, qui était fière et qui se rapprochait davantage de Dieu, pensait-il, en courant les rochers qu'en se courbant, avec hypocrisie, sur les livres. Catherine avait été soutenue ainsi par ses muets éloges, poussée sur la route qu'elle suivait d'instinct. Les prières trop intelligentes de cet homme rude n'avaient pas attaché sa sensibilité, mais les façons d'être et le caractère avaient laissé leur empreinte. Catherine méprisait qui s'abandonne, et se voulait, étant belle de corps, d'une âme belle, d'une beauté qu'elle avait inventée.

C'était cela ! Ne pas avoir le visage qu'avait Mary en ce moment, ne pas avoir cette vilaine fièvre, mélange de regrets, de souffrances et de désirs, ne pas avoir ces yeux hallucinés, ne pas gémir, ne pas se plaindre, ne pas supplier, rester soi-même en dépit de tout, et ne rien craindre, pas même la mort, qui semblait à miss Jackson une chose épouvantable et qui n'était en vérité que le moyen d'en finir quand il serait temps. C'était cela ! se respecter, mais être tellement sûr de soi qu'on pût courir des risques, car il n'est pas de bonheur sans péril. Catherine avait risqué la folie quand elle avait chassé Pierre, et pis que la folie, la déchéance où son corps l'entraînait, où l'entraînaient ce besoin de se donner qui la faisait, soit dans la mer, soit sur le sable, s'engourdir en la volupté du soleil, ce besoin d'être prise et cette dévotion pour qui la prenait, cette dévotion qui l'avait livrée à Pierre et aurait pu la livrer à d'autres si elle ne s'était pas respectée. Combien s'étaient offerts qu'elle aurait pu aimer, tel Raymond Bardane, si jeune et qui lui plaisait. C'était cela ! se dominer, se vaincre, et, pour connaître la victoire, s'exposer, et, quand on regarde en arrière, ne pas avoir le moindre dégoût ; puis, quand on mourra, sentir que l'on a vécu comme on voulait.

Jusqu'à ce soir, Catherine avait vécu selon sa volonté ; point de laideur dans l'amour qui l'avait torturée, sa désobéissance aux ordres de son père n'était pas laide, son amour avait été beau et elle était orgueilleuse de la façon qu'elle avait eue de souffrir et de se vaincre ; mais, dans leur lit, maintenant, elle avait de l'inquiétude, du dégoût, et Mary ne se trompait pas qui l'accusait d'avoir peur.

Miss Jackson, en effet, usait de fourberie et défiait Catherine de le revoir sans être vaincue ; elle s'attaquait à l'orgueil, et Catherine eut un sourire :

— Vous verrez, dit-elle, vous verrez !

X

— J'attends? demanda le chauffeur.

Servir Philippe Groux n'était pas une siné-cure, il oubliait parfois jusqu'à l'aube que son automobile l'attendait, et, quand il sortait, le renvoyait, sous prétexte qu'il n'en avait pas besoin pour rentrer à sa maison qui était au centre de Nice.

— Vous attendez, dit-il

Et il gravit le perron du cercle.

Les valets de pied s'em-pressèrent, c'était l'homme des gros pourboires. Il faisait chaud dans le vestibule

lier. Il sentait en lui la légèreté des soirs de veine, cette légèreté de corps et d'âme, ce début d'ivresse qu'il éprouvait toujours avant les heures de chance. Même, comme il arrivait au premier étage, il hésita, tant il prévoyait que ce serait sa soirée, à faire porter une lettre chez Pierre pour le prévenir qu'il l'attendrait au cercle à minuit. Mais, devant la porte des salons, un huissier l'arrêta.

— Un monsieur est venu tout à l'heure qui s'est recommandé de vous. On l'a laissé entrer, mais vous seriez aimable d'aller au secrétariat signer sa demande de présentation.

— Il s'appelle?

— J'ignore son nom.

Un Russe tient la banque à la seule table occupé dans la salle de jeu.

éclatant de lumière. Les hautes cloisons blanches et les portes vitrées lui donnaient une apparence nette, propre. On n'entendait aucun bruit, le tapis étouffait les pas.

Au vestiaire, Philippe déposa son chapeau.

— Du monde ! dit-il, en montrant les vête-ments entassés.

— Ce n'est pas comme hier ! fit un valet de pied, Monsieur aura une belle partie.

— Des Allemands ? demanda Philippe, avec une moue.

— Des Anglais, Monsieur, et un Russe.

Philippe monta allègrement le vaste esca-

— J'irai, dit Philippe.

Il continua son chemin, ayant hâte de juger par lui-même la partie. L'huissier s'effaça, poussant la porte.

Derrière elle se trouvait une antichambre où s'ouvraient, à droite le bar, au fond les salles de jeu.

— Monsieur Groux, dit un employé qui était assis à une table, un monsieur est venu...

— Je sais, dit Philippe.

Il allait passer quand une voix appela :

— Philippe !

Et il aperçut, sur un des hauts tabourets du

bar, Pierre de Vinzel, une jambe pendante, l'autre repliée, sa longue taille prise par le smoking, ses larges épaules rejetées en arrière, sa petite tête dressée, le coude appuyé à la tablette et le verre en main.

Pierre était encadré par ces vieilles demoiselles qui sont les filles de l'arrière-saison à Monte-Carlo et à Nice, et il venait sans doute de parler, car il avait les yeux brillants, et tout le monde près de lui écoutait.

Au seuil du bar, Philippe s'arrêta, les sourcils froncés. Sa stupeur était immense de voir en cette tenue et en cette compagnie celui qu'il avait quitté humble et pleurant misère, mais, tout de suite, l'autre, abandonnant tabouret, boisson et filles, courait vers son ami, lui saisissait le bras, et, la figure crispée, demandait :

— Eh bien ?

— Que fais-tu ici ? répliqua Philippe.

La réponse fut donnée par une jeune femme qui sortait des salons en comptant une liasse de billets de banque.

— Ah ! vous l'avez trouvé ! dit-elle en s'adressant à Pierre, et à Philippe : j'ai été chez toi ce soir et j'y ai rencontré Monsieur.

Elle était fraîche, jolie, brune, un peu provinciale, l'une des passagères amies de Philippe Groux.

— Dépêche-toi ! reprit-elle, le Russe perd tout ce qu'il veut.

— Et tu t'en vas ? dit Philippe.

— Je reviens.

Elle s'enfuit, tournant la tête pour sourire à Pierre.

Il était un peu plus grand que Philippe, et, n'ayant pas lâché son bras, il s'inclina vers lui :

— Je n'en pouvais plus, je suis allé à ta maison et cette petite est venue, alors, comme je ne savais que faire de mon temps... Mais toi, comment se fait-il que tu sois ici ?

— Viens ! répondit Philippe.

Et il entraîna Pierre vers une salle de lecture, à gauche de l'antichambre.

Dans cette pièce où les membres du cercle pouvaient faire leur correspondance, il y avait un vieux monsieur qui salua Philippe. Ce vieux monsieur était là chaque soir, il ne jouait point, il écrivait, on ne savait à qui.

Pierre le montra de la tête.

— Il est presque sourd, dit Philippe, qui ajouta : Assieds-toi.

Puis, brusque :

— Attends un instant.

Il rentra dans l'antichambre et gagna les salles de jeu.

Une seule table travaillait, mais deux rangs de joueurs se pressaient autour d'elle. On voyait beaucoup de figures cuivrées par le soleil et quelques dames qui gardaient leurs écharpes sur leurs épaules pour ne pas être trop décolletées dans un mauvais lieu. C'étaient sans doute des Anglais qui revenaient d'Égypte ou des Indes. Débarqués à Marseille, ils s'arrêtaient quelques jours sur la Riviera. Ils se parlaient les uns aux autres, dérangeaient les habitués de la maison et n'y prenaient garde. Ils pontaient gros. Le Russe tenait la banque. Lourd, sa chemise molle bouffant dans l'échancrure de son gilet blanc, le

front têtu, la barbe épaisse et courte, il mâchonnait constamment, et ses petits yeux riaient à chaque coup perdu. Chaque fois qu'il remettait la banque, il puisait des paquets de billets dans ses poches, tandis que, pour faire l'appoint, il tendait la main derrière lui vers une femme très grasse, couverte de bijoux, qui lui donnait de l'or en prononçant vite des mots qu'on ne comprenait pas.

La jeune femme qui avait déjà parlé à Philippe dans l'antichambre et qui était revenue, s'approcha de lui.

— Qu'as-tu fait de ton ami ? lui demanda-t-elle. Si tu veux, nous souperons tous les trois, il me plaît, cet homme-là.

Philippe ne lui répondit qu'en haussant les épaules, mais, lorsqu'il eut rejoint Pierre, il lui dit :

— Tu ne connaissais pas Simonne, elle est gentille.

— Très gentille, dit Pierre.

— Elle est entretenue par un des plus riches armateurs de Gênes.

— Que veux-tu que cela me fasse ?

— Dame ! je pensais...

— Voyons, Philippe, j'attends !

Ils s'étaient assis dans les profonds fauteuils de cuir, cependant qu'à l'autre extrémité de la pièce, le vieux monsieur écrivait, soupirait, grattait du bout de sa plume le bord de l'encrier.

Philippe qui avait tenu les yeux loin de Pierre, les ramena vers son ami. Il parut examiner ce visage dont la beauté frappait moins que le charme. Était-ce pour cela que, malgré les cheveux grisonnants sur les tempes, Pierre gardait un air de grande jeunesse ? Il y avait une vie intense, en dépit de l'extrême douceur de la physionomie, sur la figure si fine de cet homme vraiment ému. Entre les paupières aux cils drus et sombres, les yeux frémissaient, pleins de paillettes dorées. L'agacement que Pierre éprouvait le faisait se mordre la lèvre, et la pointe des dents brillait sous la courte moustache, tandis qu'entre les sourcils, une ride montait vers son joli front. Et soudain, Philippe revit Catherine penchée sur la galerie.

— Il faut t'en aller, Pierre. Je viens de te voir là, tu n'as pas pu attendre une demi-journée qu'elle te répondît.

— Tu viens de me voir là, qu'est-ce que cela signifie ? Je te répète que j'ai été chez toi parce que...

— Pourquoi ne m'as-tu pas dit, interrompit Philippe, que tu lui avais emprunté de l'argent toutes ces années ?

Ils parlaient bas, et le bruit, la plume que le vieux monsieur grattait sur l'encrier dominait leur murmure.

Pierre fixa des yeux Philippe, et ses yeux tristes et déçus l'interrogèrent.

— Alors elle m'a traîné dans la boue ?

— Tu sais qu'elle n'a plus de fortune, à peine de quoi vivre ?

— Va droit au but, Philippe, elle ne m'aime plus ?

— Il faut t'en aller, il y en a tant d'autres. Je viens de te voir là. Je ne pense pas que tu m'aies trompé ce matin, mais c'était un mauvais moment, il est passé, laisse-la tranquille.

— Je te demande si elle ne m'aime plus?

— Elle a trouvé]   ne.

— Enfin, sa répo   ?

— Elle t'aime, Pierre, mais tu ne devrais pas... Je te demande pardon, mais, ce soir, pendant que je plaidais ta cause, j'avais honte de ce que je faisais. Si tu l'avais vue chez elle, elle est si digne, si gaie à force de bravoure, tu te sacrifierais, en admettant que ce fût te sacrifier.

Mais Pierre, sur le bras de Philippe, posa la main.

— Es-tu mon ami ou le sien? dit-il.

À l'autre extrémité de la pièce, le vieux monsieur se leva pour changer de porte-plume, et il sourit à Philippe, d'un air navré.

— Je lui ai dit, Pierre, que je ne t'abandonnerai jamais, et pourtant...

— Assez parlé de moi, Philippe, tu as vu Catherine, que dois-je faire?

— Eh ! fais ce qu'il te plaira ! Elle m'a promis qu'elle réfléchirait, qu'elle m'écrirait demain, je te transmettrai sa lettre.

Et Philippe décroisa les jambes comme pour se lever.

D'une pression amicale sur le bras qu'il tenait, Pierre l'arrêta.

— Tu ne peux pas me donner dix minutes de ton temps?

— Mais nous avons tout dit, elle t'aime et je suis certain qu'elle cédera ; seulement, elle est heureuse et tu l'as assez fait souffrir.

— Tu as envie de jouer, Philippe, et c'est pour cela que tu me maltraites. Reste, ils seront encore là quand nous aurons fini. Raconte-moi : est-elle changée, a-t-elle été émue en me sachant si près d'elle, lui as-tu bien dit que je l'ai toujours aimée? Oui, tu le lui as dit, et qu'a-t-elle répondu?

— Qu'il s'en aille s'il m'aime encore! Voilà ce qu'elle m'a répondu et ce que je te conseille.

— Elles disent toutes cela quand on revient. Elles ont peur de recommencer et elles ont raison, mais, si j'avais été à ta place, je lui aurais montré que ce n'était pas un recommencement. Tu comprends, Philippe, elle, je ne l'ai pas eue vraiment, sans cela...

— Oui, je comprends et elle a compris, elle aussi ; elle m'a dit : c'est pour cela qu'il revient.

— Elle t'a dit cela? Écoute, Philippe, j'ai été sincère ce matin, mais tu as peut-être mal interprété. Je t'expliquerai en deux mots : je suis un homme fini, j'ai lutté énormément cet hiver pour continuer, j'y ai réussi, et cela ne m'amuse pas. Imagine que, pour continuer à jouer, tu aies été obligé, un jour, de tricher, que, pendant une, deux, trois, quatre semaines, cela t'ait réussi, et que cela ne t'amuse pas de tricher, imagine qu'il faut finir ; seulement, avant de finir, la plus belle partie, voilà !

Et Pierre ferma les yeux.

— Parle pour toi ! dit Philippe sèchement. Quant à moi, je compte que je saurais finir avant cette partie.

— Mais non, tu aurais tort ! s'écria Pierre avec une gaîté si forte que le vieux monsieur qui écrivait toujours se retourna.

À voix plus basse, Pierre poursuivit :

— Tu aurais tort, parce que, pendant cette partie-là, on peut reprendre goût au jeu. Tu manques de sincérité, Philippe, c'est ta faiblesse. Moi, il est naturel que j'aie été détruit, ce que j'aimais détruit toujours, mais toi, tu avais le goût des grandes affaires, et c'est par mépris pour les gens de finance que tu es allé au tripot. Crois-moi, nous ne devons pas nous embarrasser d'idées morales, nous sommes uniquement des hommes qui ont de la force, qui ne vivent que pour risquer leur force, ils ne doivent pas douter d'eux-mêmes avant de s'être employé jusqu'au bout.

Philippe savait tout cela, il répéta :

— Fais ce que tu veux, moi je ne m'en mêle plus.

— Mais, mon cher, je ne pense pas que tu aies besoin de t'en mêler encore. Tu as été un bon ami et je n'oublierai jamais... Pourtant, tu dis qu'elle va réfléchir... À qui peut-elle demander des conseils?

Philippe répondit avec impatience :

— Ta femme vit seule avec ton fils et miss Jackson.

— Miss Jackson, la pauvre Mary..

Et Pierre de nouveau ferma les yeux.

— Quand tu es parti, Catherine allait se coucher?

— Je l'ignore, elle était trop émue pour me permettre de rester.

— Tant que ça !... Et, d'habitude, se couche-t-elle de bonne heure? Il est dix heures et demie à peine.

— À quoi penses-tu, Pierre?

— À l'abominable nuit que je vais passer. Catherine t'a promis d'écrire... Ah ! mon vieux Philippe, la plus abominable nuit de ma vie !

— Soupe avec nous. Tu plais à Simonne.

— Simonne? Qui ça? Ah ! oui, ton amie. Mais, Philippe, j'aime Catherine, tu me connais mal, je l'aime.

— Farceur ! dit Philippe.

Pierre le regarda durement, puis se rejeta dans le fauteuil et appuya sa main sur ses yeux.

À l'autre extrémité de la pièce, le vieux monsieur, comme pris de frénésie, écrivait si vite qu'on voyait son dos trembler.

Philippe tourna la tête vers la porte.

Tout à coup Pierre, avec un indicible accent de tendresse, murmura :

— Ma petite Kathleen...

À ce moment, la porte s'ouvrit et un valet de pied s'avança vers Philippe :

— La banque est aux enchères, Monsieur.

— Vingt-cinq louis, dit Philippe.

Le valet de pied s'en alla, mais, bientôt, on entendit la voix du croupier qui répétait :

— Vingt-cinq louis en banque !

Puis, une autre offre ayant été faite :

— Cent louis ! cent cinquante louis !

Sur le pas de la porte, le valet de pied interrogea Philippe qui annonça sans hausser le ton :

— Deux cents louis.

— Et qui se leva.

— Deux cents louis ! cria le croupier.

Il y eut un silence. Philippe marchait vers la porte.

Pierre le regardait avec un sourire, tandis que le vieux monsieur, tournait sur sa chaise, montrait une figure à la fois excitée et mécontente.

XI

Il n'y avait encore rien de décidé, mais déjà, Catherine avait discuté avec miss Jackson où l'on devrait loger Pierre, si par hasard on le recevait.

En vérité, elle avait conclu :

— Vous voyez bien que ce n'est pas possible, la maison est trop petite.

Pourtant elle avait repris :

— Ah ! vous croyez que j'ai peur !

Et le petit rire qui avait souligné cette phrase n'était pas un rire franc.

Puis Catherine, avec une moue, s'était renversée dans le lit.

Miss Jackson pensait :

« Oh ! comme elle est heureuse ! »

Les paupières closes, Catherine enfonçait la tête dans l'oreiller, et c'était le bas du visage, la bouche charnue, la ligne puissante du cou, les ombres chaudes sous le menton arrondi, qu'apercevait miss Jackson.

Frôlant la soie grise qui cachait le mur, les cheveux cendrés s'épandaient. Il y avait un peu de rose sur les joues. Les tempes avec de petites veines, le front, la gorge, étaient d'une blancheur transparente. Les lèvres se caressaient l'une l'autre, et, tout humides, brillaient. Les ailes du nez se dilataient dans ce mouvement qui est de défi et d'amour, et, pour respirer, Catherine soulevait lentement ses robustes épaules dont les muscles se devinaient sous la chair ferme et d'apparence tellement douce. Ils entraînaient la poitrine, les seins dressés que Mary apercevait entre les rubans qui retenaient les dentelles de la chemise, une chemise fendue jusqu'à la taille, très inconvenante, très excitante, avait jadis déclaré miss Jackson.

Contre ses maigres seins à elle, miss Jackson croisait toujours les bras. Cependant elle n'avait plus froid, elle avait trop de fièvre. Elle pensait : « Oh ! comme elle est heureuse d'être si belle et de l'attendre... »

Et elle pensait aussi :

« Oh ! comme il est heureux d'être attendu ! »

Elle était amoureuse de Catherine ainsi qu'elle l'était de Pierre. Dans ce drame, elle avait joué les deux rôles, elle avait aimé, souffert pour tous les deux, et elle aurait voulu être cette belle Catherine vers qui Pierre revenait, elle aurait voulu être Pierre qui allait prendre cette belle Catherine, qui allait embrasser ces lèvres humides, entr'ouvertes pour lui, qui allait enfouir son visage dans ces cheveux, Pierre pour qui se dressaient ces petits seins si jeunes, se cambrait cette taille que montrait la chemise fendue, oui que la chemise montrait à présent, parce que, Catherine, qui avait chaud sans doute, avait rejeté la couverture.

Les mains de Catherine tenaient encore la couverture rejetée, et ses bras étaient nus jusqu'au creux de l'épaule.

Miss Jackson se disait :

« Il aura ces bras autour de lui... »

Et elle savait combien ils étaient forts et câlins à la fois.

Souvent, Catherine se plaisait à les lui faire toucher : « Sentez comme ils sont durs ! » Ils n'étaient pas durs, ils étaient câlins et forts, et les bras de Pierre, eux aussi, étaient forts, nerveux, très blancs, presque aussi blancs que ceux de Catherine. Aux temps heureux, Pierre et Catherine appelaient parfois en riant miss Jackson et lui faisaient comparer leurs bras, pour qu'elle décernât le prix à l'un ou à l'autre.

— Vous ne dites plus rien, Mary ?

— Que dire ? N'êtes-vous pas décidée ?

Catherine secoua la tête sans ouvrir les yeux, puis, levant les bras, elle les ramena derrière la nuque, découvrant avec une enfantine impudeur ses blondes aisselles.

— Allez dormir, Mary ! Moi, il faut que je réfléchisse. Et surtout, n'y comptez pas, n'y comptez pas, c'est tout à fait impossible.

Miss Jackson n'avait pas envie de dormir, mais elle jugea plus prudent de se retirer.

« Il aura tout cela ! » se disait-elle.

Et elle répondit :

— Bonne nuit, Kathleen ! Réfléchissez avec votre cœur.

Elle pensait :

« Il aura tout cela... »

Et elle s'en allait à petits pas, en toussant. Elle osait tousser. Elle s'arrêta sur le seuil pour regarder encore une fois cette chambre, le vaste lit où la lumière de la lampe bien disposée éclairait les cheveux, le corps, les blondes aisselles de cette belle Catherine.

Catherine entendit, dans le cabinet de toilette, une toux sèche, irritée, fiévreuse, puis une porte qui s'ouvrit, une porte qui se referma, et plus rien, plus rien que le petit bruit de la mer.

Quand il n'y a pas de vague et que la Méditerranée est, sous les étoiles, comme une soie étalée, quand tout est immobile à sa surface, elle murmure sur le sable. Lorsque la voix d'un homme violent s'apaise, c'est la voix la plus tendre ; lorsque la Méditerranée s'apaise, c'est la voix la plus caressante.

Devant miss Jackson amoureuse, Catherine avait songé : « Il ne faut pas être comme elle. » Maintenant, l'autre amie parlait, amoureuse elle aussi, et Catherine n'avait plus le dégoût de l'amour.

Elle faisait bien la mine en se répétant : « Tout à fait impossible ! » Mais, puisque c'était impossible, elle y pouvait rêver, et, pour y rêver mieux, elle crut que c'était pour mieux réfléchir, elle éteignit la lampe.

La mer et son murmure furent plus près. Les mains de Catherine ramenaient le drap sur les épaules, elle se tourna sur le côté droit, son sein s'appuya sur son bras, elle allongea les jambes.

Vraiment, elle ne trouvait plus motif à réfléchir. C'était tout à fait impossible qu'elle reprît cet homme qu'elle n'avait pas vu depuis six ans, dont elle s'était débarrassée. Et puis, il n'y avait pas assez de chambres dans cette petite maison, on vivrait trop près les uns des autres, elle le rencontrerait à chaque instant.

« Tout à fait impossible, n'y songeons plus. »

Ah ! si elle avait été une autre femme, si elle avait dirigé sa vie autrement...

Elle pouvait bien, n'est-ce pas ? puisqu'elle avait décidé d'être jusqu'au bout victorieuse, rêver à des défaites, à ce qu'aurait été sa vie, si... Non ! elle ne voulait pas !

Et pourtant, comme cela aurait été plus simple ! Elle avait cherché à se construire un idéal avec son intelligence, comme le pasteur Morand cherchait Dieu avec son intelligence, mais l'intelligence..... Quand les événements vous laissent au repos, l'intelligence règne et s'amuse, mais quand les événements vous enveloppent, quand la lutte n'est plus seulement dans l'esprit, mais gagne tout le corps, quand le corps se souvient et désire, sa mémoire et son désir, sa volonté sont tout, et l'intelligence s'enfuit en déroute.

Orgueil qui rend chaste, morale inventée, respect de soi-même, qu'est-ce donc soi-même ? On ne se sent que lorsqu'on aime, ce n'est que dans l'amour que tout ce qui est soi s'unit, prend conscience, et, si l'on veut être pur, il faut aimer si loin et d'un amour tellement inutile que la pureté soit une attente et non pas un but.

Si Catherine n'avait pas été pure, si elle avait aimé chaque fois qu'elle en était tentée, est-ce que maintenant elle hésiterait à aimer encore ? Oui, c'est un étranger, celui qui revenait après six ans d'absence, mais elle l'avait attendu, l'étranger, elle avait dirigé vers lui tous ses rêves, rêves pleins de haine, et la haine aussi rend conscient de soi.

Chaque fois que son désir d'être aimée s'était éveillé, elle l'avait dompté par la haine en se souvenant de celui qui lui était devenu étranger, et elle avait ainsi détruit, non seulement sa puissance d'aimer, mais aussi cette partie d'elle-même qui aurait pu être heureuse et qui ne savait que souffrir.

Il n'y avait plus d'harmonie en elle, plus de simplicité. Si elle n'avait pas été pure, si elle avait eu des amants, si elle avait cédé à tous les hommes qui l'avaient émue, elle n'aurait eu, ce soir, dans sa solitude, qu'un grand désir, très beau puisqu'il l'aurait contrainte au pardon et à la bonté pour ce malheureux qui se repentait, qui demandait un asile, un grand désir pour celui qu'en tous cas elle aurait aimé plus que tous les autres, un grand désir de ses caresses et une grande joie à l'idée de son retour, tandis que, dans le lit solitaire, elle avait le désir des caresses et l'horreur du retour.

Elle appartenait à son corps, et son corps était bercé par le petit bruit de la mer qui avait bercé tant d'autres nuits heureuses, elle sentait son corps vivre d'une vie plus chaude, comme si l'approche de celui qui l'avait éveillé le réjouissait et lui donnait de l'audace; elle sentait contre son bras la forme et la pointe de son sein, elle sentait ses cuisses serrées l'une contre l'autre, elle sentait ses jambes qui s'étiraient voluptueusement. Ses cheveux lui frôlaient la joue, elle se rappelait les doigts qui écartaient ses cheveux,

elle se rappelait les promenades en voiture, la couverture tirée au-dessus de leurs genoux, leurs mains unies et les doigts forts qui tenaient sa main.

Ah ! si elle s'était livrée aux autres ! C'était à eux qu'elle voulait penser ce soir pour le chasser lui.

Et elle pensa à Raymond qui était si jeune, et plus beau que Pierre, elle se souvint de ce baiser qu'elle lui avait permis de prendre sur sa joue, ce soir qu'elle l'avait convaincu de se résigner.

C'était dans le salon, un crépuscule, au début du mois de mars, un jour d'affreux mistral qui secouait les vitres. Elle avait parlé longtemps, sagement, heureuse peut-être de toute la peine que faisait à ce jeune homme le refus d'elle-même, heureuse et pitoyable, troublée par une émotion qu'elle partageait et ne craignait plus. Elle était étendue sur le divan et lui était assis sur une chaise, près d'elle. Quand elle s'était tue, il avait caché son visage dans ses mains et il avait gardé le silence. Catherine ne voyait que son corps séduisant, ses mains dignes d'être aimées et ses cheveux blonds qui avaient toute la jeunesse, et elle avait dit, par goût du péril et pour se prouver que le péril n'existait plus, mais d'une voix dont il n'avait pas remarqué l'accent : « Allons, courage ! vous pouvez embrasser votre amie. » Il s'était penché sur elle, il l'avait embrassée, à l'endroit qu'elle lui indiquait, sur la joue, et peu s'en était fallu que Catherine ne tournât la tête et ne lui donnât sa bouche. Elle ne l'avait point fait, elle était orgueilleuse de son fier discours et cela aurait été le démentir; elle ne l'avait point fait, parce que Mme Bardane souffrait de jalousie et qu'il ne faut pas faire souffrir les autres; elle ne l'avait point fait, par impuissance d'aimer, car, lorsqu'on est capable d'aimer, on ne s'inquiète pas de la souffrance que l'on crée, ni de sa propre souffrance, on ne pense pas à braver le péril, ou ne pense pas au péril, on aime, on se donne, on veut se donner davantage, et c'est l'unique inquiétude : se donner tout entière et prendre tout entier celui qui vous prend.

Hélas ! elle n'avait su ni prendre tout entier celui qui l'avait trahie, ni se donner tout entière à celui qu'elle avait pu chasser. Du moins aurait-elle peut-être réussi à conquérir absolument ce jeune homme qui n'avait rien d'un maître, mais qui, devenu son fidèle, aurait rempli sa vie d'adoration. C'était à lui qu'elle voulait penser, et non point aux autres, à ceux qui ressemblaient à Pierre et, pour cela, l'avaient fait un peu frémir, à Philippe, elle avait pensé à lui les premiers temps, à ceux qu'elle avait rencontrés à Paris, ailleurs ; c'était à ce pauvre Raymond qu'elle voulait penser, tandis que le bruit de la mer lui rappelait les nuits heureuses et qu'elle sentait la pointe de son sein contre son bras, et ses jambes s'allonger voluptueusement dans le lit où elle attendait Pierre.

Elle savait bien qu'elle l'attendait, et, pour le repousser, elle songeait à un autre, inconsciente de la perversité qu'il y avait à écouter sa pensée qui disait : « Raymond ! » quand tout son être appelait Pierre.

Demain, elle écrirait à Philippe :

*****

« Je ne peux pas ! C'est inutile qu'il insiste. Votre menace d'une visite qui me serait en effet odieuse ne me touche pas, je vais partir et je le défie de trouver mon adresse. »

Elle partirait, elle demanderait à Raymond de lui chercher un abri. Maintenant, c'était elle qui demandait un abri. Raymond la protégerait et, puisqu'elle devrait, pour dépister les recherches, passer quelques mois dans une retraite absolue, Mme Bardane, pas plus que les autres, ne saurait ce qu'elle était devenue et ne serait pas jalouse. Catherine enverrait son fils à Armanjon, avec Mary qui devenait un peu gênante par ses supplications et ses radotages, et, pour combler le vide qu'elle avait tant redouté, elle aurait un jeune amour.

Qui sait ? à force d'être aimée, elle se mettrait à aimer, peut-être. Il lui fallait de l'amour. Quel aveu ! Un aveu nocturne, et dont elle sourit, mais en souriant elle soupira, elle se tourna dans le lit, elle joignit les doigts entre ses seins, elle appuya la joue contre le sein que son bras relevait, bougea une jambe, la replia, l'allongea de nouveau. Il lui fallait de l'amour...

Ce n'était pas la première nuit qu'elle avouait cela à la chambre où glissait par la fenêtre ouverte le murmure complice de la Méditerranée. Mais autrefois l'aveu était sans danger, elle avait de l'amour puisqu'elle avait de la haine. Autrefois, après une nuit d'insomnie où elle méprisait son corps ardent, où elle serrait les mâchoires, et, les mains jointes au-dessus du drap tiré, se raidissait toute dans la volonté d'être pure, de s'endormir pure, de ne pas avoir ces rêves qui recommençaient sa vie amoureuse, qui la faisaient gémir sous l'étreinte trop longue de son amant perdu, après ces nuits dont l'aube était pleine de honte, elle fuyait la chambre mauvaise, elle ne faisait que passer dans le cabinet de toilette aux trop nombreux miroirs, et, son corps, emprisonné dans le maillot du costume de bain, elle courait, que ce fût décembre ou janvier, vers la plage, vers la mer, et c'était dans la mer complice de sa volupté qu'elle redevenait pure, en usant de ses forces pour être libre et nager vers le large ; puis, quand elle revenait, la chair affermie par l'eau glacée, quand elle voyait grandir sa maison, qu'elle apercevait, gambadant sur la plage, Stony et Dorothée, et, derrière eux, le groupe de Mary, de la femme de chambre et de Doude inquiets de son absence, quand elle criait : « Me voici ! » quand elle reprenait pied, quand on l'enveloppait dans le peignoir tiède quand elle traversait le jardin où jouait la lumière du soleil, elle n'avait pas besoin de vouloir être gaie, de raisonner sur la gaîté nécessaire, elle était gaie tout naturellement, gaie comme les oiseaux qu'elle allait nourrir, ses chers oiseaux qu'elle adorait, qu'elle admirait pour leur perpétuelle gaîté.

— Oui, je partirai demain. Comment ai-je pu un instant rêver que je lui rendrais sa place ? Je partirai demain. Raymond seul connaîtra mon adresse. Miss Jackson et Doude s'arrangeront.

Elle se parlait ainsi, les bras étendus au-dessus de la couverture, et elle se mordait la lèvre.

— Oh ! ma pauvre maison ! Le mois de juin est si beau ici ! Paris, un hôtel, le bruit des rues,

et se cacher comme si l'on était coupable, avant d'être coupable... Et pourquoi est-ce que je me cacherais, pourquoi aurais-je l'air de fuir ?

Comme le lit était brûlant et comme les pensées s'agitaient !

En six années, Catherine n'avait-elle pas eu le temps d'établir avec solidité les quelques idées qui la conduisaient ? Il ne restait plus d'elles que l'idée de la gaîté. Catherine ne pouvait opposer à son besoin d'aimer Pierre ou de fuir dans les bras de Raymond, que la gaîté d'une matinée, d'un jardin où le soleil et les oiseaux jouaient harmonieusement.

Pendant des heures, Catherine avait expliqué à Raymond que la gaîté était le but de l'existence. Elle lui avait dit :

— Faites votre devoir pour être gai.

Il demandait :

— Quel est mon devoir ?

Elle répondait :

— Donnez de la gaîté à autrui, ne troublez pas la gaîté qui n'est au fond que l'harmonie du monde. La passion, c'est un geste inharmonieux qui met en fuite la gaîté.

Et elle montrait le paysage, elle cherchait ses preuves dans le décor, elle parlait des fleurs et de ses oiseaux qui revenaient à chaque instant dans son discours.

Cette nuit, le décor, c'était elle-même, et il lui fallait autre chose que de l'harmonie.

Soudain, sa grande théorie lui parut, oh ! si puérile. Mais oui, l'ensemble des choses, nous l'imaginons harmonieux, mais, chaque être, qu'est-ce donc qui le dirige ? La gaîté, l'harmonie ? Une lutte sauvage vers une jouissance qui mène à la destruction. Toutes les heures de sa vie n'étaient pas égales à l'heure que Catherine vivait maintenant, elle avait la prescience que, si elle arrivait à la vieillesse, ce serait de cette heure-là qu'elle se souviendrait et, à cette heure, tout son être tendait vers une jouissance qui serait sa propre destruction.

Raymond ? Non ! c'était Pierre qui était là. Elle n'avait pas besoin de chercher à le voir, elle essayait en vain de ne pas le voir ; il était là, près d'elle, dans le lit ; c'était sa main que la joue de Catherine cherchait sur l'oreiller, ses jambes que les jambes de Catherine attendaient quand elles se serraient l'une contre l'autre, comme énervées de se trouver l'une l'autre, c'était lui que les seins de Catherine désiraient, lui que les lèvres caressaient en se caressant l'une l'autre, lui qu'elle retrouvait maintenant dans sa veille comme elle l'avait retrouvé pendant six années dans ses rêves, lui et sa longue étreinte qui, pendant des minutes divines, de longues, d'éternelles minutes, retenait Catherine au seuil d'un bonheur où elle voulait et n'osait pas se jeter avant qu'il le lui permît.

Mais, des rêves, la gaîté d'une matinée débarrasse, ce n'était plus un fantôme qui revenait, c'était lui et il fallait le chasser.

Elle avait pour cela pensé à Raymond, oh ! le projet puéril ! elle avait comparé ce nouveau venu à Pierre, à celui qui avait formé sa sensualité en lui prenant d'abord tous ses rêves de jeune fille pour en faire comme le parfum de la lampe qui brûle au fond de l'alcôve où les amants s'adorent. Elle trouverait d'autres alcôves, mais la lampe ne brûlerait pas, elle trouverait d'aussi longues étreintes, mais, aux secondes où l'on s'arrête devant le bonheur que l'on ne veut pas, il n'y aurait plus le parfum de la lampe, et, quand le bonheur qui n'est qu'un éclair dévastant aurait laissé la chair amoindrie, il n'y aurait

« Il est une chose que les d'Armanjon n'ont jamais faite, disait M. d'Armanjon lorsqu'il grondait son neveu ou sa nièce, nous pouvons mal agir, nous ne mentons pas, c'est lâcheté. »

Et le pasteur Morand disait :

« A quoi bon mentir, puisque rien n'importe que ce que tu fais devant Dieu, et qu'il te voit. »

En toute saison, Catherine, en costume de bain courait vers la plage.

plus le parfum de la lampe pour engourdir la blessure.

— Pierre ! Pierre !

Elle l'appelait de ses lèvres et elle mit ses deux mains sur sa bouche pour ne pas l'appeler, car, du lointain d'elle-même, de cette immensité qu'elle ne connaissait pas, de cet inconnu où toute sa race avait frappé son empreinte, venaient, pour la sauver, le souvenir et le dégoûte de ses mensonges.

C'était, cela, des leçons, mais l'horreur du mensonge, la répulsion pour le mensonge, étaient en Catherine, non pas le produit de quelques leçons, mais le produit de toute la race qui l'avait créée, et il avait fallu que Catherine entrât dans le fumoir, qu'elle vît, sur le canapé du fumoir, leurs corps mêlés, les jambes d'Hed-wige accrochées aux jambes de l'homme courbé sur elle, qu'elle vît Hedwige dépoitraillée, les seins offerts, qu'elle vît tout ce qu'elle avait vu tout, pour qu'elle crût à la trahison.

Le souvenir du mensonge, Catherine rassembla son courage pour l'effacer. Si elle persait à cela, c'était fini. Dès que Pierre s'était éloigné, cette vision était devenue la source même où son amour se renouvelait, s'abreuvant de jalousie.

Mais il était d'autres mensonges qui n'entraînaient pas d'aussi accablantes images, des mensonges moins précis, toute une existence fourbe et malpropre.

Quand donc Pierre avait-il commencé à mentir ? Etait-ce au début, quand il avait confessé, sans qu'on le lui demandât, les fautes de sa jeunesse; était-ce dès les fiançailles, quand il prétendait que jamais il n'avait aimé ainsi; était-ce lorsque Catherine enceinte était devenue laide et qu'ils avaient vécu ces dures semaines à Paris, en attendant la naissance de Doude; était-ce seulement lorsque Catherine avait eu la niaiserie d'inviter Hedwige à passer l'hiver dans leur villa ? Est-ce qu'il avait toujours menti, est-ce qu'il était capable de ne point mentir, est-ce qu'il ne mentait pas aujourd'hui, quand il jurait qu'il l'avait toujours aimée ?

Pourtant, lors de la première rencontre, le timbre de sa voix avait frappé Catherine, non point par la douceur, mais par la sincérité. Il s'étaient rencontrés à Lausanne dans une maison amie, chez une vieille dame qui aimait beaucoup la littérature, mais qui n'aimait que la littérature convenable, et l'on avait récité des vers et Pierre paraissait s'ennuyer, et la vieille dame lui avait demandé de dire à son tour un poème. Il s'en était défendu, et il ne ressemblait pas à quelqu'un qui se lèverait pour dire, dans un salon, devant du monde, un poème. Alors, la vieille dame, afin qu'il brillât, l'avait interrogé sur l'amour, et il en avait parlé avec une telle passion que miss Jackson l'avait invité à venir les voir, car ils étaient voisins, la terre de Vinzel se trouvant à quelques lieues du château d'Armanjon. Ce fut le mois des secrètes fiançailles, des promenades, de l'attente, le soir, du signal qu'il faisait quand il pouvait revenir, le mois où l'intrigue était pure, et cependant existait, et avait embelli la vie, jusqu'à la dure parole de M. d'Armanjon : « J'entends que ce jeune homme ne mette plus les pieds ici. » Catherine avait obéi, elle n'avait pas revu Pierre à la mort de M. d'Armanjon. Est-ce que déjà, pendant ce mois où il entr'ouvrait son cœur par toutes les paroles qu'il murmurait, est-ce que déjà il était fourbe et suivait un plan ? Elle s'était défendu de le croire, elle avait gardé cela, ce vrai bonheur, dans ses souvenirs, et même, ce bonheur, elle fe faisait aller plus loin. Pourquoi Pierre n'aurait-il pas été transformé par leur amour ? Elle voulait que ce bonheur complet, sans une tache, eût duré jusqu'à l'époque tourmentée où ils avaient su que Doude allait naître.

C la avait été une déception. Dès les premiers jours, non pas le premier jour, mais quand leur intimité était devenue telle que les mots un peu précis n'étonnaient plus Catherine, Pierre lui avait demandé : « Voulez-vous avoir un enfant, ou bien est-ce moi seul que vous aimez ? » Elle n'avait pas hésité : « C'est vous seul ! » Un enfant... Elle n'avait jamais joué à la poupée. Petite fille, elle suivait les chèvres sur les rochers et faisait la madone aux endroits dangereux. Elle n'avait jamais eu les tendresses alanguies des gamines pour les gamines plus jeunes. Quand elle songeait à ce défaut d'instinct maternel, elle l'attribuait à la survivance en elle des terreurs que sa mère avait eues et dont miss Jackson disait : « Pensez qu'il n'y avait pas de médecin au village, votre mère a été accouchée par une mauvaise sage-femme, elle ne s'est pas remise de votre naissance. » Catherine n'avait pas du tout l'instinct maternel. Et puis, en ces quelques jours où elle était devenue vraiment femme, elle qui, jeune fille, aimait déjà son corps robuste, elle avait pris de l'adoration pour ce corps que Pierre adorait, et il y avait aussi que leur union était trop parfaite pour qu'elle pût devenir meilleure, et que Catherine ne voulait pas d'enfant, afin de demeurer seule avec Pierre.

Ces deux années avant l'imprudence qui avait permis à Doude de naître ! Point de soucis, miss Jackson tenait la maison, le jour était une somnolence, et la nuit une bataille sublime, et leurs corps, leurs cœurs, leurs âmes, à force de luttes, arrivaient à une harmonie, à la vraie harmonie, qui n'est point faite de gaîté, qui n'est qu'un incessant et merveilleux combat.

Ils ne voulaient pas d'enfants, ils ne voulaient pas d'interruption dans leur longue étreinte ; mais, quand l'imprudence avait été commise, quand la déception avait été un peu diminuée par l'habitude, il avait semblé à Catherine que ce mystère en elle, au lieu d'interrompre l'étreinte, la prolongeait, et Pierre avait eu la même sensation. Sensation pour elle et pour lui fugitive, vite épuisée, on aurait dit que l'enfant se hâtait de se séparer d'eux. Dès le second mois, ce n'était pas l'étreinte qui continuait, c'était la séparation qui commençait. Les inconvénients de la grossesse éloignaient Pierre de Catherine malade, et des visions de laideur hantaient Catherine qui regardait ses flancs encore gracieux et croyait les voir s'épaissir.

Et soudain, une répulsion avait saisi Catherine pour cette œuvre de chair et de sang qui se faisait en elle sans qu'elle le voulût, un fardeau était en elle, et, pour ce fardeau, elle avait de la répulsion et de l'hostilité.

Un soir, elle avait confié à Pierre l'envie qui la tenait, comme une envie tient une femme enceinte, de se débarrasser de ce fardeau pesant, et, à voir la joie que Pierre n'avait pas su lui cacher, elle avait compris que lui aussi était hostile à l'œuvre de son corps déformé. On était parti pour Paris, on avait cherché le médecin louche qui accomplirait la besogne, mais tout à coup, devant ce médecin, Catherine avait senti en elle l'instinct de sa race, qui venait la sauver. Tout était prêt, elle refusa. Elle refusa parce que Pierre avait peur, parce qu'il harcelait sa femme de recommandations, la suppliait d'être discrète, elle refusa parce que le médecin avait peur, se défiait de miss Jackson, des domestiques, de tout le monde, elle refusa parce que cette atmosphère de mensonges la salissait. Elle dit : « Je ne veux pas ! » Et, comme Pierre s'irritait, elle s'irrita également. Elle dit : « Non ! non ! je ne veux pas ! » et ils furent fâchés l'un contre l'autre pour la première fois.

Cependant, à présent qu'elle y réfléchissait, cela lui paraissait assez beau de la part de Pierre qu'il n'eût pas voulu avoir un fils, lequel devait lui assurer dans l'avenir la fortune de Catherine, c'était peut-être la plus grande preuve d'amour qu'il lui eût donnée, de ne pas vouloir qu'elle devînt laide devant lui.

Elle était devenue laide, ses joues avaient gonflé, sa poitrine avait été marquée de taches, et son ventre... Elle avait défendu à Pierre d'entrer dans sa chambre. C'était elle d'abord qui l'avait éloigné, puis elle avait souhaité qu'il insistât davantage pour rester près d'elle, mais sans doute avait-il déjà des intrigues. Tandis qu'elle comptait les jours et ne vivait que dans l'espoir de retrouver sa beauté pour retrouver ses caresses, il les prodiguait sans doute, ses caresses, à des filles, et c'était maintenant à ces filles que voulait songer Catherine, puisqu'il ne lui servait de rien d'appeler près d'elle le corps joyeux d'un amant, à ces filles que voulait songer Catherine, à ces inconnues que Pierre avait possédées, c'était celles-là qu'elle voulait imaginer, toutes ces filles dégoûtantes, qu'elle voulait voir dans les bras de Pierre, pour prendre le dégoût des baisers qu'elle attendait.

Oui, il avait alors des maîtresses, et elles l'aidaient sans doute à se résigner au chagrin de voir Catherine laide, à se résigner au danger que courait Catherine. Lorsque, par terreur de la souffrance physique, elle lui avait demandé la permission de se faire endormir pour être accouchée, il n'avait pas refusé, il n'avait pas été inquiet du chloroforme, et pourtant, l'on peut mourir sous le chloroforme ; il avait eu de la désinvolture, et il avait fallu, après les couches, que Catherine refît sa conquête, et ceci l'avait distraite des remords qu'elle avait de ne point s'intéresser à son enfant.

Alors Catherine ne soupçonnait pas Pierre de l'avoir trahie. Jamais l'image de la nudité de son mari unie à la nudité d'une femme, l'atroce image n'avait paru devant les yeux de Catherine. Cette nudité était son bien, et, de même que l'honnête homme qui ne fut jamais volé, ne redoute pas qu'on le vole, de même cette honnête femme ne pensait pas qu'on la volerait.

Catherine avait refait la conquête de Pierre contre la laideur qui avait éloigné ses désirs, et, dès qu'elle s'était sentie belle de nouveau, elle avait provoqué le désir, elle était devenue, d'amoureuse ingénue et qui apprenait l'amour, une amoureuse qui met en pratique les leçons et qui provoque l'amour.

Et Pierre lui disait :

— Je t'aime mieux depuis que j'ai failli te perdre, et il me semble que toi aussi tu m'aimes davantage.

Il disait cela parce que, penchée sur son corps, elle n'était que volupté.

Elle courtisait ce corps qui, lui, n'avait pas eu de déchéance. Elle, elle avait peur que cette petite ligne qui marquait son ventre, ne s'effaçât pas. Il avait gardé, lui, son beau corps, et elle le couvrait de baisers, elle osait des caresse plus

raffinées, il lui enseignait des caresses plus subtiles. Et maintenant, elle se rappelait ces caresses, ces caresses nouvelles, ces caresses dont il avait repris l'habitude avec les filles, pendant le temps où il la trompait.

Catherine n'entendait plus le bruit de la mer, elle ne pensait plus à la longue étreinte, elle pensait aux caresses des filles qu'elle avait imitées, et, tout à coup, ce fut un désespoir affreux.

Elle ferma ses bras sur son visage, et un sanglot, où mourait la volupté, où naissait la douleur, souleva sa poitrine, puis les larmes coulèrent, et ce fut un apaisement, un apaisement trop profond, une sensation de vide, et le mot glacé : jamais plus.

Jamais plus elle ne permettrait qu'on l'aimât, jamais plus elle n'offrirait ses mains à des mains pour les serrer, ses lèvres à une bouche pour les mordre, son corps à un corps pour qu'il le possédât. Elle resterait pure, elle redeviendrait pure, elle se contraindrait à être pure, elle ne vivrait que de la gaîté des choses, elle serait gaie, oh ! mon Dieu ! elle serait gaie pour être pure, mais il n'est de pureté que dans l'amour, dans un amour si lointain, si difficile, que la pureté devient une attente et non pas un but, et, cet amour-là, ce n'est que Dieu qui le donne.

Autrefois, dans la chambre où Catherine, petite fille, s'endormait, bercée par les légendes que Mary lui avait racontées, Catherine, avant de s'endormir, priait avec amour, priait comme si Dieu l'eût entendue. Le pasteur Morand avait tué l'amour par trop d'intelligence; mais, ce soir, l'intelligence était en déroute, et Catherine retrouva les amours de la petite fille, elle joignit les mains et commença :

— Notre Père qui es aux cieux...

XII

La plupart des Anglais ne connaissaient pas Philippe Groux, et, quand il s'approcha pour s'asseoir à la place du banquier, les dames aux longues écharpes jetées sur le décolletage, le dévisagèrent. Sous leurs regards, Philippe éprouva cette petite satisfaction qui était le meilleur prélude à ses grandes voluptés de joueur, rien ne l'ennuyait tant qu'une partie où il connaissait tout le monde.

Il s'assit, lança au croupier une liasse de billets et promena les yeux autour de lui. Les deux lampes immobiles sur le balancier éclairaient la grande table cernée par le double rang des pontes. Les jeunes Anglais avaient des figures précises, claires, hautes en couleur, ils paraissaient assez excités, l'un d'eux surtout qui étalait devant lui les plaques d'émail et les pièces d'or. Les autres le contemplaient avec bienveillance, sa tournure était jolie, sa moustache fine et blonde, et son air un peu fou.

Les yeux de Philippe se posèrent un instant sur ce jeune homme que ses voisins nommaient captain Wilmot et qui faisait des signes au Russe lequel s'était installé à droite de Philippe, à la place du banquier sortant.

Sans doute captain Wilmot proposait-il au

Russe de risquer avec lui le banco, Philippe se tourna vers cet adversaire et aperçut, juchée sur un tabouret, la femme grasse, couverte de bijoux.

La chaleur était lourde. Les vieilles demoiselles du bar arpentaient la salle en s'éventant. Simonne se glissa derrière Philippe et lui demanda :

— Laisse-moi mettre dix louis dans ta banque.

Il refusa, par principe. Elle s'éloigna, boudeuse. Il regretta qu'elle fût offensée, il l'aimait bien, elle était gentille.

Le croupier avait sorti de leurs enveloppes les cartes neuves. Philippe les mêla, pria captain Wilmot de les couper, puis les enferma dans le sabot. La partie commençait.

— Banco ! dit captain Wilmot, vers qui le Russe en guise d'approbation, tendait son front bombé et sa barbe épaisse.

Les cartes glissèrent. Philippe gagna sur les deux tableaux. La banque était doublée. Un nouveau coup, Philippe abattit neuf. Le croupier ramassa les enjeux. On ponta plus fort.

Philippe sentait une sorte de bien-être l'envahir, tandis que tremblait désagréablement le coin de ses lèvres.

Il donna les cartes et gagna.

Tout autour de la table, il y eut un murmure de déception. La chance des pontes était passée.

Philippe baissa les paupières. Il y avait en lui cette impression de légèreté et de puissance pour laquelle il vivait.

« Allons ! se dit-il, c'est ma soirée. »

Et ce fut là grande passe, le beau quart d'heure, l'ivresse.

Pierre entra dans la salle, Simonne s'avança vers lui, lui prit le bras, et Philippe pensa, tout en évaluant les mises : « Si elle pouvait le séduire. » Il pensait à Catherine, à la maison joyeuse, à Catherine dans le salon, à Catherine penchée sur la galerie.

— Tout va ! dit-il.

Et il donna les cartes, perdit à gauche, gagna à droite.

Pierre s'était rapproché. Il dominait le second rang des joueurs, et sa figure grave, son front lisse, contrastaient avec l'excitation des visages.

Philippe leva les yeux sur lui et fut surpris par la mélancolie qu'il lut dans ses yeux, mais Pierre lui adressa un sourire ironique et suivit Simonne au bar.

Elle s'assit sur un tabouret.

— Qu'est-ce qu'on boit ?

— Ce que vous voudrez.

Elle commanda des cock-tails, puis :

— Vous ne jouez pas ?

— Quelquefois, cela ne m'amuse guère.

— Ce n'est pas comme votre ami. Dites, emmenez-moi souper.

— Il est trop tôt, à peine onze heures.

— On sera mieux n'importe où qu'ici pour causer.

— Vous ne jouez donc plus ? interrogea Pierre.

— Plus contre lui, il a la veine. Emmenez-moi, dites ! Vous me rendrez service, si je reste, je jouerai. Vous ne voulez pas ? Mais qu'est-ce que vous avez ? Ce que vous êtes changé depuis tout à l'heure !

Il lui sourit, incapable de ne pas sourire à une femme qui lui faisait des avances.

Elle reprit :

— C'était drôle, notre rencontre. Quand je vous ai aperçu dans le vestibule de la villa, j'ai cru que vous étiez Philippe. Oh ! vous êtes bien mieux que lui ! Plus grand, mais moins imposant, plus gracieux, on est tout de suite à l'aise avec vous. Emmenez-moi ; si vous n'avez pas envie de souper, vous me reconduirez à la maison.

— Impossible ce soir ! dit-il comme avec regret.

— Pourquoi ? fit-elle.

Et vraiment, il se demanda pourquoi il ne passerait pas cette nuit d'attente avec cette aimable fille.

— Je suis tout à fait libre, vous savez, disait-elle, mon ami est à Gênes.

— Je suis navré, mais moi je ne suis pas libre.

— Alors, pourquoi m'avez-vous embrassée dans la voiture ?

Il ne lui répondit pas, il la regardait. Elle soupira :

— Vous avez de jolis yeux.

Il dit :

— Si vous pouviez deviner ce que je vais faire.

— Vous ferez une sottise si vous ne m'emmenez pas. Oh ! quelle méchante figure ! C'est étonnant, vous ne ressemblez pas à Philippe, et vous avez tous les deux...

— Nous avons tous les deux des cheveux gris.

— C'est vrai, mais je les adore quand il n'y en a pas trop. Un homme est plus distingué avec des cheveux gris, comme vous, sur les tempes. Seulement, je n'aime pas cet air que vous avez de ne pas écouter lorsqu'on vous parle, et de penser à un mauvais coup. Qu'est-ce que vous allez faire cette nuit ?

Simonne avait baissé la voix pour que le barman n'entendît pas, et elle avait avancé la tête vers Pierre qui se tenait accoudé au bar.

— Vous ne voulez pas me dire ? reprit-elle. Vous avez tort, je suis une bonne camarade. On m'a raconté que vous compreniez la vie, je ne peux pas vous expliquer, mais enfin, vous me plaisez, mon ami est à Gênes, il est très riche et il me donne tout ce qu'il me faut.

Elle avait appuyé la paume de sa main sur la main de Pierre qui retira doucement la main, caressa la main de Simonne et la porta à ses lèvres.

— Petite Simonne, vous allez me rendre un service. Si vous êtes encore là quand Philippe en aura assez de tenir la banque, vous le préviendrez que je suis parti et que j'ai été, il devinera où, avec sa voiture.

— Mais je puis lui parler tout de suite.

— Non, pas tout de suite.

— Je vois ! vous voulez prendre sa voiture sans la lui demander.

— C'est cela même.

— Vous êtes un type, vous ! Écoutez ! un conseil, ne faites pas ce que vous avez envie de faire. J'ignore ce que c'est, mais vous avez un drôle de regard. Est-ce que vous seriez amoureux ?

Amusé, il secoua la tête.

Simonne se pencha davantage, et, avec une soudaine émotion :

— Vous me mentez pour ne pas être impoli, mais, si vous avez de la peine, écoutez-moi, ne vous promenez pas tout seul. On m'a raconté que vous n'aviez plus le sou parce que vous avez trop aimé, eh bien ! moi, je m'ennuie tant et je gaspille tant d'argent, je voudrais tellement trouver quelqu'un qui m'aimât ! Ici, tout le monde joue, on oublie d'aimer, je joue comme les autres, mais quand vous m'avez embrassée dans la voiture, j'ai senti... et pourtant je ne savais pas qui vous étiez.

— Qui croyez-vous donc que je suis?

Elle hésita.

— Je crois que vous êtes notre ami, dit-elle, et vous avez la réputation d'être très savant en amour.

— Petite Simonne, si je suis encore à Nice demain, vous verrez si l'on vous a trompée, mais il y a peu de chance pour que je sois ici, et je vais vous dire adieu.

— Non, fit-elle, je ne veux pas, je vais prévenir Philippe !

— Je vous défends bien de bouger !

— Où allez-vous?

— Me tuer.

— Je m'en doutais !

— Et vous aviez tort. Si vous n'êtes pas jalouse, je vous dirai la vérité, je vais à un rendez-vous.

— J'en étais sûre !

— A un rendez-vous pour rompre.

— Vous vous moquez de moi !

— Tu verras demain si je me moquerai de toi !

— Dis-moi, veux-tu que je t'accompagne dans l'automobile?

— C'est une idée, mais si on nous voyait.

— On ne nous verra pas, la nuit !

— Tout de même, c'est trop dangereux. A demain, peut-être.

— Oh ! tu t'en vas, et je vais perdre tout ce qui me reste !

— Va te coucher.

— A onze heures, toute seule? Ce n'est pas gai !

— Je suis bien de ton avis ! Adieu, Simonne.

— Ecoute ! quand tu auras fini là-bas, passe par ici, nous serons encore là.

— Entendu !

Et il quitta le bar, traversa le vestibule, mit son pardessus.

— L'automobile de Monsieur Groux, dit-il à un valet de pied, et comme le valet demeurait indécis : Faites vite !

Il sortit sur le perron, puis, au chauffeur de Philippe :

— A la villa Vinzel, à Eze, ordonna-t-il.

XIII

— Délivre-nous du mal.

Catherine avait dit toute la prière, et jamais elle ne l'avait trouvée plus belle, mais cette beauté même l'éloignait de Celui à qui la prière était adressée.

Jadis, cette prière n'était qu'une introduction à la longue causerie que la petite fille avait ensuite avec le Seigneur, mais ce soir où Catherine cherchait Dieu pour être protégée et se résigner, elle ne trouvait qu'un poème sublime et ne savait plus parler à son Dieu.

Elle dit encore :

— Délivre-moi !

Elle ne dit pas : délivre-nous, elle dit : délivre-moi ! pour que la prière devînt personnelle, pour être vraiment délivrée de la tentation.

Cependant, une phrase répondit dans sa pensée : « Orages, levez-vous, accourez ! » Phrase de Venise, phrase que Pierre avait découverte dans un livre, tandis que s'exaspérait, à Venise, lors de ce voyage qu'ils avaient fait après la naissance de Doude, la volupté qui les avait repris.

« Orages, levez-vous, accourez. Je marche à toutes les lueurs qui s'enflamment sur l'horizon. »

Phrases que Pierre répétait sans cesse, à Venise, comme si ces lignes du poète représentaient pour lui les obscures ambitions qui avaient motivé son destin, et, l'écoutant, Catherine baissait la tête, inquiète, offensée. De quels orages appelait-il l'éclat, lui dont la vie était éclairée des lueurs de leur passion?

« Orages, levez-vous ! »

Abandonnant la prière et l'espoir d'être secourue, Catherine entendait cette phrase retentir en elle-même.

Il y aurait encore des nuits et des nuits, et la monotonie des désirs vaincus.

Quand Pierre, le regard perdu sur la lagune, appelait les tempêtes, était-ce que lui aussi pensait à la monotonie des jours? Était-ce sa faute s'il avait épuisé sa tendresse dans cette ardeur qui faisait l'orgueil de Catherine et qu'elle n'avait pas essayé de contraindre?

Cet appel sur la lagune était un cri de mélancolie, ce n'était pas la faute de Pierre si les lueurs de leur passion ne brillaient plus que pour Catherine. On ne peut pas supporter le vide, la monotonie des désirs épuisés ou vaincus, et, quand l'amour parti laisse le vide, il faut bien que l'on songe à un nouvel amour.

« Orages, levez-vous ! »

Il est des êtres qui sont nés pour les orages. Les uns n'ont pas la crainte de ce destin, l'accomplissent et font souffrir; les autres, épouvantés par ce destin, souffrent de l'accomplir, mais le jour vient qu'eux aussi appellent l'orage, leurs nerfs l'appellent avant que leur pensée y consente. La pensée de Catherine se tourna vers les orages d'autrefois, par horreur de celui que ses nerfs appelaient.

Pareil au murmure constant de la mer, le silence de la lagune avait bercé Catherine qui interrogeait la mélancolie de son mari étendu dans la gondole l'autre jour encore tellement chérie parce qu'elle était, avec ses coussins, un refuge si doux pour leur cœur, dans l'immensité des eaux peintes et du couchant fardé. L'autre jour encore, le rayonnement des choses illuminées venait à eux, prenait dans leurs cœurs sa plus grande intensité ; ils n'étaient plus aujourd'hui le centre du paysage, ils s'en allaient, lui surtout qui semblait poursuivre un rêve, là-bas vers l'horizon, dans cette lueur qui s'allumait sur l'horizon et qui leur paraissait à tous deux renfermer plus de beauté.

— Partons, Venise me fait mal ! avait dit Catherine.

Il ne l'avait pas comprise, l'époque était finie où il la comprenait tout entière, il avait cru qu'elle se sentait fatiguée par la chaleur humide de l'automne, mais Catherine l'avait emmené vers la maison qui, dès ce moment-là, avait acquis pour elle une mystérieuse puissance, comme si le génie de son bonheur y demeurait.

Quand Venise s'était éloignée et que l'horizon avait été moins séduisant, quand ils s'étaient éveillés au bord de leur Méditerranée, ils avaient eu, en effet, telles les plantes qui refleurissaient après un été desséchant, un renouveau délicieux. La solitude leur était redevenue précieuse, parce qu'il y avait dans la maison un enfant qui geignait trop et une nourrice qui les dérangeait trop souvent.

— Mary, disait Pierre à miss Jackson, vous devriez l'adopter. Vous avez besoin d'un enfant, vous, tandis que nous...

Il leur semblait de nouveau qu'ils n'avaient besoin que d'eux-mêmes.

Automne visité par les tempêtes. Au large, le vent d'est traînait des nuages et des vagues à l'écume dispersée, puis c'était le mistral et ses gémissements, et, dans la volière que Catherine avait construite, les oiseaux qui n'étaient pas encore ses grands amis, l'attendrissaient déjà en se serrant par couples, l'un contre l'autre, pour se réchauffer dans la froide atmosphère des vents qui ne cessaient pas.

Automne où la volupté était devenue plus vive, non pas plus subtile, mais plus âcre, parce qu'il s'agissait de vaincre la lassitude, et que Catherine avait peur, sans raison, sans vision nette de l'avenir, peur de ce qui arriverait ce soir, demain, dans quelques jours, peur de trouver le matin des cadavres dans la volière, peur de trouver au crépuscule son mari les yeux perdus sur l'horizon, peur qu'il ne fût contraint d'aller à Paris pour des questions d'argent, car Pierre avait avoué des dettes et il fallait les payer. Il s'agissait d'une somme considérable, et Pierre ne possédait plus rien que leur maison. Pour qu'il y demeurât en paix, Catherine la lui avait achetée.

— Tu comprends, disait-il, tant que nous n'avons pas eu d'enfant, je pensais que cela s'arrangerait toujours, mais, à présent...

Il n'achevait pas, il rougissait.

Catherine avait peur, elle s'efforçait bien d'imaginer qu'il avait eu de la peine à vaincre son orgueil et à demander qu'on le secourût, mais ces dettes cachées l'effrayaient, ce règlement de comptes ouvrait une nouvelle période dans leur vie, et elle en avait peur.

Elle avait peur aussi de Doude. Quand miss Jackson n'était pas là et que Catherine devait répondre à une question de la nourrice, elle entrait dans la chambre de son fils en triomphant d'une sorte de répulsion. Doude lui tendait les bras, ouvrait grands les yeux, car les

enfants admirent les femmes belles, mais cet enfant qui représentait tellement d'avenir épouvantait Catherine.

Depuis qu'elle avait quitté, en fuyant, la vaste pièce où le cercueil de M. d'Armanjon n'avait pas suffi à lui rappeler sa promesse, depuis qu'elle avait ainsi échappé à son adolescence disciplinée, elle avait vécu hors de toute discipline, hors de toute réalité, hors du temps. L'enfant lui rappelait le vieillard, ce qui serait, lui rappelait ce qui avait été, et aussi le lui rappelaient les lettres qu'elle devait écrire à son intendant pour les dettes de son mari. Elle s'éveillait, elle avait un mari, un fils, une fortune. L'intendant qui en dressait l'inventaire, parla un jour de la pension que Catherine faisait à Mme de Risbach et qu'on pouvait diminuer aisément. Catherine refusa. A présent qu'elle se souvenait de sa famille, elle avait des remords, elle n'avait pas été bonne pour les Risbach. Elle voulait être bonne afin de conjurer l'avenir.

Quand le mistral hurlait, Pierre souvent laissait Catherine seule, la nuit. Il se disait obsédé par le mistral, il prétendait que jamais il n'avait pu résister à ce vent siffleur qui pèse sur les nerfs, les dénude, les arrache, semble-t-il.

Ce vent qui n'est autre que le vent des Alpes et qu'on nomme la bise dans les hautes vallées vaudoises, avait été le compagnon de Catherine durant son enfance, et il ramenait lui aussi le souvenir de la famille, le souvenir de M. d'Armanjon, du pasteur Morand, de Mme de Risbach qui avait dit : « Pierre te ruinera, ma petite, et ce sera bien fait ! » d'Hermann qui avait paru comme personnellement atteint par ce mariage, d'Hedwige qui avait été charmante, qui avait murmuré à l'oreille de sa cousine : « Laisse-les dire. Si j'étais toi, je ferais la même chose. »

Tombant des Alpes, le mistral apportait tout le pays natal, l'austérité de la maison paternelle, la haine du désordre, la haine de l'impureté, la menace contre les impurs. Et, dans cette chambre, dans cette même chambre où Catherine, ce soir, attentive à ses pensées, regarde, tandis que murmure la mer, les préludes du drame, le mistral jadis introduisait la crainte du châtiment, du glacial enfer que le pasteur Morand avait privé de son pittoresque, mais dont il n'avait pas détruit l'appréhension dans l'âme de Catherine où se prolongeait toute une race crédule.

Automne plein de remords. Lorsque le lit était vide et lorsque Catherine avait envie de son mari, quand elle se retenait de courir jusqu'auprès de Pierre pour lui demander des caresses, elle s'accusait de luxure, le grand mot de l'Evangile.

Elle approuvait Pierre qui projetait de travailler, d'écrire un livre, car il avait maintenant des idées qui n'avaient pas pour objet Catherine. Il disait :

— Nous ne pourrons pas toujours vivre comme cela.

Et elle n'avait pas répondu : « Pourquoi ? » bien que ce fût, cette question, le refrain de ses nuits, lorsqu'elle se débattait contre le mistral, contre les souvenirs du passé lointain qui n'avait été qu'une attente, lorsqu'elle cherchait les souvenirs de ce passé récent qui avait été un inoubliable bonheur.

Automne où s'était noué le drame. Une lettre de Mme de Risbach racontant qu'Hedwige toussait qu'il lui faudrait du soleil. Une conversation avec Pierre, dans laquelle Catherine avait proposé d'inviter Hedwige. Un gros chagrin parce que Pierre n'avait point dit : « Je ne veux pas », parce que ses yeux qui brillaient au moindre amusement avait brillé. Une autre conversation avec miss Jackson : Catherine avait entendu son inquiétude prendre un accent grotesque sur les lèvres de Mary qui suppliait de ne pas inviter cette rivale. Et puis, le retour imprévu de ce goût du risque qui entraînait la petite fille dans les sentiers les plus périlleux, sur les rochers à pic.

« Je veux savoir s'il m'aime encore ! » avait pensé Catherine.

Une sorte d'exaltation que fouettait le mistral,

et des regards plaintifs. Le reste n'est que joie et soleil, et ce soleil éteint les cheveux de Catherine. Dans toute l'apparence de cette jeune fille, il y a aussi cette fragilité que Catherine n'a jamais eue et que Pierre admire ouvertement. Hedwige est plus femme que Catherine, elle sait jouer avec Doude, elle apaise l'enfant qui pleure et Pierre semble heureux de les voir jouer.

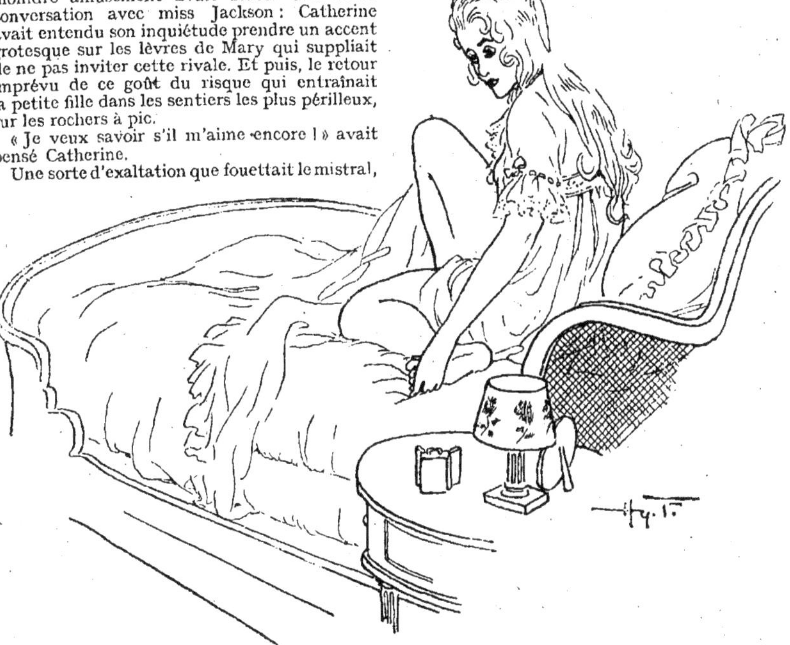

Assise sur le lit, elle tenait entre ses mains glacées ses pieds glacés.

une exaltation semblable à celle de jadis quand le grand vent neigeux invitait la gamine à fuir sur les pâturages et à s'imaginer perdue certaine néanmoins qu'elle se retrouverait : il semble à Catherine qu'elle brave un précipice, tandis que Pierre s'occupe, avec une joie trop apparente, d'arranger la chambre où l'on va bientôt installer la petite cousine qui arrive, toute frileuse, et toute surprise que la Méditerranée soit en courroux et que les vitres de la maison tremblent, comme elles tremblent au château d'Armanjon.

La voici, dans la maison, installée. Catherine ne se souvenait pas qu'elle fût si jolie. Aucun trait régulier, mais quel coloris ! Les cheveux sont de l'or et la peau est dorée, mais les yeux qu'Hedwige farde peut-être, ont des cils sombres

Une scène rapide : c'est décembre, les vents ne soufflent plus, le jardin déborde de lumière, Catherine s'est attardée près de ses oiseaux, elle rentre au salon, elle aperçoit Doude qui se traîne sur le tapis pour rejoindre Hedwige, et, de l'autre côté de la pièce, Pierre en extase. Une brusque jalousie saisit Catherine, mais ce n'est pas de l'amour de son mari, elle n'en doute pas encore, qu'elle est jalouse, c'est de l'affection de son fils que cependant elle n'a jamais aimé, et tout le jour elle est maussade, tellement que miss Jackson, lorsque Catherine avoue : « Je suis de méchante humeur, pardonnez-moi ! » et va se coucher seule, tellement que Mary l'accompagne, et, sans une parole déplacée, car, lorsqu'on souffre, Mary est parfaite, Mary console Catherine en lui montrant combien elle est heureuse et qu'elle a tout pour être heureuse.

Malheureusement, miss Jackson doit s'absenter, une amie qu'il faut qu'elle soigne à San Remo ; Mary n'a pas été là tous les soirs que Catherine s'est couchée seule, tandis que les autres restaient au salon, Hedwige lisant et Pierre faisant semblant de lire :

— Tu ne montes pas te coucher? disait Catherine.

Il répondait :

— Tout à l'heure.

Elle avait envie de répliquer : « Je t'attendrai ! » Mais, un soir qu'elle s'était assise pour l'attendre, il l'avait interrogée d'un air fâché :

— Je croyais que tu étais lasse?

— Oui, je tombe de sommeil.

— Eh bien ! va te coucher !

Elle avait obéi et elle ne s'exposait plus à devoir obéir.

Comment la jalousie véritable s'était-elle insinuée? Par des questions. C'est toujours par des questions qu'elle débute.

« Que font-ils? Est-ce qu'ils parlent? Il me semble que je les entends parler. »

Et Catherine prête l'oreille. Un meuble craque. Par la fenêtre vient le bruit des pêcheurs qui ramènent leurs bateaux. Catherine n'entend que cela. Elle essaie d'imaginer. Hedwige était sur le divan, sa jupe relevée jusqu'à mi-jambes, oh ! par inadvertance ! mais Pierre qui faisait semblant de lire, regardait les chevilles d'Hedwige. Est-ce que vraiment il les regardait? Non, il suivait une pensée que son livre lui inspirait, et c'était le hasard qui donnait cette direction à ses chers yeux bien-aimés.

D'ailleurs, il était assis très loin d'Hedwige. Certainement, il étaient encore aux mêmes places, ils avaient continué leur lecture. Dans une demi-heure, au plus tard dans une heure, ils monteraient se coucher. Il n'y avait rien d'extraordinaire à ce qu'ils n'eussent pas sommeil. Est-ce que Catherine avait sommeil, elle?

Elle s'était retirée dans sa chambre pour bouder, elle était méchante de détruire cette joie familiale que la présence d'Hedwige avait apportée dans la maison. Que ne prenait-elle un livre, elle aussi?

Sur le guéridon de sa chambre, elle prenait un livre et tâchait de lire, mais elle ne pouvait suivre les phrases qui ne se rapportaient point à son tourment, et celles qui, si vulgaires qu'elles fussent, touchaient à sa souffrance, les récits de trahison, prenaient une telle vérité qu'ils la conduisaient à l'aveu qu'elle ne voulait pas se faire.

Catherine fermait le livre. On parlait en bas on bougeait dans le salon. Ils allaient se coucher. Hedwige rentrait chez elle, et, bientôt, Pierre donne un furtif baiser à Catherine qui l'enlace et le force à l'étreinte. Mais, chaque nuit, il semble à Catherine qu'Hedwige et Pierre restent plus longtemps en tête à tête, et le bruit qu'elle écoute, c'est son cœur qui bat d'inquiétude.

Un soir, sous prétexte de prendre quelque chose dans le cabinet de toilette, elle le traverse, ouvre la porte et s'arrête au seuil de la galerie. Elle n'entend rien et va se recoucher, haletante. Elle éteint la lumière, se force à dormir, elle s'endort, mais, le lendemain, comme elle se reproche d'avoir dormi ! Elle n'ose pas demander à Pierre à quelle heure il s'est couché. Puis, quand le supplice de la nuit recommence, ce n'est qu'à mi-chemin sur l'escalier de la galerie que Catherine s'arrête, se domine, serrant les mains autour de son cou, et, quand elle rentre dans sa chambre, elle porte enfin le fardeau de l'image qui s'est précisée. Ah ! si elle était descendue, si elle avait vu Pierre embrassant Hedwige, que serait-il arrivé?

Toujours des questions ! La journée qui suivit, Catherine ne voyait pas Hdwige sans se demander si Pierre l'avait embrassée, et ne voyait pas son mari sans voir Hedwige embrassée par Pierre, et leurs gestes les plus simples leurs paroles les plus banales, complétaient cette image. Le crépuscule ne venait pas assez vite, il passa trop lentement, et trop lentement ce début de la soirée. Catherine avait l'appétit de la souffrance, et la souffrance était là-haut, Catherine avait hâte d'aller là-haut pour souffrir et les guetter.

A neuf heures, elle s'était retirée. Avant de se mettre au lit, elle avait laissé entr'ouverte la porte du cabinet de toilette, elle avait fait cela par instinct, car elle n'avait aucun plan ; puis elle s'était couchée.

Elle se rappelait... Avant de s'étendre, elle était restée assise sur le lit, tenant entre ses mains glacées ses pieds glacés, et l'image se mouvait devant elle, et il y avait des péripéties, le flirt, le premier baiser, les remords. Pierre n'était pas l'amant d'Hedwige, ils avaient trop d'honneur pour tromper Catherine dans sa maison, ils étaient sans doute aussi malheureux que Catherine.

Tout à coup, elle avait sonné parce que la boule d'eau chaude n'était pas assez brûlante dans le lit, elle avait dit à Françoise :

— Demandez à Monsieur s'il ne veut pas une boule d'eau chaude dans son lit, il fait très froid.

Pendant que la femme de chambre descendait, Catherine avait écouté son pas, et si intensément qu'elle avait suivi jusque dans le salon même le bruit des pas de Françoise. « Puisque j'entends Françoise, c'est donc qu'ils ne bougent pas, le soir, quand j'écoute... »

La femme de chambre était revenue.

— Eh bien ! Monsieur veut-il une boule d'eau chaude?

— Non, Madame. Monsieur a ri.

S'il avait ri, c'était donc qu'il n'était pas coupable.

— Bonne nuit, Françoise.

— Madame a l'air souffrant.

Quelle expression de pitié sur la figure de cette fille ! « Est-ce qu'elle me plaint ? » se demanda Catherine.

Françoise part. Voilà le silence.

Cette nuit-là, c'était comme ce soir, la mer murmurait et l'on aurait entendu n'importe quel bruit.

Peut-être qu'ils ne parlent pas, ou peut-être qu'ils ne sont plus au salon, le salon est exactement sous la chambre de Catherine, peut-être qu'ils se sont réfugiés au fumoir, et il y a contre les murs du fumoir d'épaisses tentures qui assourdissent les bruits. L'année dernière, lorsque miss Jackson s'obstinait à demeurer au salon, Pierre et Catherine ne se gênaient pas pour s'aimer sur le divan du fumoir, et Mary n'entendait rien.

Oh ! ce murmure énervant de la mer, et ce bois qui craque, et les tempes qui battent !

Catherine avait songé :

« Si je me mouillais un peu le front, cela irait mieux, j'ai la fièvre. »

Elle s'était levée, tandis que toutes les questions l'assaillaient.

Et comment le reste était-il arrivé ?

Oui, comment avait-elle eu le courage ?

Maintenant, cette nuit-ci, elle se le demande, tandis que battent à nouveau ses tempes, tandis que le bois craque comme jadis, tandis que le murmure de la mer l'énerve à nouveau et que cette Méditerranée molle, étalée sous un ciel gorgé de parfums, lui donne, tout autant que miss Jackson amoureuse, le dégoût de l'amour.

N'est-ce pas cette mer, ce ciel, ces parfums qui furent les coupables ? Sur cette rive, il faut bien, quand l'amour est parti, que l'on songe à un nouvel amour. Cette mer, ce ciel, ces parfums, l'avaient entraîné, il n'était pas coupable... Va-t-elle donc, maintenant encore, penser comme jadis ? Ne sait-elle pas ce qu'il vaut et qu'il n'eut pas besoin d'être entraîné ?

Le bois craque, les tempes battent, Catherine, comme jadis, allume la lampe.

Elle se lève, elle va dans le cabinet de toilette, elle baigne d'eau fraîche son front qui ne sent pas la fraîcheur de l'eau.

Puis, comme autrefois, sans même se couvrir d'un peignoir, sans passer à ses pieds les mules qui sont prêtes, presque nue, la poitrine nue sous la chemise, enveloppée de ses cheveux, elle ouvre la porte, s'avance sur la galerie, descend quelques marches, attend, descend encore.

Elle remonte, allume l'électricité, pour que ce soit tout à fait comme jadis, et elle reprend sa route, avec des précautions, des habiletés de folle qui poursuit son idée, elle glisse sur les marches, longe les murs du vestibule, s'appuie contre la porte du fumoir, et, l'oreille à la fente elle croit que ce sont leurs baisers qui lui font fléchir les jambes. D'un grand geste, elle ouvre la porte. La pièce est obscure, cette nuit, mais, dans cette obscurité, s'anime le tableau d'autrefois.

Vraiment, si elle les eût surpris dans un lit, c'eût été moins vil, mais cette femme vautrée sur un divan, troussée, les pieds battant les jambes d'un homme vêtu, le ridicule de cette femme dont le bas tombe et dont la jarretelle pend, et lui qui se redresse trop tard, qui chancelle, qui tourne le dos !

Les mains de Catherine étaient montées devant ses yeux, et elle était tombée en arrière, elle avait senti sa nuque heurtant avec bruit le parquet dur.

Elle ne se rappelle plus ce qui s'est passé ensuite, mais, cette nuit-ci, elle ne tombe pas

évanouie, et elle imagine, elle voit mieux les détails, elle les a tellement imaginés depuis six années, l'obscène vision la reprend, et, frémissante de haine, de désir et de honte, elle reste devant cette chambre obscure, l'épaule appuyée contre le montant de la porte, à les regarder, qui s'aiment.

Soudain elle tressaille.

On a bougé, on a ouvert une porte, quelqu'un marche dans la maison.

Catherine serre ses mains sur son cœur qui se gonfle.

Où est-elle ? Est-ce maintenant, est-ce jadis ?

C'est maintenant, et ce n'est que miss Jackson qui ne peut pas dormir, qui descend l'escalier, vêtue d'une robe de chambre à grands ramages, miss Jackson burlesque et plaintive.

— Que faites-vous là, Kathleen ?

— J'ai cru entendre du bruit, répond Catherine qui a fermé la porte du fumoir avant que miss Jackson ait pu comprendre ce que Catherine faisait-là.

— Du bruit ? Quel bruit ?

— Je ne sais pas. C'est sans doute Dorothée, à l'office, ou Françoise qui est revenue de Nice.

— Ce ne peut être Françoise, il n'est pas encore onze heures.

— Seulement !... J'ai eu un cauchemar.

— Moi aussi, j'ai eu des cauchemars. Je vais prendre un livre au salon.

— Vous n'avez pas entendu de bruit ?

— Mais non.

— Alors je me suis trompée. Bonne nuit, Mary !

— Couchez-vous vite, Kathleen ! Vous n'avez pas honte de vous promener ainsi toute dévêtue. Allons bon ! prenez garde, vous avez heurté la table, il ne faut pas réveiller Doude.

XIV

Et l'automobile, dans la lumière de son phare, gravissait le mont Boron, parcourait la Corniche, traversait Villefranche, Beaulieu, se dirigeait vers Eze.

Par-dessus les vitres à demi-baissées, l'air violent s'engouffrait. Pierre avait ouvert son manteau, il aimait ce vent froid qui lui battait la poitrine et le visage. Il y avait une sorte de gaîté gamine dans sa pensée, et les coins de ses lèvres qui pinçaient la cigarette, se relevaient pour sourire.

Comme toujours, comme pendant toute sa vie, Pierre venait de se décider, sans trop savoir pourquoi, à faire il ne savait trop quoi. La seule chose qu'il ne pouvait supporter, c'était de ne faire rien, d'attendre, ainsi qu'à Paris, cet hiver, où, vraiment, son existence inactive, entretenue, à la merci du caprice des autres, lui était devenue intolérable.

Pierre avait beau raconter à tout venant qu'il ne s'appelait pas Vinzel, mais Dupuis, la façon désinvolte dont tant de rastaquouères avaient traité le comte de Vinzel que le manque d'argent empêchait de se rebiffer, lui avait montré où il tombait.

Une aventure infime avait mis le comble à son dégoût. Depuis plus d'un an, il habitait l'appartement d'un de ses soi-disant amis, qui l'avait prié de garder ses meubles. tandis que lui-même retournait au Pérou. Ce Péruvien était revenu à la fin de mars, et, les premiers jours, Vinzel et son hôte avaient fait bon ménage, mais, à la fin d'avril, le Péruvien ayant une maîtresse trouva que Vinzel le gênait et le pria de chercher un autre logis. Or, Pierre avait ses habitudes dans cet appartement, et il lui parut offensant d'en être privé. Il dut partir, après quelle scène ! Tout échauffé, il courut à sa salle d'armes et prétendit envoyer des témoins à son ingrat amphitryon. On eut peine à lui démontrer que l'affaire ne comportait pas de suites, puisqu'il restait malgré tout l'obligé de son hôte auquel il devait par ailleurs d'importantes sommes d'argent. Alors, comme il faisait du brouillard à Paris et que tout allait mal, Pierre avait pris le Côte d'Azur.

Mais, dans le train, sa pensée chemina. Ce ne fut pas à proprement parler un examen de conscience, ce fut une sorte d'inventaire : pas de maison et pas d'amis, car enfin, s'il avait eu de vrais amis, de ceux qui ne réfléchissent pas avant de servir, il n'aurait point été humilié de cette façon. Evidemment, une heure plus tard, il riait de sa rage contre le Péruvien, mais il gardait à ce monde-là de la rancune et il éprouvait une impression d'abaissement que rendait plus outrageante le souvenir des conseils qu'il avait reçus.

On lui avait dit :

« Tenez-vous tranquille. Comment, avec votre intelligence, vous mettez-vous dans des situations pareilles ? »

Il en était là : on le jugeait !

Etre jugé lui avait, de tout temps, été odieux. Il ne se jugeait pas lui-même, pourquoi les autres se permettaient-ils de le juger ?

Les autres se le permettant, il les imita. Il était un homme d'honneur. Loyal avec ses amis, il se montrait brave sur le terrain. Il s'était ruiné, cela peut arriver au plus galant homme. Quant à ses dettes, de quoi aurait-il vécu s'il n'en avait point fait ?

Donc, aucun remords. Et pourtant... Mais cela, ce n'était pas un remords, c'était une partie de lui-même sur laquelle il avait jeté beaucoup de choses et dans laquelle il ne descendait jamais. Quelquefois, un parfum, une parole, mais surtout un parfum qui lui rappelait ce moment de son existence, le rendaient triste, sentimental et mélancolique, au point qu'il songeait : « J'ai gâché ma vie ! » et cela ne lui ressemblait guère de croire qu'un homme pût gâcher sa vie ; il était fataliste, absolument.

Non, ce n'était pas un remords, c'était la plus grande poésie qu'il eût rencontrée dans sa carrière, une carrière en somme assez poétique et assez belle. Allait-il vers ce souvenir lorsqu'il s'était décidé à fuir le brouillard de Paris ?

Il ne s'était pas demandé pourquoi il partait, il avait horreur de tous ces rastaquouères, et Philippe était à Nice. Cependant, depuis six années, par délicatesse, pour ne point gêner sa femme, Pierre n'était pas allé à Nice ; pourquoi s'y était-il décidé ? Parce que...

« Eh bien, oui ! c'est à cause de cela que je suis parti. »

Et, tout aussitôt, c'était entre Lyon et Valence, la puissance d'aimer qu'il n'avait point perdue, l'entraîna, et il se sentit jeune, et follement épris de la femme qu'il allait rejoindre.

Il ne savait pas que les blessures que l'on avait faites à son orgueil, cet hiver, ravivaient simplement la blessure que Catherine lui avait faite, elle qui l'avait chassé quand il l'aimait encore.

Nulle autre femme ne l'avait traité si durement. Il abandonnait toujours le premier. Pour lui, trahir ne comptait pas. Rompre, abandonner, cela seul comptait. Son aventure avec Hedwige, ce n'aurait été qu'une passade, si Catherine l'avait vraiment aimé, et, si elle l'avait aimé, n'aurait-elle pas senti que son destin l'empêchait de résister au désir, n'aurait-elle pas accepté ce qu'il lui offrait ?

Il lui avait offert de rompre brutalement avec cette Hedwige qui ne l'intéressait pas, conquête facile, mauvaise petite âme dévergondée. Au lieu de cela, Catherine l'avait jeté hors de sa maison, hors de sa vie, elle l'avait obligé à demeurer l'amant d'une fillette vicieuse qu'il avait pu, grâce au ciel ! placer ailleurs, et qui avait prouvé par la suite les dispositions qu'elle avait pour le métier où, même si elle ne l'avait pas rencontré, elle aurait brillé sans doute.

Hors de sa maison, hors de sa vie, sans une larme, sans une plainte, et maintenant, il n'avait pas d'amis, pas de maison.

Quand elle était revenue à elle, la nuit qu'elle les avait découverts dans le fumoir, elle n'avait rien voulu entendre, elle s'était enfermée, et, le lendemain, elle avait envoyé le domestique chercher miss Jackson à San Remo.

Par cette pauvre Mary, il avait su ce qu'elle ordonnait. Catherine l'avait traité avec un dédain inouï. Il s'attendait à ce qu'elle demandât le divorce, pas même cela ! elle l'avait traité comme s'il n'existait plus, ne répondant pas à ses lettres, payant les créanciers qu'il était bien forcé de lui adresser puisqu'il ne possédait plus rien, oui, les payant, jusqu'au jour où elle lui avait fait dire par son notaire qu'elle devait sauver la fortune de leur fils, et, à propos de leur fils, elle n'avait pas paru se rappeler que, d'après la loi, Pierre était le maître. Elle la méprisait.

Sur ce mépris, il avait jeté pendant six années les succès d'une vie amoureuse éclatante, de cette vie qu'il avait recommencée après l'intermède de sa tendresse pour Catherine. Il s'était retrouvé tel qu'on le décrivait à Mme Dumez. Partout où il passait, il apportait une atmosphère romanesque et la tentation de l'amour.

Même quand il ne plaisait pas à une femme, ses façons et sa légende la contraignaient à des pensées d'amour, et les femmes auxquelles il ne plaisait pas étaient rares, car, instinctivement, par nécessité de plaire, il devenait, en face d'une femme, celui qu'elle devait aimer.

Son âme était tellement habituée à se donner qu'elle apparaissait vite dans ses yeux, et, comme elle était nombreuse, elle apparaissait sous les couleurs qui devaient le mieux séduire.

Mais l'excès de cette puissance qui lui permettait toutes les séductions, l'avait dégoûté d'en entreprendre. La conquête d'une maîtresse lui semblait œuvre monotone, et il s'était rapproché de celles qu'il n'est pas besoin de conquérir. A présent, il ne poursuivait plus la maîtresse, mais la volupté.

Atteindre la volupté qui dépasserait toutes les voluptés qu'il avait eues, fut la hantise de ce triste hiver où, dépourvu d'argent, entretenu par les débauchés, entretenu comme les filles, les camarades, il poursuivait avec elles la joie inconnue.

Sans doute, grâce à lui, cette joie effleurait-elle ses amies qui lui prouvaient leur reconnaissance de mille manières, mais lui-même, après tant de combats vers l'impossible, n'arrivait qu'à une lassitude humiliée, et, dans cette humiliation, le souvenir de Catherine renaissait encore.

Il était parti à cause de cela, parce que, là-bas, il avait une femme, un fils, une maison toute pleine de pureté, une maison où il avait connu la joie, depuis lors vainement poursuivie, de la pureté dans l'étreinte passionnée.

— Ma petite Kathleen...

Pour la première fois depuis bien longtemps, il avait osé, dans le train, c'était après Valence, murmurer le nom de Catherine, avec l'accent de jadis, et toutes les émotions de jadis étaient revenues, appelées par cet accent.

Elles avaient créé un homme nouveau, l'homme d'autrefois, qui s'était permis de juger à son tour l'homme que Pierre était devenu.

— Pas plus mauvais qu'avant de l'avoir rencontrée, disait l'avocat du diable.

— Mais justement tu l'as rencontrée, répondait l'autre.

Entre les deux époques, celle qui avait précédé et celle qui avait suivi, il y avait cette différence immense que, dans la première, malgré les mensonges, Pierre allait vers cette fidélité et ce pur amour, tandis que, dans la seconde, il allait en bas, ne s'estimant plus.

L'idée de la mésestime s'était emparée du voyageur, amenant avec elle l'idée de la rédemption, du rachat, sous une double forme : le suicide, car il était brave, le pardon de Catherine, car il l'aimait, car il avait une revanche à prendre, et encore, elle possédait le secret de la joie, il rêvait à une joie inconnue, dans l'étreinte où elle le recevrait.

Sous la lumière d'une aube merveilleuse, alors que le train parcourait la Provence, ce duel de sentiments s'était exaspéré, et le voyageur défait que Philippe avait accueilli, qu'il avait plaint, qu'il s'était promis de retenir, celui-là avait été sincère dans sa désolation.

Il était également sincère lorsque, le front et la poitrine battus par l'air violent, dans l'automobile qu'il avait emprunté sans avoir un plan bien précis, il oubliait la gaîté gamine de sa

Pierre, au bar, demeure indécis et perplexe.

pensée et s'interrompait de sourire pour murmurer :

— Ma petite Kathleen...

Son après-midi, à l'hôtel, où Philippe l'avait installé, il l'avait passé à dormir. Il s'était endormi dans l'épuisement et le désespoir, il s'était réveillé, frais et dispos ; et cette admirable soirée que Philippe et Catherine avaient contemplée de la villa Dumez, l'avait rempli de poésie et d'indulgence.

Il s'était promené le long de la mer immobile comme une soie étalée. Quand le soleil se coucha, elle eut tous les reflets de Venise, et Pierre avait songé à ces soirs de Venise où le couchant prenait dans leurs cœurs sa plus grande intensité. Il s'était souvenu de lui-même, à son avantage, et il n'avait pas douté que Catherine le recevrait.

Mais le soleil s'était couché, la nuit froide était venue, des heures de solitude avaient commencé, et Pierre avait un ennemi : la solitude. Il n'y avait qu'un combat qui lui fût interdit : la lutte contre soi.

Dans les rues de Nice, coudoyé par la foule nonchalante et printanière, il avait été tout enveloppé par lui-même que l'angoisse forçait à renaître, puis défaisait. Les années, les unes après les autres, avaient passé devant lui : son enfance, le père Dupuis, sa délicieuse mère, tellement et toujours puérile, sa jeunesse près de cette mère qui avait été jolie jusqu'à la fin et jamais maternelle, l'armée. Il avait sauvé la vie de Philippe, il était content d'avoir sauvé la vie à quelqu'un, même à celui-là qui ne valait pas beaucoup mieux que lui, ils étaient tous les deux des inutiles, ils auraient dû rester à l'armée, mais l'armée, jamais se battre, l'armée, la discipline, ennuyeux ! et toutes les femmes qu'il avait conquises, toutes les batailles qu'il avait livrées pour les conquérir, tous les épisodes de sa carrière, avaient défilé devant lui, mais tout cela, à mesure, se détruisait, s'abîmait dans une mélancolie qui enlevait aux visages leur relief, rien n'avait existé avant Catherine, avant ce printemps sur les montagnes du Jura, avant ces visites, secrètes et chastes, à la jeune fille solitaire qu'accompagnait une gouvernante ridicule et douce, et cependant, pour les premières visites au château d'Armanjon, le voile de la mélancolie les ternissait elles aussi, la jeune fille était riche et Pierre y avait songé, oh ! pas longtemps, car il lui avait fallu devenir celui qui devait lui plaire, et, pour cela, il était allé au plus haut de lui-même, plus haut peut-être qu'il n'était capable d'aller, il avait conscience d'avoir été celui qu'elle méritait, et, dans le crépuscule des rues, il en éprouvait une infinie nostalgie.

L'homme qu'il avait été, pourrait-il le redevenir ? Il le fallait pour qu'elle l'accueillît. Le pourrait-il, lui permettrait-elle d'essayer ? Que se passait-il là-bas, dans la maison au bord du rivage ?

Vers la maison, l'automobile se hâte, et, pour tromper son inquiétude, Pierre n'a plus les comparses du cercle, à peine le souvenir de son succès auprès de Simonne. C'est peu, mais cela suffit pour que sa pensée ait une gaîté gamine.

Avec quel but a-t-il emprunté cet automobile quand il aurait pu attendre à demain ? Est-ce par crainte d'une nuit d'insomnie ou pour réagir contre les conseils de Philippe ?

Il ne sait, une impulsion le dirige.

Dans le salon de lecture où le petit vieillard continuait d'écrire, Pierre, dès que Philippe l'eut quitté, avait perdu tout cynisme. Doublement ému, il avait rêvé à ce qu'il y aurait de beau dans son sacrifice, s'il se sacrifiait à présent que Catherine avait avoué par son trouble son persistant amour, et il avait rêvé à ce qu'il y aurait de plus beau encore dans leur union, s'il parvenait à redevenir digne de leur amour, et ce double rêve lui avait suggéré l'idée passagère d'aller en pèlerinage, cette nuit d'attente, près de la villa où Catherine elle-même devait veiller. Après, ou il partirait, ou il pourrait, demain, lui dire : « Je suis venu, comme je venais jadis, regarder vos fenêtres. »

Puis la plume grinçante du petit vieillard avait agacé Pierre, et il avait pensé : « Je n'ai plus l'âge de ces niaiseries, allons suivre le baccara. »

Il était entré dans les salles de jeu. Au moment où Simonne l'avait abordé, il songeait : « Si Philippe perd ce coup, je n'irai pas, j'irai s'il gagne. » Philippe avait gagné à droite, perdu à gauche. Coup nul, le hasard se refusait à prendre parti.

Et cela avait été au bar le dialogue de galanterie, l'éternel dialogue flatteur et lassant, la tentation : « Pourquoi ne passerais-je pas la nuit avec cette aimable fille ? » Et la réponse :

— Parce que je vais là-bas.

C'était décidé ; quelque chose en lui, de plus mystérieux que le hasard, avait résolu qu'il irait.

L'idée du pèlerinage ne se mêlait pas à cette décision, aucune idée précise ne s'y mêlait, et maintenant, tandis que l'automobile s'approchait d'Èze, Pierre, penché sur les vitres baissées pour distinguer dans le bosquet des pins la tache blanche de sa maison, n'avait aucune idée qu'il aperçût derrière la gaîté qui le faisait sourire.

Il était gai comme s'il allait à un rendez-vous, comme s'il avait, pour un rendez-vous banal, emprunté par ruse, sans en demander la permission, l'automobile d'un ami. Il imaginait le visage de Philippe quand Simonne annoncerait qu'il était parti. Il était gai et sentimental.

- Voici dans la baie le sillage des étoiles, voici la petite île et ses broussailles.

Encore quelques minutes, et l'automobile s'arrêtera au passage à niveau, car Pierre vient d'en donner l'ordre au chauffeur.

Pierre reconnaît les moindres détours de la route. Les arbres ont grandi, mais le petit bruit de la mer sur le sable est toujours le même, et le parfum de la mer, des pins, les parfums nocturnes, si légers, des fleurs, sont toujours les mêmes, et Pierre ne résiste pas à un parfum.

Il semble que le parfum oriente son âme nombreuse. Pour chacun qu'elle a respiré et qu'elle respire à nouveau, elle est pareille. Le parfum de ce soir compose à Pierre une âme qu'il sent très belle, prête au sacrifice ou au rachat.

C'en est fini de la gaîté. Il est, au même instant, celui qu'il fut aux temps heureux du fidèle amour et celui qu'il était après la trahison, quand il avait conscience d'être déchu, pantelait de remords et suppliait miss Jackson de lui sauver la vie en obtenant son pardon.

L'automobile s'arrête. Il faut descendre.

Tout de suite une question se pose : Pierre gardera-t-il la voiture ou va-t-il la renvoyer ? S'il la renvoie, ce sera plus romanesque. D'autre part, Philippe sera inquiet, et, quand viendra l'aube, Pierre sera un peu ridicule avec son smoking ; mais, demain, ne sera-ce pas plus doux de raconter à Catherine qu'il a passé toute la nuit, la nuit entière, à rêver dans leur jardin ?

— Vous rentrez à Nice, dit-il au chauffeur.

Puis, s'assurant qu'il a des allumettes et des cigarettes à discrétion, Pierre s'engage sur le passage à niveau, et, poussant la grille du jardin, il en connaît le secret, pénètre chez lui.

XV

Tandis qu'il descend le petit escalier d'où l'on domine la villa, miss Jackson, pour attendre le sommeil, cherche au salon le livre commencé, et Catherine rentre dans le cabinet de toilette, éteint les lumières qui font trop vivants les miroirs, s'arrête sur le seuil, puis marche lentement dans la chambre, comme la faisait marcher Pierre, autrefois, quand il disait que les cheveux de Catherine éclairaient la pièce, lentement du seuil vers le lit où il faut qu'elle se recouche, où elle retrouve la tiédeur des draps et l'insomnie.

Gardant la lampe allumée pour que ses yeux voient des choses réelles, elle reste assise, les oreillers tassés derrière les épaules, les bras allongés sur la couverture, les mains à plat sur le drap, et son regard va d'une de ses mains à l'autre.

Elle essaie de rappeler en elle des pensées simples. Il faudra qu'elle écrive à sa manucure, le travail de la volière et du jardin a gâté ses doigts et ses ongles. Qu'a-t-elle fait de sa coquetterie? Ce qu'on ne voit pas d'elle-même est l'objet de tous ses soins, mais elle néglige un peu, pour nourrir ses oiseaux et tailler ses plantes, les mains qui sont pourtant ce que les hommes regardent avant qu'ils osent imaginer le corps dévêtu, ce qu'ils regardent de nouveau, ce qu'ils apprécient, qu'ils critiquent, lorsque le corps dévêtu n'a plus de secrets pour eux, quand ils comparent les mains de leur maîtresse à celles de la femme qui sera bientôt leur maîtresse parce qu'elle soigne les gestes de ses mains, et, tout à rebours de la femme qui s'est donnée, attribue de l'importance à la couleur de ses ongles, à la façon dont elle refuse de laisser trop longtemps serrer les doigts précieux qu'elle retire.

Sur le drap, ce ne sont plus ses mains que regarde Catherine, ce sont les mains d'Hedwige. Aujourd'hui, Catherine exagère. A peine y a-t-il sur un doigt une égratignure, mais, à l'époque où elle était jalouse, elle se négligeait en vérité, par orgueil, pour ne point s'abaisser à une lutte qui lui aurait prouvé qu'elle avait une rivale, elle était devenue volontairement campagnarde, cependant que sa cousine affectait de n'oser point toucher cisailles ni mangeoires, et, pour cueillir des fleurs, portait de gros gants.

Et Catherine pense :

« J'ai eu tort, il faut se défendre quand on est heureux. »

Miss Jackson a raison : si Catherine avait voulu que Pierre la trahît, elle n'aurait pas agi autrement. Elle s'était affirmée épouse en face de la tentatrice, elle aurait dû lutter comme une maîtresse à la fois désirable et difficile, jouer de l'artifice des mains, des yeux, de la taille, engager la lutte, et non point, de sa tour boudeuse, provoquer le dédain en le redoutant.

Elle avait perdu le contact avec l'amour, elle était devenue maussade, acariâtre, forte de ses droits. « Tu n'es pas mon mari, tu es mon amant, » avait-elle souvent murmuré à Pierre. Un amant, cela ne se garde pas en affirmant les droits que l'on a sur lui, il faut livrer cette perpétuelle bataille qui vous entraîne au-dessus de vous-même, et, si l'on est victime de quelque défaillance, c'est vous la coupable quand il vous abandonne.

C'était la faute de Catherine si Pierre l'avait trompée, ce n'était pas lui qui avait demandé qu'on invitât Hedwige, et, puisque la rivale était venue, Catherine aurait dû se battre, ou, ne se battant pas et vaincue, elle n'aurait pas dû se plaindre ; c'était sa faute si Pierre, chassé par elle malgré tout ce que Mary avait offert de sa part, malgré ses évidents remords et la haine dédaigneuse qu'il avait manifestée contre Hedwige, si Pierre, chassé de sa maison, éloigné de sa femme et de son enfant, était retombé dans cette existence basse à laquelle il avait renoncé, sa faute s'il avait roulé plus bas : elle lui avait tendu un piège pour lui démontrer cruellement qu'il avait tâché en vain de devenir meilleur.

Ainsi Catherine que la prière n'avait pas emportée, que les orages d'autrefois avaient conduite à des souvenirs trop précis, s'humiliait dans l'inconscient besoin d'excuser Pierre. La vision du fumoir lui avait donné une apparence trop réelle ; Catherine ne pouvait plus juger, de loin, toute sa vie ; il n'avait commis vis-à-vis d'elle qu'une seule faute, et, de cette faute, elle se déclarait responsable.

Mais les mains de Catherine se crispèrent sur le drap. Si Pierre était presque absous, l'autre, c'était l'ennemie, cette femme troussée dont elle venait de revoir le désordre et le triomphe.

De celle-là, elle avait pensé qu'elle tirait une vengeance suffisante par le scandale de la rupture avec Pierre, mais, cette nuit, Catherine aurait souhaité une vengeance plus aiguë, elle aurait souhaité tenir Hedwige entre ses mains, la châtier, danser sur son cadavre, comme disait Mary chaque fois qu'elle parlait d'elle.

Et voici que Catherine forme le projet insensé d'obtenir de Raymond Bardane qu'il monte une cabale contre cette fille, que lui et ses amis se rendent aux Folies-Bergère pour la siffler, l'accabler d'outrages.

Il lui semble qu'entre elle et Pierre, il n'y a plus que cette femme qui triomphe dans son luxe et sa débauche, exhibant sur la scène ses jambes nues.

Puis un autre projet : elle pardonnera à Pierre s'il la venge d'Hedwige. Comment? Elle ne sait pas, elle veut être vengée et lui pardonner. Elle a envie de lui.

Sous le drap tiède, et parce que l'imagination est lasse, le corps reprend sa puissance, mais s'il a lui aussi sa jalousie, la jalousie du corps appelle l'émotion du désir.

Catherine se tourne dans le lit, cache ses bras sous la couverture, serre ses bras contre ses seins.

Il n'a pas aimé Hedwige comme il l'a aimée. Ce ne fut qu'un caprice... Les femmes ne devraient pas être jalouses des hommes qui, par faiblesse devant leur perpétuel désir, en prennent une autre... Il l'a prise pourtant, il a été contre elle... Catherine n'y veut plus penser, c'est obscène.

Elle s'allonge dans le lit solitaire, elle appuie la joue sur l'épaule. Elle a envie de lui.

Cependant sa pureté, sa conscience, son intelligence en déroute, ont un retour. Depuis six années, il a été entretenu par des filles, il a profité de leurs gains, des marchés malpropres qu'elles ont conclu en vendant leur corps, c'est un... elle dit le mot entre ses lèvres et se jure encore une fois qu'il ne rentrera pas dans sa maison. Cela fait, elle pense, avec cruauté envers elle-même qui est pure et envers lui qui songe à redevenir pur, elle pense qu'elle voudrait, pour une nuit, avoir l'amant d'Hedwige, l'amant de toutes ces filles, l'avoir contre ses seins, contre elle, lié à elle, la soulevant et la prenant, et elle l'appelle, quand elle a éteint la lampe.

XVI

Pierre descendait vers sa maison.

Quinze ans auparavant, il l'avait achetée parce qu'elle semblait, du petit escalier taillé dans le roc, enfouie sous les pins et tout entourée par la mer.

Cette nuit, elle formait une tache grise contre la mer où des milliers d'étoiles laissaient tomber, les unes une clarté indistincte, les autres de grandes lignes dorées.

Entre les pins, il apercevait l'eau calme et comme luisante. Sur le rocher, de chaque côté des marches, il devinait la végétation couchée des géraniums qu'il aimait peu, mais qu'il n'avait pu remplacer pas des fleurs plus délicates à cause des coups de vent qui balayaient cette partie du jardin.

Il passa près d'un cactus énorme. Était-ce celui dont chaque année on coupait une feuille indiscrète et méchante?

Pierre cherchait à reconnaître dans le profil des choses les détails jadis familiers, il faisait appel à sa mémoire, mais son instinct se souvenait mieux, ses pieds ne butèrent pas une fois sur les étroites marches.

A mesure qu'il descendait, l'odeur de la mer était plus lourde, il sentit pourtant le parfum subtil du grand héliotrope, et, devant ses yeux, se dessina la silhouette de Catherine en plein soleil, contre le mur où s'étalait le grand héliotrope qu'il fallait sans cesse débarrasser de son bois mort : Catherine avait un chapeau bleu et un voile bleu sur les épaules, elle levait les bras, ses mains agiles évitaient de briser une tige, Pierre la contemplait, enivré par le parfum de sa fleur favorite, et c'était une matinée paresseuse, trop de soleil, trop d'immobilité dans l'air, on avait envie de s'étendre, de regarder d'autres personnes qui travailleraient avec nonchalance, il s'était étendu à même la terre odorante, aux pieds de Catherine qui lui

jetait de temps en temps sur le visage les grappes mauves à demi flétries. Elle riait, et son rire clair, il sembla que la nuit en fût remplie soudain.

Sans le rire de Catherine, la maison avait dû être lugubre. Être triste, être seul ici ; souffrir ici, ce devait être souffrir davantage.

— Ma pauvre petite Kathleen...

Ah ! comme il lui faudrait la rendre heureuse pour ne pas s'en vouloir de l'avoir fait pleurer !

Il ne comprenait plus l'homme qui l'avait maltraitée, il n'avait point de révulsion pour l'amant d'Hedwige, mais il haïssait celui qui avait été assez sot pour affliger Catherine au profit de cette dévergondée.

Que ne l'avait-il prise ailleurs, à Monte-Carlo ou à Nice, que n'y avait-il renoncé dès qu'il s'était douté de la jalousie de Catherine?

Voilà ce qu'il se reprochait : non point la faute en elle-même, mais d'avoir rendu Catherine malheureuse dans ce décor de gaîté.

Il la rendrait de nouveau heureuse, il savait qu'il en était capable, le décor et le parfum composaient son âme, il avait la certitude qu'il la rendrait heureuse.

Il découvrait les lignes exactes de la maison. Point de lumière. On se couchait de bonne heure comme autrefois, pour ne rien perdre de l'émerveillement du jour.

La maison était endormie, protégée par ses pins, bercée par le bruit de la monotone vague. La plage était là-bas, de l'autre côté de la terrasse qu'ombrageaient les vieux orangers.

Pierre, souriant, la cigarette aux lèvres, s'avançait vers sa maison.

Il apportait le bonheur.

Avec quelques caresses et les mots que son amour lui inspirait, il rachèterait toute la souffrance que son départ avait provoquée.

Il était parti depuis six ans, et il croyait que c'était hier qu'il attendait, accoudé sur le balcon de sa chambre, Catherine qui se préparait pour la nuit, et que, sentant en lui la puissance de la rendre heureuse, il se réjouissait du bonheur que sa passion allait lui donner.

Ce soir, il s'en réjouissait, le corps joyeux, reposé par le long sommeil de l'après-midi et rajeuni par le retour des instincts d'autrefois. Il n'avait plus de rancune pour Catherine qui l'avait chassé, plus de mépris pour lui-même qui l'avait trahie. Il oubliait. Il apportait le bonheur.

Tout à coup, au bas de l'escalier, une chose semble bouger, dont Pierre distingua mal la forme.

Prudent et inquiet, grave, la tête basse, Stony se dirigeait en reniflant vers le bruit de pas qu'il avait entendu. Sans doute allait-il aboyer, mais sans doute comprit-il à la façon dont l'homme descendait les marches, à l'aisance de ses mouvements, que celui-là était chez lui. Et, Pierre faisant claquer ses doigts, Stony, toujours prudent, le flaira.

— Eh bien ! mon vieux ! lui dit Pierre qui le caressait comme s'il l'avait toujours connu.

Stony hésita, mais les habits avaient l'odeur d'un maître, et Stony se contenta d'accompagner ce visiteur dont il cherchait à se souvenir.

Un instant, devant la porte, Pierre se demanda s'il n'allait pas sonner. La rencontre du chien l'avait à peine distrait de cette joie qui se répandait en lui, de cette orgueilleuse sensation, de cet élan qui le poussait. Il était comme un amant qui revient d'un long voyage et se hâte pour rendre plus vite heureuse celle qui ne l'espérait que demain. Toute audace lui eût paru naturelle, mais, pour ne pas détruire cette émotion que le veilleur en lui-même goûtait avec un peu d'ironie, il remit à plus tard, au lendemain ou à tout à l'heure, les gestes audacieux.

Tournant à gauche, il suivit ce sentier qui, passant entre la maison et la volière, conduisait aux pelouses et à la terrasse.

Guetté par le bull-dog qui marchait pesamment, il s'en alla à travers les bosquets de verdure où miss Jackson préparait le thé quand la chaleur était accablante.

— La brave Mary, c'est elle qui sera contente !

Et lui aussi serait bien content de revoir cette grotesque vieille fille qui semblait lui demander pardon quand elle lui signifiait les ordres de Catherine. Il avait de l'affection pour miss Jackson, bien qu'il eût coutume de lui dire, en plaisantant, qu'elle avait les façons d'une entremetteuse, et n'avait-il pas connu des entremetteuses de carrière qui arrivaient à être touchantes à force d'aimer l'amour ?

Quelle belle vie d'amour il avait menée, lui, dans cette maison ! Avant d'épouser Catherine, que de maîtresses il avait promenées dans ce jardin, par des nuits sublimes ! Et comme il avait menti à sa jeune femme quand elle lui avait fait jurer que, la première, elle habitait avec lui sa maison ! Mais, tout le jardin, toute la plage, toute cette terrasse qu'il voyait à présent du haut des pelouses, il pouvait les peupler du souvenir de ses amies, et il pensa à toutes les femmes qui devaient elles aussi se rappeler avec regret la villa au bord du rivage.

Sur les pelouses et sous les orangers, il les devina qui revenaient, apportant sa jeunesse qu'elles avaient gardée dans leur mémoire, elles qui avaient vieilli loin de lui.

Il était alors insoucieux de l'avenir, plus riche que les plus riches puisque l'argent qu'il dépensait ne représentait que des jours de moins à vivre, et qu'il n'y pensait pas ; il était fier, on le craignait, il était une force joyeuse, impertinente, libre, il apportait avec lui une atmosphère de tendresse et de triomphe, qu'il respirait et qu'il faisait respirer aux neutres, il renaissait à chaque amour, ingénu et fervent, et surtout, il était cruel, par conséquent invulnérable.

N'était-ce pas sa jeunesse qu'il venait chercher ici ? N'était-ce pas Catherine qui la lui apporterait avec le sourire de ses lèvres pures ? Les amies qu'il devinait sur les pelouses s'effaçaient, les unes après les autres, tandis que reparaissait, devant le grand héliotrope, Catherine qui lui jetait au visage les grappes mauves à demi fanées.

Il s'arrêta, il avait envie de s'étendre sur le gazon et de rêver toute la nuit dans ce jardin silencieux. Il y avait en Pierre de Vinzel beaucoup de sentimentalité.

Vers Stony qui s'était arrêté également, il pencha la tête.

— C'est toi qui la gardes ? Elle t'aime bien, eh ! et tu l'aimes aussi ?

Stony leva vers Pierre ses gros yeux qui brillaient dans l'ombre.

— Tu es un bon chien.

Et de nouveau, affectueusement, il le caressa, puis reprit sa promenade.

Chaque sentier l'appelait, il reconnaissait les grands pins où s'enlaçaient les lianes exubérantes ; le cortège des amies se reformait derrière les arbres, et ce fut en le poursuivant que Pierre arriva sur la terrasse.

D'abord, les orangers lui masquèrent la maison, et leur parfum, changeant un peu le mouvement de son âme, l'occupa tout entier. Il s'appuya à la balustrade. Tournant le dos à la mer, il ferma les yeux. Il écouta la vague, il respira la nuit, et l'harmonie des choses était si parfaite que le passé s'enfuit devant la beauté de l'heure présente.

Ce murmure, ce parfum, Catherine l'écoutait, le respirait, tout près de lui, là-haut, dans la chambre dont la fenêtre devait être ouverte, elle laissait toujours sa fenêtre ouverte, et il n'était pas possible que cette harmonie n'eût pas éveillé en elle l'amour qui remplissait le cœur de son amant.

Il était son amant. Combien de fois ne lui avait-elle pas dit : « Tu es mon amant ! » Pour un mari, c'eût été sottise de rêver ainsi sous la fenêtre, mais il était son amant qui revenait et qui se plaisait à l'imaginer, si belle dans son vaste lit.

N'avait-elle rien modifié à l'arrangement de la chambre ? Est-ce que les oreillers s'appuyaient toujours à la soie grise tendue contre le mur, et, dans l'écartement des sombres paravents, la lumière de la lampe était-elle toute rassemblée sur son visage, ses épaules et ses cheveux cendrés ? Avait-elle toujours ce corps blanc et ferme, et cette vigueur qui parfois faisait mal ?

Philippe lui avait dit : « Elle est la même. » Mais Philippe ne savait pas regarder une femme. Avait-elle engraissé ou maigri ? Sa poitrine était-elle encore si petite sous la dentelle des robes, et ses seins si durs et si dressés quand elle était dévêtue ?

Il voyait son visage. Elle devait souffrir, le drame devait être présent à sa mémoire, et, jalouse, elle avait sans doute ce masque douloureux qu'elle prenait parfois, lorsque l'étreinte se prolongeait et qu'elle suppliait qu'on lui donnât la volupté, et, de même qu'autrefois il la laissait attendre et se dominait lui-même, de même il se domina, ce soir, pour la laisser attendre, et, son sourire devenant ambigu, il se dirigea vers cet endroit de la terrasse d'où l'on apercevait la façade de la maison.

Une seule fenêtre était éclairée et ce n'était pas celle de Catherine. La chambre de Catherine était au coin de la villa, à l'ouest, et il y avait à côté le cabinet de toilette ; or, c'était la troisième fenêtre qui était éclairée, la fenêtre de la chambre qu'il occupait autrefois.

— Bon présage ! se dit-il.

Mais qui donc habitait là ? Ce ne pouvait être

son fils, l'enfant dormait à cette heure. Restait miss Jackson. De tout temps, cette pauvre Mary avait eu des insomnies et elle avait, cette nuit, quelques raisons de ne pas dormir. A coup sûr Catherine lui avait tout raconté, et quoi de plus excitant pour une vieille fille que le retour de ce mari mauvais sujet qui demandait pardon.

Cependant, il se sentait un peu offensé parce que la fenêtre de Catherine n'était pas éclairée. Et, brusquement, il douta de lui-même.

Peut-être Philippe, sous ses conseils vertueux, avait-il caché la mauvaise réponse qu'il n'osait faire. Cette maison ne ressemblait pas à une maison où l'on attend dans l'angoisse. Peut-être Catherine tout simplement dormait-elle, calme, satisfaite de son refus, orgueilleuse de sa victoire. D'ailleurs, elle ne l'avait jamais aimé, elle ne l'aurait pas chassé si elle l'avait aimé autrefois. Peut-être dormait-elle, tranquille, rêvant aux amours qui l'avaient sans doute consolée et qu'elle avait été assez rusée pour dissimuler à tous.

Sensation nouvelle, Pierre était jaloux. A cent reprises et pour lui montrer l'indignité de sa propre conduite, Philippe et les autres lui avaient bien affirmé que sa femme était restée sage et qu'elle faisait, par sa tenue, l'admiration de chacun, mais il était passé maître dans l'art de cacher une intrigue, et, ce qui lui semblait facile, était possible pour elle.

Elle dormait, rêvant aux confidences qu'elle ferait demain à cet amant qui l'avait remplacé. Puisqu'elle dormait, elle avait un amant, et, dans toute cette maison assoupie, il n'y avait, pour se rappeler le bonheur de jadis, que la grotesque vieille fille, l'alliée de Pierre, celle qui, au château d'Armanjon, quand Pierre faisait le signal, ouvrait la porte, alors que la mijaurée feignait la honte avant de lui abandonner la main qu'il se contentait de serrer.

Parbleu ! elle dormait tout son saoul, avec la satisfaction de la femme qui n'aime plus et qui se venge à son aise, sans effort, parce qu'on l'aime, cette satisfaction de la femme qui en arrière de son corps provoquant le désir, existe avec son âme médiocre, puissante par l'incompréhension.

Devant cette fenêtre obscure, Pierre était jaloux. Aux soirs d'Armanjon, quand il craignait qu'on ne répondît pas au signal, quand il tremblait à l'idée d'une nuit entière passée sans avoir revu Catherine, il avait en deçà de lui d'ininterrompus triomphes, et, au delà de lui, les triomphes que, pour elle, il dédaignait, mais, cette nuit, au sortir de Paris où, las de chasser la maîtresse, il s'était heurté à la monotonie des voluptés connues et à l'inconnu infranchissable où se réfugiait la dernière volupté, au sortir de ces cabarets où des restaquouères le traitaient avec désinvolture, comme le domestique de leurs amusements, lui qui n'avait plus, cette nuit, qu'un espoir, Catherine amoureuse et fidèle, il n'avait pas le droit d'être jaloux, pas le droit de douter de lui-même, ou c'était fini.

Et pourtant, il doutait, et la déroute qui, depuis longtemps, s'était préparée dans le mystère de lui-même, qui l'avait fait, malgré qu'il en eût, fuir Paris, la déroute de tout son orgueil

lui tenait les reins et rendait exacts les mots qu'il avait dits à Philippe si légèrement :

— Moi, je suis un homme fini.

Derrière lui, la mer lui faisait peur.

XVII

Sur la chaise, la robe de chambre à grands ramages, sur le tapis, le livre tombé, sur l'oreiller, la tête burlesque et plaintive de miss Jackson qui ne peut ni lire, ni dormir.

C'est la chambre où, jadis, Pierre reposait, les nuits qu'il n'était pas auprès de Catherine.

Deux portes, l'une donne sur la galerie, l'autre sur le cabinet de toilette. Une fenêtre d'où l'on va sur le balcon, la fenêtre que Pierre a vue éclairée.

Comment lire, lorsque chaque page est pareille à un miroir qui refléterait la pensée? Si la pensée est simple, fût-elle même douloureuse, on peut l'effacer à force d'énergie, mais, sur les pages que tourne miss Jackson, s'inscrivent tantôt la terreur de sa vieillesse : « De quoi donc est-ce que je mourrai? » tantôt l'amertume de sa vieillesse : « Avant de mourir, les verrai-je heureux? »

Et puis, miss Jackson n'a pas d'énergie. La fièvre de ce rhume, est-ce un rhume ou bien est-ce la dernière maladie, la maladie qui l'emportera? la fièvre s'exaspère, et, chez les vieillards que tant de souvenirs déformés habitent, la fièvre, c'est tout de suite le délire.

Sur l'oreiller, miss Jackson roule sa tête qu'encadrent pauvrement les rares cheveux gris et, dans ce balancement qui fait tour à tour briller sous la lampe les pommettes où le sang afflue, elle promène le double songe, la terreur et l'amertume, que relie la vision de cet autre lit où la mère de Catherine, où Valentine d'Armanjon est morte, est devenue lourde, puis froide.

Mourir, c'est avoir froid. Il faisait froid au château d'Armanjon avant que Pierre fût venu, il fait froid à la villa depuis que Pierre est parti, mais il revient, il est là, tout près, elle le sent tout près, et une excitation de son sang fiévreux qui la force à rêver que vraiment il est revenu, qu'il est là, dans la chambre de Catherine, et qu'ils sont heureux, ses enfants, lui chauffe le cœur et lui met la pourpre au front, car elle est chaste et leurs caresses imaginées atteignent sa pudeur, délicieusement.

De droite à gauche, elle roule la tête. Il n'est pas encore revenu, et sera-t-elle là, le jour de son retour? Son destin n'est-il pas que l'on souffre là où elle se trouve? Puisqu'ils vont être heureux, n'est-ce pas temps qu'elle parte? N'est-ce pas un signe, ce bonheur qui les touche le jour qu'elle est si malade?

Toute sa vie se développe au chevet qu'elle fixe du regard, et, sur toute sa vie, se détachent son laid visage et sa laide silhouette, sa laideur qui l'a orientée.

Vie banale pour les autres, mais, pour elle, sa vie. Une famille trop nombreuse, huit sœurs dont l'une leur semble jolie, et, pour celle-là que les parents adorent, les sœurs se sacrifient.

Un atelier où Mary donne, tant bien que mal, des leçons de dessin. Dans cet atelier paraît Valentine, et, aussitôt, Mary découvre que sa sœur n'est pas vraiment jolie, que ce n'est pas à elle qu'il lui faut se dévouer, mais à cette étrangère qui ne lui est rien, et peut-être justement parce qu'elle ne lui est rien et que l'idée du devoir ne se mêle pas à la volupté du sacrifice. Au reste, ce n'est pas un sacrifice de quitter l'atelier où l'on gagne si peu, pour une place où l'on vous choie, d'être moins la gouvernante que l'amie, d'éprouver les sensations que l'amie éprouve. Maintenant seulement, elle comprend, Mary, qu'elle s'est sacrifiée, puisqu'elle n'a pas éprouvé, à travers les autres, les sensations qu'elle espérait. Depuis trente ans qu'elle est partie de Londres avec Valentine, trois années furent heureuses, c'est peu pour qui ne fit que penser au bonheur, il n'y eut pas que son laid visage, il y eut les hautes Alpes que le destin avait mises entre elle et le soleil d'Italie.

Mary est égoïste ce soir, elle a tellement peur de bientôt mourir, et c'est du froid éternel qu'elle a peur. Elle a suivi Valentine dans ses révoltes et les a outrées, comme elle dépasse en chaque sentiment violent ceux qu'elle affectionne, mais, si M. d'Armanjon et le pasteur Morand ont jeté hors de la foi chrétienne Valentine qui s'ennuyait, Valentine d'Armanjon, à l'heure de mourir, a prié Dieu, tandis que miss Jackson a trop l'habitude de ne plus prier, et c'est vers le néant qu'elle descend. Si elle croyait en Dieu, elle attendrait une récompense, elle attendrait le prix de tant d'abnégation, mais elle n'eut de l'abnégation que pour être heureuse, et leur défaite est sa défaite, et elle leur en veut. Elle en veut surtout à Catherine qui avait trouvé le bonheur, par hasard, et qui n'a pas su fixer le bonheur.

Mary n'aime plus Catherine ce soir. Quand elle plaidait, assise sur le lit trop bas, la cause du pardon, elle sentait que Catherine se déciderait sans tenir compte d'elle. Elle lui trouve une nature sèche, hautaine, rigide, elle lui en veut de tout trancher par des raisonnements, et il lui plairait que cette implacable fût punie.

Le délire l'éloigne de la réalité, il ne s'agit plus d'un mari qui demande qu'on l'excuse et d'une décision qui sera prise demain, il s'agit du château en face des Alpes, du pasteur Morand, de M. d'Armanjon à l'austérité cruelle, et de Catherine qui est sa fille. Puis tout se brouille, il s'agit de fuir du château d'Armanjon, les Risbach sont là, qui montent la garde, mais Mme de Risbach qui cherche un fiancé pour sa fille, ne s'opposera pas aux visites de M. de Vinzel.

Sur l'oreiller, Mary appuie sa joue brûlante. Elle va revivre les trois années heureuses, et elle a conscience qu'elle seule en fut digne, elle va les revivre pour elle-même. Dans leurs promenades, elle les suivait de loin, et elle songeait : « Cela ne va pas vite, quand partirons-nous? » Elle avait toutes les complaisances, elle en aurait eu bien d'autres si on les lui avait demandées ! C'était elle qui avait proposé les rendez-vous nocturnes dans le parc, elle avait dit : « Vous n'aurez qu'à siffler d'une certaine

manière, j ouvrirai la porte et nous sortirons. » Il sifflait trois fois, à des intervalles irréguliers, et alors, comme des coupables, serrées l'une contre l'autre, elles se glissaient dans le corridor, ouvraient la porte, se dissimulaient dans les allées et le rejoignaient. « Ce que nous faisons est mal, » murmurait Catherine. Mary haussait les épaules, ce qu'elles faisaient donnait de la saveur à toute leur vie.

Ce fut le mois le plus beau. Ensuite, ils l'ont tolérée, ils lui ont permis, par reconnaissance, de vivre auprès d'eux, mais, à l'époque du signal c'était elle qui menait l'intrigue, et, lorsqu'elle attendait à la fenêtre, prêtant l'oreille au moindre bruit qui se levait dans le parc, elle ne savait plus si l'amoureux qui allait venir était celui de Catherine. Il avait tout ce que les rêves de Mary prêtaient jadis à l'amant qu'elle avait espéré pour Valentine et qui n'était pas venu pour Valentine, et, si Mary fut jalouse de cette jeune fille qui n'osait pas être amoureuse, ce ne fut pas en son nom, mais au nom de Valentine qui aurait osé, elle, oh ! oui, qui aurait osé...

Tout se brouille, Mary est au château d'Armanjon et elle attend le signal, mais l'amie qui est près d'elle, et qui, comme elle, espère, ce n'est plus Catherine, c'est Valentine avec qui, si souvent, autrefois, elle a parlé de l'amant qui n'est pas venu, et Valentine est morte, et Mary va mourir, sans que l'amant soit venu, et il fera froid éternellement.

L'air de la nuit est froid. Est-ce Valentine, est-ce Mary qui a toussé?

Sur les grands arbres du parc, la brise imite le bruit d'une mer calme sur un sable bienveillant.

— Oh ! Mary, dit Valentine, je mourrai ici, il ne viendra pas !

Et c'est en vain que Mary jure qu'il viendra, que le destin ne sera pas si dur, Valentine pose sur l'épaule de Mary sa tête lasse, et répète, parlant de celui qu'elles imaginent :

— Il ne viendra pas !

Mais, soudain, dominant le murmure de la Méditerranée, qui rappelle le murmure d'une brise sur les arbres, le signal retentit.

Et miss Jackson, sans bouger de l'oreiller qui supporte son délire, dit à voix basse :

— Tu vois bien qu'il est venu, tu vois bien...

Elle sourit, est-ce à Valentine, est-ce à Catherine, est-ce à sa propre pensée?

La fenêtre est ouverte, et, par la fenêtre, monte le petit bruit de la mer. Tout à coup, encore une fois, le signal retentit.

Alors, miss Jackson se dresse, porte les mains à ses tempes. Devient-elle folle, ou bien, est-ce lui?

Encore !

Il l'appelle, il est venu, elle se lève et court vers le balcon.

XVIII

Dans le vaste lit que l'obscurité enveloppe, Catherine elle aussi a la fièvre. Ce n'est pas facile, quand on est pure, d'appeler un fantôme, la volupté qui le désire n'est pas le vice qui l'évoquerait.

L'idée fut perverse de tuer le souvenir en l'avilissant, mais Catherine en vain ouvre les bras et s'offre, pour une nuit, pour une seule étreinte, à l'amant subtil, il ne vient pas dans son rêve, ni contre son corps qui attend.

Catherine, sur l'oreiller, rejette la tête, les coudes s'écartent du torse qui respire fort et les jambes relèvent le drap, mais en vain la joue cherche une caresse contre les cheveux et la bouche se mord, Catherine ne sent que ses cheveux et sa lèvre mordue.

L'amant d'Hedwige et des autres, celui que l'on paie parce qu'il sait aimer, ne vient pas, et le sang monte au visage de Catherine, elle abat les jambes, elle arrête le frémissement de ses reins ; celui qui est venu, elle ne veut pas le recevoir.

Pourtant, comme à son insu, elle pousse un grand soupir et se cambre. Ne va-t-il pas glisser autour de sa taille le bras qui l'asservissait, qui la maintenait, qui réglait leur tendresse, car il était tendre celui qui est venu, et il n'y avait pas de perversité dans leur étreinte, tandis que leurs corps obéissaient à ce besoin d'infini que leur amour et leur union avaient créé.

Encore l'amour, elle ne voulait que l'oubli, elle se débat, roule les lèvres sur les dents qui grincent ; elle ouvre, elle hausse les paupières, comme si la nuit n'était pas autour d'elle, et ses mains s'agrippent l'une à l'autre au-dessus de la couverture que ses bras serrent dans un geste de chasteté. Elle ne veut pas recevoir celui qu'elle aime, elle ne veut pas davantage pleurer pour lui.

Elle se défend de pleurer, bien que les larmes envahissent ses yeux, elle garde les paupières immobiles de crainte qu'une larme ne tombe, et, sur sa pensée, elle met des mots pour la vaincre.

— Je l'ai chassé, se dit-elle, il me suppliait et je n'ai pas faibli, j'ai résisté pendant six années, et maintenant, le plus difficile est fait, et il faut que cela me serve. Je partirai demain, Raymond me trouvera un asile. Non ! pas lui, je ne pourrai même plus supporter qu'on me regarde comme il me regardait, j'écrirai au pasteur Morand, j'irai là-bas, vers mon père.

Est-ce l'enchaînement des mots qui a raison de la fièvre ? Est-ce plutôt que monte, de l'inconnu d'elle-même, le secours que l'instinct de sa race lui prêta si souvent ? La tentation disparaît, et le murmure de la mer devient le frémissement d'une brise sur les grands arbres du parc d'Armanjon.

Elle ira là-bas, toute seule, sans Mary qui l'excita à la révolte, sans son fils qui lui rappellerait combien elle eut tort de se révolter. Elle se souvient d'une maxime du pasteur Morand : « Fuir est parfois la seule façon de vaincre. »

Elle fuira la tentation, elle ne la nie plus, mais elle la fuira, c'est décidé, c'est joyeusement décidé, et la nuit autour d'elle s'apaise, se purifie.

Catherine a trop souffert pour qu'on le lui reproche, et celui qui a voulu la protéger contre le malheur, lui a pardonné. Dans les longs corridors paisibles d'Armanjon, ce ne sera plus l'ombre plaintive de sa mère, ce sera l'ombre

hautaine, l'ombre orgueilleuse de son père que Catherine interrogera, et sans crainte : elle est restée digne de lui. L'offense qu'elle lui a faite, elle l'a rachetée par la manière dont elle a supporté l'épreuve, elle peut sans honte revenir à lui. Si elle ne croit plus en leur Dieu, elle croit en elle-même qui est la dernière d'une race où l'on eut toujours l'orgueil et le respect de soi.

A présent qu'elle échappe aux troubles pensées, elle admire ceux-là qui, pendant des générations, servirent d'exemple à leurs fils, ayant pris leur père comme exemple. Pendant des générations, ils ont agi pour imiter les actes dont se glorifiaient leurs ancêtres, et l'âme s'est ainsi façonnée, qui les a soutenus et qui revit en Catherine.

Gaîté, estime de soi, morale inventée, non, non, le respect que l'on doit à sa race, il faut que Catherine aille là-bas, là-bas c'est le refuge.

Mais, là-bas, derrière le cimetière, se dressent les rochers, et la petite fille escaladait les rochers pour que le vent qui vient d'ailleurs lui fouettât le visage. Aux endroits les plus dangereux, se souvenant qu'on l'a comparée à une madone, elle se posait afin de se plaire et de plaire aux autres, et personne ne lui avait inspiré ce double amour du risque et d'elle-même. Dans sa famille il y eut des femmes belles, vaniteuses et opprimées, il dut y en avoir, puisque, avant que miss Jackson lui eût parlé de l'Italie, Catherine rêvait au pays lointain qu'elle imaginait derrière les Alpes, et, de ce château tout entouré de barrières, s'en allait en gravissant les pâturages.

Va-t-elle revenir ? A l'abri des barrières, sera-t-elle tranquille ? N'est-ce point là-bas que Pierre, cet étranger, fut le plus séduisant ? Là-bas, il avait semblé à Catherine que toutes choses l'avaient préparée pour cet étranger qui arrivait de loin. Maintenant, elle ne sera pas défendue contre cet étranger par la discipline de sa race, car la discipline de sa race ordonne qu'une femme doit appartenir à un seul homme et lui demeurer fidèle en dépit de tout. Alors, elle retournera là-bas, comme si elle était une victime, et, pendant des jours, des semaines, des années, comme une veuve, elle ne fera que se rappeler le mois des fiançailles !

Quoi qu'il en soit, il faut qu'elle parte, et pour toujours, de cette maison où le soleil et sa gaîté l'ont si mal préparée à la lutte. Elle en fait le sacrifice. Déjà, elle leur dit adieu. Adieu, jardin qu'elle aimait, adieu, plage souriante. Déjà, elle s'aperçoit, dînant en tête à tête avec le pasteur Morand, elle essaie de s'intéresser à ses paroles, et lui qui la comprend mais ne veut pas le paraître, se retire tôt, afin qu'elle puisse être triste sans offenser Dieu. Après son départ, l'immense salon est désert, Catherine lira les lettres de Mary et de Doude, puis elle rêvera dans le vide. Dix heures, onze heures sonneront. Et Catherine ira vers la fenêtre pour attendre le signal.

Faut-il qu'elle soit punie ainsi et qu'elle rejoigne sa mère dans cette inutile attente et dans cet ennui ?

Ah ! c'est fou ! elle ne peut pas, voyons ! c'est le délire !

Tout est simple, elle n'a qu'à continuer... Et

d'abord, il faut qu'elle dorme pour être calme et brave demain.

Dans le vaste lit, Catherine prend la pose du sommeil. Sur le bras replié, la tête s'appuie, et l'autre relève la couverture, tandis que les doigts écartent les cheveux.

Elle s'endort presque ; du moins, elle ne pense plus, peut-être qu'elle rêve. Où est-elle ? Le murmure de la mer, c'est le murmure des feuilles dans le parc. Catherine et Mary attendent dans l'embrasure de la fenêtre. Viendra-t-il ce soir ? Quelle angoisse !

Il est venu, voici le signal. Mary entraîne Catherine dans les couloirs interminables.

De nouveau le signal ! Comme il est impatient, et si M. d'Armanjon s'éveillait ! Oh ! c'est mal ce qu'elles font, et pourtant, c'est si beau !

Encore !

Mais, cette fois, l'appel est strident et douloureux.

Catherine rejette la couverture, s'assied dans le lit, écoute.

Plus rien que le petit bruit de la mer, puis, tout à coup, les aboiements de Stony.

— Ah ! se dit Catherine, c'est la femme de chambre qui rentre de Nice.

XIX

Pierre lui aussi avait eu la fièvre. De ses triomphes évoqués, à la jalousie, à la déroute, la chute avait été trop rapide. Où s'arrêterait-elle ? La mer était derrière lui. Depuis longtemps il savait qu'il lui faudrait finir un jour, et, bien qu'il n'y eût plus en lui aucun cynisme, l'idée de la dernière bataille s'était imposée. Vers l'alliée de jadis qui serait l'alliée de cette bataille suprême, il avait jeté le signal, sans espoir qu'on y répondît.

Troublé par ces sifflements aigus, Stony avait levé la tête, puis il s'était précipité, et il aboie.

Une ombre apparaît contre l'écran lumineux de la fenêtre. Une femme en robe de nuit s'avance sur le balcon. Alors, Pierre, d'un saut brusque, se cache sous les orangers.

Stony s'approche en grondant de la villa, et, de nouveau, il aboie avec fureur. Tout à coup il se tait, il vient d'apercevoir Françoise, la femme de chambre.

A l'abri des arbres, Pierre s'approche également de la maison. Tout surpris qu'on ait répondu si vite à son appel, il est incertain du plan qu'il va suivre. D'ailleurs, sur le balcon, est-ce en réalité miss Jackson ? Il ne voit qu'une tache blanche contre le mur, mais, quand il est plus près, il reconnaît la silhouette de Mary. A ce moment, la fenêtre de Catherine s'éclaire.

Pierre s'appuie au tronc d'un oranger. Il ne demeure en lui qu'une émotion naïve, une angoisse d'adolescent à son premier rendez-vous. Vraiment ses genoux tremblent et son souffle est court.

Au-dessus de la balustrade, Mary se penche, et Pierre voit distinctement deux mèches de cheveux gris qui tombent de chaque côté de cette tête agitée. L'autre fenêtre reste lumineuse, mais vide.

Que faire ? Parler, ou simplement se montrer ? Une sorte d'ivresse le gagne, et la certitude que tout, depuis qu'il est parti de Nice, depuis qu'il a quitté Paris, fut dirigé par le destin qui veut sa réunion avec Catherine. S'il a quitté Paris, c'est qu'on l'appelait ; on l'appelait toutes les nuits, on l'attendait, sans cela on n'aurait pas répondu si vite. Il est venu et il apporte le bonheur.

D'un souple mouvement, avec une gaie démarche, il abandonne le couvert des orangers. Et les bras de Mary se lèvent pour accueillir celui dont elle se demande encore s'il n'est pas un fantôme.

Le balcon n'est pas très élevé au-dessus de la terrasse. Par sa haute taille, Pierre est facilement reconnaissable, et le geste qui appelle Mary, elle ne s'y trompe pas, c'est un de ses gestes.

Catherine se souvient qu'on l'a comparée à une madone.

Il est revenu.

D'une main, il lui fait signe de descendre, et, de l'autre, tantôt il indique la fenêtre de Catherine, tantôt, appuyant ses doigts sur ses lèvres, il recommande le silence.

La précaution est inutile, Mary ne pense pas à prévenir Catherine, il est revenu et elle va entendre sa voix, et vite, après une pantomime qui signifie : Je descends, elle rentre dans sa chambre, la traverse, s'enveloppe de la robe à grands ramages et se hâte vers la galerie.

Mais, dans la galerie, elle trouve Catherine et Françoise, car, pour être bien sûre que c'était la femme de chambre que Stony aboyait, Catherine a sonné, et, impatiente, est allée au-devant de Françoise à laquelle elle réclame cette potion pour dormir qu'on lui avait prescrite autrefois et qu'elle n'a plus prise depuis longtemps.

Mary s'arrête, et Catherine s'étonne de son visage excité. La femme de chambre semble ahurie, tout son maintien exprime : Que se passe-t-il ?

Sans doute Françoise a-t-elle dormi dans le train, et elle arrive, somnolente, dans cette maison qui, du dehors, paraît si calme. Ses yeux fatigués vont de Mme de Vinzel en chemise à miss Jackson échevelée.

— Qu'y a-t-il ? demande Catherine à Mary. Etes-vous plus malade ?

Et la réponse qui s'offre à Mary est un mensonge :

— J'ai entendu du bruit, dit-elle à son tour, et j'ai eu peur.

Catherine la dévisage, soupçonneuse. Pourquoi et de quoi la soupçonne-t-elle ? Elle n'est même pas consciente de ses soupçons, mais c'est d'une voix désagréable qu'elle conseille à Mary de se recoucher.

Lentement, Mary revient sur ses pas, lorsque, à l'autre extrémité de la galerie, le rideau qui masque la chambre de Doude, se soulève, et l'enfant montre sa tête rousse, sa petite figure effrayée.

— Qu'est-ce qu'il y a ? dit-il.

— Veux-tu bien aller dormir, fait Catherine, il n'y a rien du tout.

— J'ai entendu siffler, et puis Stony...

— Tu as entendu siffler ? interrompt Catherine...

— Moi aussi, j'ai entendu, s'empresse Mary, c'étaient des pêcheurs, j'ai vu leur barque. Tu vas prendre froid, Doude !

Elle court vers lui, le saisit, l'emporte dans ses bras, et c'est le petit Edouard qui profite de l'immense tendresse qu'elle ne peut contenir.

Tandis qu'elle le couche, le borde et retourne ses oreillers, elle l'embrasse cent fois.

Il garde cependant une expression inquiète.

— Ce n'était pas des pêcheurs, murmure-t-il, c'était dans le jardin.

— Mais non ! proteste Mary, c'était des pêcheurs, je les ai vus. Il faut dormir.

Elle ajoute :

— Si tu dors comme un enfant bien sage, demain tu auras une surprise.

— Une surprise, dites quoi ?

— Si je te le disais, ce en serait plus une surprise.

Et elle le couvre de baisers, mais elle a la fièvre et son visage est humide.

— Oh ! comme vous avez chaud, miss Jackson !

Il l'écarte, mal content de cette exubérance, et il s'arrange pour le sommeil.

— Je vais dormir, mais j'aurai ma surprise, dit-il.

— Oui, darling ! affirme miss Jackson.

Puis elle retourne vers la galerie.

Catherine n'y est plus, et la femme de chambre descend l'escalier.

Mary est heureuse. Voici l'atmosphère qu'elle aime. Cette maison est toute prête pour le drame. Il faut agir avec précaution, il y a du danger.

Elle se cache derrière la porte de sa chambre, et elle guette, rajeunie.

Le frisson qui la fait trembler, ce n'est plus la fièvre qui le provoque, c'est l'allégresse de l'intrigue. Peu importe que l'intrigue soit contre Catherine, c'est une intrigue, du mystère, des aventures.

Quelques minutes passent, la femme de chambre doit rapporter la potion, et l'armoire de la pharmacie est au rez-de-chaussée. Aucun bruit dans le cabinet de toilette.

Françoise remonte.

Par l'entrebâillement de la porte, Mary la suit des yeux.

Françoise ne reste pas longtemps chez Catherine. L'air grognon, elle redescend l'escalier, puis la lumière du vestibule s'éteint.

Mary tourne l'électricité dans sa chambre.

Tout est obscur et tout est silencieux.

Un instant, Mary hésite.

Elle a peur, une peur joyeuse, peur comme autrefois, comme cette nuit qu'elle a fait entrer Pierre jusque dans la pièce où Catherine veillait près du cercueil. Mais, comme autrefois, elle sent que c'est un devoir d'être l'alliée de Pierre.

Sur la galerie, elle s'avance, elle se baisse, un filet de clarté glisse sous le seuil de Catherine.

Faut-il différer tant que Catherine ne dormira pas ? Une question entraîne une autre : que va-t-elle faire ? Mais la réponse est pour les deux : elle va le revoir, rien d'autre, et quel mal y a-t-il à cela ?

Elle va le supplier de ne pas perdre courage, et lui jurer que, s'il est sincère dans ses remords, Catherine lui pardonnera, et qu'ils seront heureux, ses enfants, qu'ils doivent être heureux avant qu'elle meure.

A l'excitation de l'intrigue se joint un attendrissement, et la fièvre les magnifie.

Les yeux pleins de larmes, Mary, grelottant et fière de son rôle, descend à pas pressés jusque dans le vestibule, et, n'osant ouvrir la grande porte verrouillée, s'engage dans le salon, écarte avec soin les volets de la porte-fenêtre, relève les barres, et, laissant tomber les bras, s'écrie :

— Vous ! c'est vous !

Elle ne peut dire que cela, tandis que Pierre qui entre dans la pièce, prend les deux mains de miss Jackson et répond :

— Oui, Mary, c'est moi.

XX

Cependant, sur le seuil de la chambre où la lampe éclaire, entre les sombres vantaux des paravents de laque, la couverture rejetée et les oreillers en désordre, Catherine que voile à peine la chemise de nuit attachée par les rubans, contemple ce lit qui l'effraie et le verre où elle a versé la potion pour dormir.

Il faut dormir pour être brave et calme demain.

C'était des pêcheurs et c'était la femme de chambre.

Il faut dormir sans rêver, consentir à n'être plus afin de renaître.

Quand le soleil fera revivre le jardin et la mer, la gaîté rendra leurs proportions aux choses, et tout sera simple.

Mais quelle oppression, quel poids sur le cœur, comme si un danger menaçait, non pas lointain, immédiat !

Il semble à Catherine que ce serait lâche de dormir.

Pourquoi Mary a-t-elle prétendu qu'elle avait eu peur? Est-ce qu'elle sentait, elle aussi, ce danger qui menace? La rejoindre? Non, elle comprendrait trop, ou elle ne comprendrait pas assez.

Il faut dormir, parce que, cette nuit, il n'y a rien à craindre que soi-même. Quelques gorgées de cette potion, et ce sera le repos, comme la mort.

Ce sera fuir, et, demain, tout va recommencer !

Elle les connaît, ces insomnies qu'on renvoie de jour en jour et qui s'acharnent. Quand bien même, demain, elle en aurait fini avec lui, elle n'en aurait pas fini avec les insomnies qui le ramèneraient.

Ce sera gagner du temps, et puis, elle n'en peut plus, il faut que quelque chose arrive ou elle deviendra folle.

Quelque chose? Que peut-il arriver? Rien. La nuit, pourtant, n'est pas avancée : Françoise est rentrée par le train de onze heures et demie, il ne doit pas encore être minuit; il n'arrivera rien pendant des heures, et, pendant des heures si Catherine ne prend pas cette potion, elle recommencera tout ce qu'elle a déjà recommencé.

Quelle heure est-il ? La pendule est dans le cabinet de toilette. Catherine va poser le verre sur le guéridon, à la tête du lit. Elle se penche vers les oreillers, les dispose, poussée par un instinctif sentiment de pudeur, et elle relève la couverture. Alors se présente le souvenir de ces mêmes gestes qu'elle faisait autrefois, quand on s'était aimé l'après-midi, et qu'elle ne voulait pas, et Pierre en riait, que la femme de chambre trouvât le lit en désordre.

Il faut dormir, elle prendra la potion qu'elle déteste et qui l'humilie, elle la prendra quand elle aura vu l'heure dans le cabinet de toilette.

Mais pourquoi a-t-elle cette peine à respirer ?

Comme c'était tragique, l'apparition de Doude sur la galerie!

Pour lui, pour lui seul, ne devrait-elle pas pardonner? Que deviendra-t-il si elle s'en va? Et si elle venait à mourir, ne vaudrait-il pas mieux qu'il eût son père auprès de lui?

Mourir. Exactement cela, elle a envie de mourir. Ses pensées sont folles, mais elle-même, elle a envie de mourir. Voilà ce que signifient cette oppression, cette inquiétude, voilà ce qui arrivera peut-être cette nuit, le danger qui la menace, et la mort, qu'elle n'a jamais crainte, l'épouvante tout à coup, elle est trop malheureuse pour avoir envie de mourir.

— Trop malheureuse, trop amoureuse...

Est-ce elle qui a pensé cela?

— Lâche ! lâche ! se dit-elle.

Et elle se redresse pour entrer dans le cabinet de toilette.

C'est afin de voir l'heure, mais l'électricité n'est pas allumée, et Catherine ne l'allume pas.

Elle marche comme si elle rêvait, elle va vers la porte, puis elle revient. Elle entend sa pensée qui murmure :

— Pour lui, pour lui seul, ne faut-il pas pardonner?

Ce murmure ne se prolonge pas en Catherine, elle l'écoute. En elle, ce n'est qu'un froid terrible qui augmente à chaque instant. Ses pieds ont froid dans les mules, ses jambes ont froid et vacillent, ses mains ont froid, qui caressent les bras dont la chair est levée, et de son cœur glacé part un tel frisson, que ses dents claquent sans qu'elle puisse les arrêter.

Brusquement, elle allume les lampes et ouvre l'armoire où est pendue la robe de chambre ouatée qu'elle met en hiver, au retour du bain.

C'est une robe blanche, avec un grand col et une cordelière qu'on serre à la taille. Il y a longtemps qu'elle la possède, mais elle ne peut s'en séparer, une autre plus élégante lui semblerait moins chaude, et c'est vers celle-là qu'elle est allée, dans ce froid terrible qui l'a saisie.

Devant la glace de l'armoire, Catherine s'enveloppe dans la robe, et d'abord, elle ne se regarde pas, elle est toute occupée à frotter, sous les manches, ses mains contre ses bras, mais, quand le frisson s'arrête, oh ! qu'elle est pâle et comme ses yeux sont grands avec leurs paupières battues !

Cette femme qu'elle voit maintenant et qui est belle, les yeux entourés d'ombre, les joues trop blanches, les lèvres mordues, le visage si diminué sous les cheveux qui descendent droit, en deux nappes lisses et cendrées, voici des années qu'elle ne l'a vue, et, derrière cette femme, il faut qu'apparaisse celui dont les baisers ont rendu petit ce visage, ont meurtri ces paupières et mordu ces lèvres.

Au-dessus de son épaule, Catherine croit apercevoir Pierre qui incline vers elle sa haute taille, qui approche d'elle son joli front et qui sourit pour que se mirent, sous la lèvre et la moustache relevées, les dents qu'il est vaniteux d'avoir si brillantes et si menues. Il s'incline vers elle, il n'est pas fatigué, lui ; les paillettes dorées frémissent dans ses prunelles que font plus claires les cils courts et drus ; il est là, derrière elle, elle sent sa présence en même temps qu'elle le voit, et son corps qu'il attire se laisse aller dans ses bras.

Mais rien ne soutient le corps de Catherine, elle perd l'équilibre, et, pour ne pas tomber, se retourne. La pièce est vide, et tous les miroirs ne contiennent que Catherine.

Ce n'est pas possible, il était là ! Elle se prend la tête à deux mains. Devient-elle folle? Sa pensée répète :

— Pour lui, pour lui seul, ne faut-il pas pardonner?

Elle ne sait plus pourquoi elle est entrée ici, pourquoi elle a mis cette robe au lieu d'aller se coucher, elle ne sait pas davantage pourquoi elle va s'asseoir dans la dormeuse, et pourquoi elle murmure :

— Il n'y a personne, il n'y a personne.

Quand ils étaient au salon, elle n'entendait pas leurs voix. Est-ce qu'ils restaient au salon, les premiers jours, ou s'ils allaient au fumoir? Encore des questions, il y avait tant de choses que Catherine ignorait. Après qu'elle les eût surpris, elle s'était défendue d'être curieuse, mais bien souvent elle s'était demandé comment cela s'était fait. Il lisait à une extrémité du salon et elle lisait sur le divan, et jamais Catherine n'entendait leurs voix.

Ce n'était donc pas leurs voix qu'elle entendait maintenant. Elle était folle. Quand on entend des voix, c'est qu'on devient fou. Elle entendait distinctement un murmure qui venait du salon, et, si cela continuait, elle allait crier.

Pour en finir, elle ouvrit, doucement, très doucement afin de ne pas éveiller son fils, la porte du cabinet de toilette et elle examina l'obscurité de la galerie.

Tout était silencieux.

Mais, dès qu'elle fut assise dans la dormeuse, elle entendit les voix.

Sa raison lutta contre cette démence.

— Je ne veux pas, je ne veux pas !

Et, à elle-même, elle expliquait qu'il ne pouvait y avoir personne au salon, et que, s'il y avait eu quelqu'un, elle n'aurait pas entendu.

Ce fut sa raison qui lui conseilla de descendre et de s'assurer que les voix étaient un effet du délire.

Elle n'osait pas descendre, à cause du fumoir.

— Lâche ! lâche !

L'orgueil la mit debout.

— Et si c'étaient des voleurs ! pensa-t-elle. Tout était mieux que son supplice.

Elle chercha des yeux une arme. Il n'y en avait point dans la pièce.

Vers la glace, elle jeta un regard de défi. Elle n'entendait plus rien, elle ne craignait plus de rien entendre, elle savait qu'il n'y avait personne, et cependant elle descendit l'escalier, sans lumière, comme pour surprendre.

A tâtons, elle se dirigea vers la porte du salon. Aucune clarté ne filtrait sous le seuil. Mais Catherine fut comme rejetée en arrière par le murmure des voix.

C'était la voix qui l'avait obsédée dans sa folie et c'était la voix de miss Jackson.

Si Catherine n'avait entendu que la voix de son mari, elle aurait cru à une hallucination nouvelle, mais la voix de miss Jackson lui révéla

tout d'un coup ce qui s'était passé, et, tout d'un coup, en face de cette trahison, lui rendit sa santé et son courage.

Elle n'hésita pas, elle marcha vers la porte, et, tandis qu'elle l'ouvrait d'une main, de l'autre elle tournait l'interrupteur des lampes.

XXI

C'était le moment où Mary suppliait Pierre de partir, le poussait dans le jardin, le tenait par les épaules et se serrait contre lui, le moment où Pierre disait :

— Pourquoi pas ce soir? laissez-moi monter chez elle.

La brusque clarté arracha un cri d'effroi à miss Jackson, mais l'entrée de Catherine parut à Pierre une chance nouvelle que lui offrait le destin, et, tandis que Mary essayait de le rejeter dans l'ombre, il l'écartait, se montrait aux regards de Catherine, et il était tel que jadis.

Jadis déjà, les fleurs de Renoir contre les murs faisaient trop fragiles les fleurs qui remplissaient les vases ; ce salon était le même, et de voir pareil, dans le cadre d'autrefois, son mari qui n'avait pas souffert, créa l'indignation dont trembla l'accent de Catherine :

— Que faites-vous ici? Allez-vous-en !

Entre eux, Mary se jeta, les bras tendus, et si comique avec sa robe à ramages et ses cheveux rares, que Pierre craignit d'échouer par la faute de cette grotesque.

— C'est moi qui l'ai fait entrer. Oh ! Kathleen, ne lui parlez pas ce soir !

Et c'étaient des phrases entrecoupées de mots anglais, des supplications qui les empêchaient l'un et l'autre de se repaître de cette vision qu'ils prenaient l'un de l'autre.

— Parlez moins fort, dit Catherine, vous allez réveiller Edouard.

Puis, entrant dans le salon, elle ferma la porte.

Mary ne se taisait pas. Alors Pierre lui ordonna :

— Taisez-vous ! J'expliquerai moi-même à Catherine.

Le sort de Mary était de servir l'amour. L'agacement qu'elle avait provoqué les réunissait dans un sentiment commun, et il ne sembla pas surprenant à Catherine que Pierre parlât en maître chez lui, ni qu'il eût prononcé son nom, de cette voix qui, toujours, pour le prononcer, s'adoucissait.

Mary se tut, pencha la tête, regarda Pierre à la dérobée, mais il ne voyait que Catherine, sa robe blanche, d'une forme à lui si connue, son visage diminué et ses yeux agrandis.

Catherine se tut également devant cet homme qui avait été trop près d'elle dans ses rêves, et pourtant, le silence qu'elle ne pouvait rompre l'effrayait. Il fallait des mots pour empêcher cette reconnaissance de leurs corps.

Minute suprême de la vie de Mary, tout l'amour qu'ils échangèrent, Mary l'absorba, et, inspirée par l'amour, avant que Catherine ait pu la retenir, elle s'enfuit.

La porte était à peine refermée sur elle que Pierre disait :

— Je suis venu, Catherine, parce que Philippe...

Elle l'arrêta, et, sans colère, tristement :

— Il faut vous en aller, je ne puis rien pour vous, laissez-moi.

S'il avait fait un pas vers elle, elle l'aimait d'un amour si dégradé qu'elle aurait puisé dans son orgueil et sa pudeur la force de le jeter dehors, mais le génie de Pierre était d'éprouver les émotions capables de vaincre, et il avait pitié de ce petit visage. Les paroles de Philippe furent dans sa mémoire : « Laisse-la !... » Elles ramenèrent l'idée qu'il serait beau en effet de la laisser, puisqu'il était un homme fini, et il n'y avait point de contradiction entre cette idée et la certitude qu'il avait eue d'apporter le bonheur, il y avait, entre ces idées, l'espace d'un instant, et, dans cet instant, Catherine, triste et sans colère, avait dit elle aussi : « Laissez-moi. » Et puis, c'étaient encore des idées de bataille, qui se succédaient et qui, toutes deux, étaient nécessaires pour vaincre.

— Je m'en irai, Catherine, ne craignez rien.

Il n'avait pas quitté le seuil de la porte-fenêtre, et, presque timidement pour ne pas être redoutable, il poursuivit, tandis que Catherine gardait la tête trop haute :

— Je suis venu en pèlerinage... Philippe m'a dit que vous étiez heureuse et que je n'avais pas le droit de vous troubler, il m'a convaincu que je n'ai pas le droit de profiter de ce qui reste en vous de tendresse pour moi... Ne protestez pas, c'est lui qui a dit cela... Alors, demain, sans avoir votre réponse, je partirai de Nice, c'est décidé. Seulement, quand je m'y suis décidé, j'ai repris un peu d'estime pour moi, un peu, et j'ai osé me rappeler notre vie passée, et, je suis toujours pareil, vous voyez ! j'ai obéi à cette impulsion qui m'entraînait, j'ai laissé Philippe et je suis venu ici, pensant que vous n'aviez pas changé d'habitude, que la maison serait endormie et que je pourrais me promener dans notre jardin. Ce que j'ai fait, jusqu'au moment où j'ai aperçu, de la terrasse, une fenêtre éclairée. Je l'ai regardée quelque temps, puis, pardonnez-moi ! j'ai oublié à quelle époque nous sommes, la fenêtre est devenue celle où vous guettiez mon arrivée dans le parc d'Armanjon, et moi, je suis redevenu celui que vous attendiez, j'ai fait ce qu'il faisait. A notre ancien signal, Mary a répondu. Avouez qu'il m'aurait fallu ne point vous aimer pour ne pas chercher à recevoir d'elle l'assurance que vous êtes heureuse et que je dois partir. Mais, à présent que vous, vous êtes venue, accordez-moi d'emporter l'image de votre figure adoucie. Je ne suis plus rien pour vous, vous pouvez me regarder sans haine. Dites-moi que vous êtes calme, que vous ne souffrez plus, et, quand j'aurai vu votre sourire, quand je serai sûr que Philippe ne m'a pas trompé, que je suis seul à être malheureux, je partirai tout de suite.

Il demandait la seule chose qu'elle ne put lui accorder, mais, ce sourire, c'était une faveur si petite qu'en la demandant, Pierre avait une expression résignée et plaintive, et, cette expression sur ce visage, Catherine la redoutait plus que tout autre.

Elle serra autour de son corps la robe que tenait la cordelière.

— Vous avez froid ? Permettez-moi de fermer cette porte.

Et, sans presque avancer dans le salon, sans diminuer l'espace qui les séparait, Pierre ferma la porte-fenêtre.

Ils furent seuls dans la pièce close.

— Vous ne pouvez rester ici, dit Catherine d'une voix sourde. J'écrirai à Philippe demain.

Mais Pierre secoua la tête :

— Quand il recevra votre lettre, je serai parti. Vous ne me croyez pas ?... C'est vrai ! Philippe a dû vous raconter... Lorsque je suis venu à Nice, j'allais vers vous comme vers la seule personne qui pût me sauver de moi-même. Maintenant, je ne m'inquiète plus de moi, je m'inquiète de votre bonheur, et ce sacrifice que je vais vous faire m'a déjà secouru, vous n'avez plus besoin de m'aider.

Il ne la regardait pas, de crainte de trop s'émouvoir, car l'accent de ses paroles d'abord mensongères, puis riches de sincérité, avait accompli l'habituel miracle : il sentait des larmes monter en lui, de vraies et belles et nobles larmes.

Mais Catherine, elle, le regarda, et l'illusion fut complète. Il s'exprimait comme celui qui avait accepté de s'éloigner d'elle lorsque M. d'Armanjon en avait donné l'ordre, il était celui dont elle se disait autrefois : « Pas si pervers puisqu'il m'a respectée et qu'il se sacrifie ! » celui dont miss Jackson disait : « Avec un peu de tendresse et de véritable amour, nous le corrigerons... » Et, baissant les paupières, à la fois pour se protéger contre l'illusion et pour la compléter en elle-même, Catherine murmura :

— Je ne vous comprends pas.

— Ne me comprenez pas, ne cherchez pas à me comprendre. Restez avec l'idée que vous avez de moi, si fausse soit-elle. Demain, vous reprendrez votre vie, avec le vague souvenir d'une nuit de mauvais rêves. Ma visite se confondra avec toute la souffrance que je vous ai causée, et, se mêlant à elle, comme elle, tombera dans l'oubli. Je vous jure que je vais disparaître de votre vie, mais je vous supplie, en échange de ce serment, de me laisser emporter une vision un peu précise, un peu détaillée, de votre existence ici, chez nous. Tenez ! asseyez-vous sur le divan, là-bas. Je vais prendre cette chaise, près de la fenêtre. Et vous me raconterez vos journées, vous me parlerez du jardin, de la volière et de notre fils. Vous êtes un peu émue ? C'est compréhensible et je n'en tire pas vanité. Je vous en prie, asseyez-vous !

Elle s'était tournée vers le divan, elle s'appuyait de la main sur la table, et, la tête basse, elle mesurait du regard la distance qui la séparait de son mari. C'était la même distance, la même, qui séparait Hedwige de Pierre, lorsque Catherine les abandonnait chacun à sa lecture. A droite de la fenêtre, il y avait le guéridon et le fauteuil que Pierre préférait, il s'étendait dans le fauteuil, il posait le livre sur le guéridon, et parfois ses yeux quittaient la page et cherchaient la jeune fille qui demeurait couchée sur le divan, et dont la robe toujours montrait les jambes.

Devant la porte-fenêtre, Pierre attendit, conscient tout à coup de la tactique suivie et de son résultat. Encore quelques minutes, et la menace d'une séparation définitive, d'une séparation qui rassurait Catherine sur l'avenir, lui livrerait cette femme. Il n'aurait qu'à la prendre Mais il voulait mieux. Prendre une femme, c'est si peu de chose. Il voulait se baigner avec mélancolie dans l'ancien amour.

Il ne bougea pas, il se tut, aussi longtemps, que Catherine hésita près du divan, attirée par le désir d'être comme Hedwige, tandis que lui serait, là-bas, comme il était avec Hedwige ; et,

Pierre rappelait, avec prudence, les épisodes où la passion se cachait sous la gaîté, et tous appartenaient au premier amour, de telle sorte que Pierre et Catherine s'éloignaient l'un de l'autre, ils vivaient dans les mêmes lieux, mais pas dans le même temps, Pierre à l'époque de la pureté, Catherine à l'époque de la jalousie, chacun se cherchait dans son amour.

Le salon éclairé par toutes ses lampes étendait entre eux son tapis et ses nattes. La voix aimable, triste à peine, à peine exaltée, le remplissait :

— Vous souvenez-vous...

Quand Pierre s'interrompait, le petit bruit de la mer portait de nouveaux souvenirs et l'amour grandissait, se nourrissait de passion jalouse et de regrets, de ce double égoïsme

Hedwige, couchée sur le divan, en une pose qui montrait ses jambes.

lorsque Catherine céda à la tentation ambiguë, il prononça simplement :

— Vous êtes gentille.

Tenant sa promesse, il s'assit sur la chaise, sans même enlever son manteau, puis il posa des questions sur le jardin, les orangers, la volière, et Catherine n'avait pas à répondre : les questions étaient imprécises, on eût dit que Pierre tâchait à recréer autour d'eux le décor.

Il parlait aimablement, avec une émotion à peine sensible, de tout ce qui les avait entourés. Ses yeux s'arrêtaient tantôt sur les fleurs de Renoir, tantôt sur la fenêtre que la nuit faisait brillante, et Catherine se disait : « Est-ce lui qui est là ? est-ce moi qui lui permets de demeurer là ? » Puis, baissant de nouveau la tête, elle voyait se dessiner le décor où, à l'heure du second amour qu'ils avaient ramené de Venise, avait paru Hedwige, elle voyait la jeune fille, dans le jardin, sur la plage que Pierre décrivait. Il demandait si Catherine avait gardé le goût de ces longues promenades en mer, si elle était aussi bonne nageuse qu'autrefois.

— Vous souvenez-vous...

Chaque phrase maintenant commençait ainsi.

qui se reformait dans ces deux êtres et le conduisait vers ce qu'ils avaient été quand il aimaient le plus.

Là-haut, dans sa chambre, miss Jackson, la tête sur l'oreiller, la joue fiévreuse et la poitrine brûlant, n'imaginait pas cette scène. Elle songeait à une rencontre de caractères, à des mots heurtés, à de dures répliques allant vers une étreinte ; elle ne se doutait pas que Pierre, comme en visite dans son passé, faisait le poète, et que Catherine l'écoutait pour savoir comment il avait séduit Hedwige.

Catherine ne répondait que par des signes. Si elle avait pu parler, elle lui aurait ordonné de mettre fin à ce supplice, de partir. Elle se tenait tout au bord du divan, les coudes aux genoux, les bras pliés, les mains unies sous la tête penchée, et, lorsque Pierre l'effleurait du regard, il n'apercevait que peu de son visage, mais toute la masse de ses cheveux qui tombait droit sur ses épaules.

Bientôt, les gais épisodes furent épuisés, et Pierre se tut, craignant de toucher à leur vie intime.

Il avait recréé le décor, et, en lui-même,

l'amant des belles promenades, mais, quand il se tut, il comprit qu'il ne s'était pas rapproché de Catherine, il la sentit qui guettait la minute où elle pourrait se reprendre. Pour la première fois, il avait été un amant qui ne cherche pas à conquérir, il s'était regardé être un amant, et il eut tellement conscience de son infériorité sur celui de jadis, qu'il se dit, railleur et tout à fait ému : « Va-t-en ! tu es bien fini. Autrefois... » Autrefois, il n'eût pas laissé fuir le moment où, d'un geste mieux que d'une parole, il se serait assuré la victoire. Autrefois, il se serait contenté de cette victoire. Maintenant, il cherchait l'impossible, et, pas plus qu'il ne l'atteignait dans les caresses des filles, il ne l'atteignait cette nuit où il avait rêvé de vivre à nouveau dans un amour si pur qu'il purifiait même la volupté. Il s'était retrouvé et ne l'avait pas retrouvée. Il se dit encore : « On a cela une fois dans sa vie, allons : va-t-en ! » Plus impérieuse, l'idée du beau sacrifice brilla dans son cœur : « Va-t-en ! laisse-la... »

Il se leva, Catherine se ramassa davantage au bord du divan et regarda Pierre avec terreur. Il sourit à ce regard.

— Je vais partir, dit-il. Vous ne m'avez pas accordé ce que je vous demandais, mais je tiens ma promesse, adieu...

La main sur la poignée de la porte, le corps un peu rejeté en arrière, très grand dans l'ampleur de son manteau, il redressait la tête, comme pour avoir par orgueil plus de courage.

Sur lui, le regard de Catherine se posait, bleu, d'un bleu dur, intense.

— Adieu, répéta Pierre.

Et il ouvrit la porte-fenêtre.

Mais Catherine murmura :

— Je ne vous comprends pas.

Il répondit doucement :

— N'en soyez pas fâchée. Si vous me compreniez, vous ne seriez plus capable, après mon départ, d'être gaie comme Philippe m'a dit que vous étiez. Soyez gaie, Catherine. Adieu...

— Attendez ! fit Catherine.

Et, comme il se retournait, il vit, sur le peu de visage que dégageaient les cheveux, de l'anxiété et de la haine, mais Catherine poursuivit :

— Je ne peux plus continuer comme cela, il faut que je sache ! Lorsque je vous ai surpris, depuis quand était-elle votre maîtresse?

— Oh ! dit-il, pourquoi?

— Vous étiez là, sur ce fauteuil, elle était où je suis ; lorsque je vous laissais, vous la rejoigniez?

— Catherine ! Philippe m'a menti !

— Dites ! c'est elle qui a commencé ou vous?

— Philippe m'a menti, vous vivez dans le passé...

— Elle ou vous?

— Moi.

Il fit cet aveu sans honte, ni forfanterie. Que lui importait puisqu'il allait partir? Et il allait partir, il ne désirait plus assez Catherine pour vouloir d'elle qui se plaignait et qui avait raison de se plaindre, l'autre était morte et il ne l'avait pas ranimée.

De ses mains désunies, Catherine écartait ses cheveux, et, pâle, les lèvres entr'ouvertes, elle tendait vers lui la figure la plus passionnée, la plus douloureuse :

— Quand l'avez-vous séduite?

Alors, il fut tout à coup dominé par le besoin d'être véridique, non seulement avec elle, mais avec lui-même :

— Dès qu'elle est venue, et, si une autre était venue ..

— Oui, n'est-ce pas, c'est ma faute !

Il y avait dans l'accent de Catherine moins d'ironie que de désespoir.

— Ce n'est pas votre faute. Jusque peu de mois avant la naissance de notre fils, j'ai été, avec vous, heureux d'un bonheur que je n'avais jamais connu, libéré de moi-même. Mais, quand nous avons été à Paris, vous vous en souvenez...

— Taisez-vous ! je ne voulais pas le croire. Pourquoi me dites-vous cela?

— Pour vous débarrasser de moi. Vous souffrez toujours, Catherine, et il ne faut pas... N'ayez pas peur, je ne m'approcherai pas davantage, mais, pour ce que je veux vous dire, je ne dois pas être trop loin de vous.

— Est-ce avec ces mots-là que vous vous êtes approché d'Hedwige, le premier soir?

— Non, avec elle, j'ai fait mon métier, par habitude. Elle était là, là où vous êtes...

— Taisez-vous !

— Pourquoi? Il ne fallait pas me retenir. A présent, vous saurez ce qu'il y a de tristesse, de misère, dans la vie de ceux qui ne peuvent pas être fidèles. Si je vous dirai... En face d'une femme qu'ils n'ont pas possédée, ils doivent la conquérir sous peine de douter d'eux-mêmes. Dès que ma jeunesse n'a plus été une excuse, j'ai senti que cela pesait sur moi. La femme que je trompais, je l'aimais encore et il me fallait la tromper, et la nouvelle que je me mettais à aimer, je la trompais pour en aimer une autre, et, chaque fois, je souffrais de ma trahison plus que ne souffrait celle que j'avais trahie. Enfin, aujourd'hui, j'ai dit à Philippe la vérité : je n'en puis plus, et ce n'est pas que j'aie honte vis-à-vis des autres, le rôle que je tiens à Paris me dégoûte, c'est vrai, je suis descendu socialement assez bas, très bas, pourtant on s'y habitue, mais le reste... Demain Catherine, je partirai ; même si vous acceptiez de me garder, je ne le voudrais plus.

Cependant il s'était assis sur ce fauteuil d'où Philippe déjà l'avait torturée.

Catherine, se détournant, serra davantage autour de son corps la robe blanche. Elle avait froid, elle écoutait ses pensées qui lui disaient : « Tu ne peux pas, il faut qu'il s'en aille ! » Et elle désirait qu'il parlât, elle désirait l'entendre. C'était lui, l'unique joie, l'unique raison d'être de sa vie, qui était devant elle, et elle était désarmée devant lui qui s'accusait, elle n'avait plus de reproches à lui faire, et elle était curieuse.

Il disait :

— Voyez-moi tel que je suis, Catherine, incurable, méprisable, et pourtant à plaindre. Je voudrais être absolument sincère, je cherche des mots pour que vous compreniez. De quel droit jugeons-nous les sentiments par le temps qu'ils vivent ? Chacun de mes amours a été si beau ! Peut-être ne suis-je qu'une victime de ce préjugé qui évalue tout par la durée... Victime ou coupable, je me méprise à cause du mal que j'ai fait aux autres.

Elle l'écoutait, et il établissait entre eux une harmonie. Sa franchise à lui créait la franchise de Catherine. Catherine elle aussi avait été possédée par le besoin de l'amour, et, si le cadre de son enfance, de sa jeunesse, l'avait protégée, si la religion et le caractère de sa race l'avaient faite l'épouse d'un seul homme, n'était-elle pas plus perverse que lui, elle qui, femme, aurait dû adorer son enfant, et qui n'adorait que les caresses, elle qui, tout à l'heure, appelait l'amant d'une nuit, et regrettait la pudeur qui l'avait privée de tant d'amants.

Il disait :

— Autrefois, le mépris que j'avais de moi, je le dirigeais sur celles qui m'aimaient. C'est la raison du dédain que les hommes qui ont beaucoup séduit éprouvent pour leurs maîtresses. Quand je pensais, le soir, en quittant une amie : elle m'aime, je ne l'aimais plus, et je me mettais en quête d'une difficulté à vaincre. Il y avait en moi un artiste qui jouissait éperdûment en créant de l'amour. Vous n'avez pas connu cela, je vous ai aimée trop vite.

Elle l'écoutait, et l'harmonie grandissait entre eux. Catherine avait connu cela, lorsque Pierre répétait dans la gondole : « Orages, levez-vous ! » lorsqu'elle avait dû le reprendre.

Il disait :

— Lorsque je vous ai rencontrée, j'étais déjà plein d'amertume. C'est une confession, Catherine, ne m'en voulez pas... En la jeune fille que vous étiez, je n'ai vu d'abord que le repos.

Comment lui en aurait-elle voulu ? En lui, elle n'avait vu d'abord que l'amour.

Elle secoua tristement la tête pour lui indiquer qu'elle ne lui en voulait pas. Mais il ne la regardait point, il rassemblait pour lui-même son âme nombreuse, et, devant elle, s'étonnait.

— Puis l'obstacle est venu, votre père...

Elle leva vers lui des yeux désolés. Ainsi, avant que M. d'Armanjon eût banni Pierre du château, pendant les soirées où ils se fiançaient, Pierre ne voyait en elle que le repos, et il lui avait fallu l'obstacle.

Il disait :

— Quand je suis rentré à Paris, je n'ai pas pu vous tromper, je vous le jure, je vous ai été fidèle, et j'ai vu que je vous aimais.

Il ne la regardait pas, et elle put le remercier par un éclair de passion qui illumina son visage soudain détendu.

— Notre amour, Catherine, notre amour avant que je l'aie sali... Ah ! je l'ai cherché dans toutes mes aventures depuis que nous sommes séparés, et c'est lui, je pense, qui me donne le dégoût de moi. Depuis près d'un an, je n'ai plus de maîtresses, je n'en veux plus, je n'ai plus que des filles, de pauvres filles qui sont comme moi à la recherche de l'amour qu'elles ont sali, qu'elles ont perdu et qu'elles imaginent, comme j'imagine le nôtre. Je suis leur amant, plutôt leur complice, et vous ne savez

pas quelles nuits abominables nous passons à nous haïr d'être tellement différents de notre rêve. Elles, elles peuvent persister, parce que, tout de même, elles sont d'une espèce moins ambitieuse. Moi, c'est fini.

Par la fenêtre ouverte, le petit bruit continu de la mer apporta seul la réponse.

Dans les manches de sa robe, Catherine appuyait l'un contre l'autre ses bras nus, et elle avait pitié. Elle n'ignorait rien des bassesses qu'il avait confessées, mais elle s'attendait à l'entendre déclarer que, pour l'oublier, il s'était avili, elle ne s'attendait pas à ce qu'il déclarât qu'il avait toujours été vil et malheureux. À cause de cela, elle ne doutait pas qu'il fût sincère, elle trouvait maintenant sur son visage les traces de la souffrance, elle attribuait à la souffrance ces reflets d'argent qui brillaient sur ses tempes, dans ses cheveux coiffés comme autrefois. Elle étudiait ce visage, elle en reconnaissait les détails, elle n'avait plus peur de lui, elle n'aimait plus Pierre, les nuits qu'il avait évoquées l'éloignaient de son désir, elle le plaignait comme on plaint une victime, et cela lui permettait, étant rassurée sur elle-même, de songer paisiblement qu'elle écrirait demain à Philippe que Pierre pouvait revenir à la maison, qu'il y trouverait un abri et de l'amitié.

— Je vous ai écouté, Pierre, dit-elle. A présent, il vous faut partir. J'écrirai demain à Philippe.

Leurs yeux se rencontrèrent et ils laissèrent leurs yeux se rencontrer.

— Vous attendrez ma lettre, il faut me promettre que vous l'attendrez.

Elle dit cela parce que sa pitié avait construit soudain l'image de la mort, et que, dans son intelligence fatiguée, cette image venait de coordonner tant d'impressions confuses : Pierre était venu ici avant de se tuer, cela expliquait tout, ce pèlerinage, ce signal, auquel un hasard avait fait qu'on répondît, l'attitude d'abord si résignée de Pierre, puis sa confession, cette inutile, cette barbare confession, et surtout la tristesse de ce visage, cette tristesse qui n'était pas humble, cette expression noble sur la figure de cet homme qui s'était tellement accusé.

Il prit son temps, il tenait le regard de Catherine, et, lisant dans ses yeux adoucis, il regretta amèrement d'avoir assemblé, dévoilé tout ce qui pouvait la dégoûter de lui. Avec plus de prudence, peut-être aurait-il obtenu de recommencer l'idylle. C'était trop tard ! Ses aveux, le ton de ses aveux, feraient de lui un hôte que l'on plaindrait. Catherine le plaignait déjà, et Pierre voulait être admiré.

— Je ne vous promets rien, mais, en effet, à présent je peux partir.

Et, se levant, il lui tendit la main.

— Mais que ferez-vous ? demanda Catherine.

Elle ne devait pas refuser cette main tendue.

— Rien qui puisse vous rendre de nouveau malheureuse.

Elle frissonnait, et, dégageant son bras de la manche qui le réchauffait, elle posa une main glacée dans la chaude main qui se referma sur ses doigts.

Pierre était debout et Catherine haussait la

tête. La masse des cheveux glissa derrière les épaules, ils épousèrent étroitement la forme du visage. Ce visage fut tout petit, et cette main était si froide ! Pierre éprouva la sensation, qu'il avait perdue depuis six années, de vouloir protéger cette femme, non pas une femme dont, par chevalerie, il se faisait le défenseur, mais sa femme, et cette sensation lui donnait de l'orgueil, effaçait tout, lui rendait de la dignité.

Catherine sentait autour de ses doigts la main brûlante, et, dans ses yeux, le chaud, le puissant regard qui détruisait l'image de la mort, toutes les images, toutes les pensées, toute la conscience, qui appelait, qui ordonnait, qui était le maître, ce même regard que Catherine, à travers les cils, épiait, défaillante, meurtrie sous le poids de l'amant. La main robuste atteignait le cœur par le sang qu'elle réchauffait ; la poitrine se gonfla, les seins sentirent l'étoffe, la bouche desserrée trembla, les reins se cambrèrent, et le désir, le désir de la femme, auprès duquel le désir de l'homme n'est rien en brusque violence, souleva vers Pierre le corps de Catherine.

Mais lui ne la désirait pas et ne s'apercevait pas qu'elle le désirait. Si petite et si glacée, elle était sa femme, et il se souvenait des nuits où elle était un peu souffrante, où elle se tenait blottie dans ses bras, la joue contre l'épaule, où il dégageait son visage et ses cheveux, où il songeait : « En elle, si fragile, est tout mon bonheur. » Et il éprouvait, de l'avoir rendue malheureuse, un repentir naïf, un repentir de jeune amant coupable, plus douloureux que le désespoir de l'homme fini.

Il murmura :

— Ma petite Kathleen...

Dans sa main, les doigts devenus tièdes glissèrent, lui échappèrent, puis saisirent sa main, tandis que Catherine répétait :

— Il faut me promettre...

Il secoua la tête, et, avec un sourire triste et las :

— Alors, vous n'êtes pas heureuse ?

Elle eut, elle aussi, un sourire, mais anxieux, pénible, et sa main trembla dans la main qui, encore, s'était refermée sur elle.

— Ma pauvre petite Kathleen..

Il se penchait, et, tenant le bras que la manche découvrit, il embrassa le dos de la main qu'il garda contre ses lèvres, puis, à la place qui était la sienne, dans la paume, il appuya la bouche, et se redressa.

Catherine arracha sa main, et il ne put pas ne point voir que Catherine le désirait, elle se cachait le visage, et il répondit à son désir.

Un instant toutefois, il la laissa, hésitant, sollicité par ce qu'il y aurait d'atroce et de riche en émotion à partir, à finir là-dessus. Puisqu'il lui faudrait finir un jour, et bientôt, pourquoi ne pas finir dans cette victoire inachevée et qui se prolongerait après lui ? Il regarda la porte-fenêtre par où venait le lent murmure de la mer. Mais Catherine dit :

— Allez-vous-en ! Pourquoi me faites-vous cela ?

Et, cette voix complétant son désir, Pierre pensa qu'il serait temps de finir demain, à l'aube, quand il aurait vraiment repris Cathe-

rine, quand il aurait refait avec elle, en rêves et en caresses, le voyage de leur idylle.

Sans hâte, il s'approcha du divan, et, s'emparant des bras qui la protégeaient, il réunit les deux poignets dans sa main.

— Catherine ! dit-il.

Elle reconnut la voix qui l'appelait, qui, toujours, disait son nom, rien que son nom, avant la minute où elle se donnait, et, comme autrefois, elle se raidissait par jeu, pour qu'il eût à la conquérir elle essaya de le repousser, de raidir ses bras qui étaient prêts pour le serrer contre elle, mais il approchait, il venait à elle, irrésistiblement, et elle n'avait pas de paroles pour appeler au secours.

Autre chose était de le chasser, de se débattre quand il ne s'agissait que de son fantôme, à présent c'était lui, sa chaleur, son parfum, cette force irrésistible, son désir à lui et non pas son désir à elle, et, comme elle détournait la tête, ce fut son souffle dans les cheveux, puis, sur la nuque, à l'endroit que même jadis elle avait peur de lui livrer, la pesante caresse de sa bouche, et la morsure.

Pour lui arracher cette nuque, où, jadis, il avait mis le premier baiser qui l'eût éveillée, elle se jeta sur les coussins du divan, mais elle se trouva prise entre son bras qui l'avait enveloppée sans qu'elle s'en aperçût et sa poitrine où il l'attira avec douceur, où elle se blottit, comme si elle espérait que ce serait un refuge, et autrefois c'était un refuge, même contre lui.

— Ma petite Kathleen...

L'accent des fiançailles, il avait parlé pour lui-même. Sur l'épaule de Catherine qui reposait dans l'anneau de ses bras, il lia ses deux mains, le geste des fiançailles.

Il s'était assis sur le divan, et son ample manteau était retombé sur la robe blanche. Catherine ne défendait plus que sa nuque, haussant le coude et comprimant de ses doigts ses cheveux.

Il ne la menaçait pas. Lui, d'habitude tellement simple dans ses attaques, il s'attardait à goûter son émotion, il refaisait vraiment le voyage, il respectait la fiancée, et, en même temps, songeait à l'avenir, il s'affermissait dans la volonté de terminer proprement une vie qui n'aurait pas été, après tout, sans pittoresque. Il lui plaisait de croire qu'il commençait sa dernière nuit, il en goûterait mieux chaque seconde, et il y avait encore, au delà, dans sa conscience l'idée que le temps n'existe pas et que l'amour ne vaut que par sa brève splendeur.

Cette conscience, la plus profonde, Catherine la possédait elle aussi. Là se reformait cette harmonie qui s'était créée entre eux. « Le temps n'existe pas, demain n'existe pas, pensait Catherine, hier est oublié, hier était trop affreux, je n'en puis plus, demain n'existe pas... » Elle refaisait le voyage, elle était la petite fille qui risquait sa vie pour atteindre une fleur sur le rocher, et si elle était tombée ? elle était la jeune fille qui n'avait pas tenu sa promesse devant le cercueil, elle était la jeune femme qui avait eu horreur de son enfant, de l'avenir qu'elle portait en elle, elle était cette femme abandonnée qui n'avait voulu de secours que dans la gaîté du soleil et de la mer, et dont toute la vertu n'était que d'être contente d'elle-même sous le soleil et en face de la mer. Le temps n'existe pas, les hommes l'ont inventé par impuissance de tout sentir en une seule fois. Demain ? Ah ! qu'importait ? Son fils ? Il aurait également son heure magnifique. Ce qu'elle devait à sa race, à sa famille, ce qu'elle avait hérité d'eux ? Déjà elle en avait fait bon marché, et toute leur œuvre, n'était-ce pas elle, Catherine, qui atteignait à cette heure magnifique ? Quant à elle-même, elle ne pouvait juger que par sa vie passée, et il lui semblait que c'était une ascension vers cette heure où elle désirait, où elle aimait, où elle pardonnait.

Elle sentit sur ses cheveux la main qui la protégeait, et elle accepta d'être protégée.

Il disait :

— Nous deux...

Elle cessa de défendre sa nuque et l'appuya sur les doigts chauds qui l'entourèrent.

Il disait :

— Comme autrefois...

Et, doucement, de son autre main, il enveloppait le visage de Catherine et renversait la tête abandonnée.

Mais Catherine ferma les yeux, et il dit :

— Comme autrefois, regarde-moi !

Elle n'obéit pas, il y avait tant de péril à remplacer le rêve par la vision. Elle entr'ouvrait la bouche, elle attirait Pierre, mais il résistait :

— Non, comme autrefois !

C'est que l'ambition renaissait du complet triomphe, et qu'il lui fallait, pendant ce baiser, les yeux dont la nuance changeait, qui étaient d'abord limpides et purs, puis effrayés et comme ridés sur leur surface bleue, qui s'assombrissaient, s'éteignaient pour s'illuminer et s'éteindre encore, qui devenaient troubles et que la pupille dévorait, qui montaient se perdre sous la paupière, comme à la recherche de l'infini, les yeux de la jeune fille à son premier baiser.

Et Catherine n'obéissait pas, cette minute jamais plus ne reviendrait où elle devinait sa bouche tout près d'elle, où elle avait envie de sa bouche, de sa bouche seulement, de ses lèvres humides sur ses lèvres desséchées.

Alors, du bout des doigts, il toucha les paupières et les écarta.

Elles s'ouvrirent, et ce n'était pas les yeux qu'il espérait, c'était des yeux trop chargés de souvenirs et de passion, et les bras qui serraient Pierre n'étaient pas ces bras maladroits et timides qui l'avaient attaché à l'époque des fiançailles, cette bouche qui s'ouvrait, ce n'était pas la bouche pudique et fraîche, mais ce fut une bouche qui, sitôt effleurée, se souvenant des leçons de son maître, enveloppa les lèvres et permit aux dents de rejoindre les dents.

Il retrouvait la maîtresse de leur second amour, des heures de Venise, celle qui parmi tant de maîtresses avait été la plus belle, mais l'autre, l'autre, perdue...

Sous cet ardent baiser il tomba dans une telle mélancolie que Catherine fut émue, au delà de ses sens, par les remords qu'elle lut dans ses yeux, et, s'éloignant, elle souleva dans ses mains à son tour, la tête qui se penchait

vers la robe ouverte sur la chemise aux rubans.

— Non, dit-elle, restons comme cela, comme autrefois.

Elle caressait les tempes où brillaient les cheveux argentés, elle répéta :

— Comme autrefois.

Et puis, craignant qu'il ne parlât :

— Chut ! fit-elle.

Ils demeurèrent, l'un en face de l'autre, elle, les coudes appuyés contre lui, encadrant de ses doigts son visage, lui, les bras autour de sa taille, à se contempler profondément.

Et soudain, le bruit continu, le bruit d'autrefois, le bruit qui portait les souvenirs, le murmure de la mer fut autour d'eux, comme le chant naturel de leurs cœurs.

Ce n'était plus la fiancée que Pierre cherchait, ce n'était plus l'amant coupable que voyait Catherine, c'étaient elle et lui à leur arrivée dans la maison au bord du rivage.

Quand ils y étaient venus la première fois, la nuit empêchait d'apercevoir la mer et le jardin, mais la mer parlait et le jardin embaumait, et, dès l'aube, Pierre avait dû montrer à Catherine le jardin et la présenter à la mer.

Demain ? Qu'importait demain ? Autour d'eux déjà, le jardin formait dans leurs pensées le décor qu'animait la vague

Pierre évoquait le souvenir du grand héliotrope contre le mur jaune de soleil, et Catherine, la plage, les longues courses qu'ils faisaient, nageant côte à côte vers le large. Il y avait dans la pensée de Pierre sans doute une déception, c'était une maîtresse qu'il retrouvait et non pas la jeune fille, il y avait dans la pensée de Catherine un effort vers la pureté, c'était un retour et non pas un don absolu, mais la maison au bord du rivage les reprenait, et l'harmonie des souvenirs s'ajoutait à leur propre harmonie.

Bientôt, cependant, les souvenirs s'effacèrent, furent absorbés par l'émotion présente. Pierre et Catherine furent hors du temps, dans la maison endormie.

Hier, demain, qu'importait ? Il y avait dans le rythme de leur existence des heures magnifiques, les autres ne comptaient pas, et à cette heure revenait, pour laquelle ils étaient nés.

Quand elle revient, notre heure, c'est en nous une surprenante allégresse. Le monde fut construit pour nous, le décor répond en chaque détail à notre vision intime, les sons, les parfums, le poids de l'air, les couleurs, tout cela est pour nous, tout cela en quoi nous nous dispersons se réunit en nous, et cette double puissance de nous disperser en les choses et de les réunir, c'est la joie vers laquelle tendent les forces de l'univers, mais, pour la sentir, cette joie, il faut se dérober à la foule par la violence de l'âme ou la fuite dans la solitude, car la foule, notre race, les hommes, ont besoin de la durée et sont les ennemis du plaisir qui rejoint, hors du temps, et par l'intensité, l'infini ; ils nient que ce soit le but le plus haut et l'accusent d'être meurtrier, alors que tout le reste, eux les hommes, leur foule, son idéal et ses œuvres, ne sont que les déchets du plaisir.

Il était, sur le visage de Catherine et de Pierre le plaisir, semblable au gai soleil des matins d'autrefois.

Catherine et Pierre se contemplaient, immobiles ; leurs lèvres ne bougeaient pas, nul frémissement n'agitait leurs figures, mais leurs âmes se riaient l'une à l'autre, et leurs corps éprouvaient une volupté presque immatérielle à prolonger l'attente de la grande joie promise.

Les mains de Catherine glissèrent sur les tempes qu'elles tenaient, et Pierre dit :

— Reprends-moi !

Elle cambra la taille, se renversa dans ses bras, il la suivait, pesant sur elle, quand elle lui échappa :

— Non, pas ici.

Et, se levant, les yeux immenses sur le teint pâle et dans le cadre des cheveux, montrant à Pierre son visage violent et les lignes puissantes de son cou gonflé :

— Viens !

Elle marcha vers la porte. Il la rejoignit, il voulait... Mais elle se retourna, et lui dit, comme jadis :

— Ferme la fenêtre à cause des voleurs.

XXII

Tandis qu'il lui obéissait, elle ouvrait la porte, et, toute effrayée soudain par la nuit du vestibule, elle restait sur le seuil.

— Dépêche-toi ! dit-elle.

Il accourut.

— J'ai si froid !

Elle frissonnait, elle se pressa contre lui. Il l'enveloppa de son manteau, et, de son bras, lui entoura les épaules.

— Allons, fit-il.

Il éteignit les lampes comme il les aurait éteintes autrefois. Il était chez lui, dans sa maison. Il guida Catherine.

Elle avait peur de tout ce que contenait la nuit du vestibule, de l'image d'elle-même qu'elle y retrouvait, des images qui étaient là-bas, dans le fumoir.

— Oh ! pourquoi ? murmura-t-elle.

Elle ne savait pas exactement la question qu'elle posait : pourquoi l'avait-il trahie, ou pourquoi lui avait-elle pardonné ? Pourquoi après les divines minutes de leur silence, fallait-il aller plus loin ?

Pierre ne répondit pas et n'interrogea pas. Il comprenait que c'eût été dangereux, et pourtant il n'avait pas de mémoire pour ce qu'elle voyait, le vestibule était vide devant lui, Pierre était satisfait d'être chez lui, satisfait parce que l'instinct le conduisait sans erreur vers l'escalier dont ils gravirent les marches, elle tout à coup affreusement lasse, lui fier de la porter presque dans ses bras.

Les marches craquèrent, et miss Jackson, à l'affût du moindre bruit, guettant derrière sa porte entrebâillée, devina que l'amour triomphait et, jalouse, soupira.

Sur l'escalier, le vitrail laissait descendre la pénombre de la nuit étoilée ; miss Jackson aperçut Pierre, sa haute taille qui protégeait Catherine, et, sous le manteau qui l'enveloppait, Catherine dans sa robe blanche.

Doucement, avec un soin extrême, miss Jackson referma la porte, puis, comme si c'était elle l'amoureuse, demeura chancelante, et sa fièvre, lui rendant hostiles les draps froissés de son lit, faisait battre son cœur envieux, cependant que le beau couple passait devant sa porte.

Ils allaient, sans bruit.

Quand les marches avaient craqué, Catherine avait dit : « Attention ! il ne faut pas réveiller Doude. » Et Pierre avait serré les épaules de

Catherine se retrouve dans les bras de Pierre.

Catherine. Elle avait dit encore : « Il est dans ton ancienne chambre » Puis elle s'était tue, la présence de son fils la gênait sans l'émouvoir.

Pierre marchait lentement pour ne point éveiller son fils. Il songeait : « Mon fils... » et ce mot qui ne représentait rien pour lui l'étonnait.

Mais Catherine avait hâte d'arriver. Poursuivie par les images honteuses, par la vision de lui et de l'autre, elle avait besoin de tout oublier en se donnant, et déjà, pour être entraînée, elle se laissait porter, mais ce n'était pas suffisant, il fallait que Pierre, prenant Catherine, prît à sa charge ses remords et toute son âme.

Il s'arrêta devant le cabinet de toilette.

— Vite, dit Catherine, j'ai froid.

Ils entrèrent dans la pièce éclairée, et Catherine se dégagea pour fuir jusqu'à sa chambre.

La douce lumière glissait sur les paravents de laque, le guéridon, les couvertures près du tapis. Catherine dénoua le peignoir, se jeta dans le lit, éteignit la lampe.

Le lit était froid et Pierre tardait.

Il goûtait chaque minute.

L'intimité de la pièce, l'émouvante petite robe sur la dormeuse, les souliers d'argent, les bas, le maillot, les traces d'une existence qu'il avait faite cruelle et qui s'était apaisée, cette odeur fine, délicate, qui le ramenait à jadis, lui rappelaient qu'il aurait été beau de s'en aller pour qu'elle fût tranquille, et, imprécise et perverse, l'idée s'insinuait, qu'il s'en irait demain, malgré tout, qu'il finirait demain — puisqu'il fallait bien finir ! — pour que cette nuit fût autre chose qu'une aventure. L'idée de la dernière nuit, de la dernière bataille se reformait et détruisait par une espérance d'héroïsme en face de la mort nécessaire, la satiété et l'habitude, ce n'était pas sa femme qu'il allait prendre, c'était la dernière femme qu'il aurait. Le miroir, où l'exaltation de Catherine avait dessiné le fantôme, reflétait Pierre qui se déshabillait lentement.

Dans le lit froid, Catherine avait honte d'être impatiente, elle n'était plus poursuivie, elle avait honte d'elle-même et elle était seule. Une immensité la séparait de Pierre. Était-il vrai qu'elle lui eût pardonné, vrai qu'il fût là, vrai que dans un instant elle serait esclave?... Ce fou désir de son corps n'était-il pas le même qu'elle avait eu pour le fantôme?... Elle croisait les jambes, défendait sa poitrine de ses mains, et grelottait. Que s'était-il passé? Pourquoi ne venait-il pas? Elle était seule, et elle fut sur le point de l'appeler comme on crie au secours.

Il se souriait dans la glace, il souriait à sa figure demeurée jeune en dépit des reflets argentés de ses tempes, il se souriait avec amertume et il croyait aux paroles qu'il avait dites : il avait souffert, lui, plus que les femmes qu'il avait trahies, et celle-là même qui l'attendait avait une âme moins riche en souffrances que la sienne ; il avait pour rôle d'apporter toujours le bonheur, mais, à lui, qui donc l'avait apporté? Autrefois, il avait rêvé que ce serait celle-là. Elle n'avait pas su le retenir, elle n'avait pas pu, ce n'était pas sa faute. Avec elle du moins, oui, avec elle... Et, lorsque Pierre entra dans la chambre, il avait pour Catherine plus de tendresse, plus de reconnaissance que de désir.

— Ma petite Kathleen...

Il la prit dans ses bras comme une enfant. Toute crispée, elle résista. Il avait trop tardé. Elle le repoussa, ainsi qu'elle l'avait repoussé dans ses songes, avec haine. Sa voix était trop douce, ce n'était pas celui-là qu'elle voulait, ce n'était pas pour celui-là qu'elle avait renoncé à sa gaîté, à son orgueil, ce n'était pas pour qu'il lui murmurât à l'oreille des paroles gentilles mues, pleines de repentir; elle n'avait pas envie d'être bercée, câlinée, de poser la tête sur son épaule. Les genoux croisés elle se défendit contre sa tendresse, mais, quand le rayonnement, la chaleur et le parfum de ce corps l'eurent saisie, quand lui-même fut vaincu par l'appel de son sang, quand il prononça :

— Catherine ! avec sa voix changée, elle ne résista plus et, se livrant, les bras noués à sa taille, le mordant à la bouche, puis rejetant la tête d'un mouvement si brusque que ses cheveux lui couvrirent le visage, elle dit, oubliant tout ce qui n'était pas lui, délivrée, emportée, soumise et triomphante, elle dit, d'un accent tragique :

— Enfin !

Alors commença l'heure pour laquelle ils étaient nés.

Autour d'eux, disparaissait, s'affaissait, s'effondrait tout ce qui les avait conduits à cette heure, et, pour cela qui les quittait, ils n'avaient pas de rancune. La trahison et le désespoir avaient été nécessaires pour que cette heure fût. Ils acceptaient leur destin parce que cette heure l'illuminait, expliquait son apparent désordre, et qu'elle atteignait, dans la joie immense, un but vers quoi ils étaient allés, aveugles et douloureux.

La joie absorbait leurs âmes qui ne se plaignaient plus, qui n'avaient plus d'égoïsme, qui ne cherchaient plus, qui comprenaient tout et s'épandaient en tout ; la joie créait pour eux un univers, elle arrêtait le temps, elle était complète en soi, et leurs seuls efforts étaient de lui obéir. Pierre ne vivait que pour augmenter la joie de Catherine, et Catherine ne vivait que pour lui offrir plus de joie.

Pierre possédait Catherine avec toute la beauté, toute la pureté qu'elle avait représentées aux meilleurs instants. Catherine possédait Pierre avec tous les rêves dont elle l'avait orné aux meilleurs instants, car l'immense joie renouvelle en les êtres les sources profondes de l'illusion, les souvenirs qu'elle appelle ne sont que pour achever l'harmonie, et, lorsqu'elle n'appelle pas ceux-là qui rapprochent de la forme idéale l'amant possédé, ce n'est plus amour, c'est perversion. Ce fut de l'amour.

L'homme que Catherine enlaçait et qui rendait vivante et consciente chaque partie de son corps, c'était l'homme dont elle avait rêvé pendant toute sa jeunesse, pour lequel la nature l'avait formée et ses seins avaient grandi. La femme que Pierre, avec toute son expérience, menait vers la perfection du plaisir, c'était sa femme.

— C'est elle ! pensait-il.

Et Catherine se disait :

— C'est lui !

Miss Jackson se trompait, qui croyait, si romanesque dans sa fièvre, à de fougueux baisers, à des meurtrissures, à des râles ; il n'était, dans l'obscurité de la chambre ouverte sur la nuit, que le murmure de la plage, et les amants n'écoutaient que vibrer leurs corps dont la conscience se rappelait les plus belles lumières, les plus beaux parfums, les plus belles heures, afin d'en glorifier cette heure magnifique.

Parfois, ils s'arrêtaient à la limite de l'abîme, et ils avaient la même pensée :

— Nous n'y survivrons pas

La mer, dont il avait eu peur sur la terrasse, la mer, dans laquelle, après les nuits mauvaises, Catherine oubliait ses rêves souillés, la mer les invitait, et lui, échappant à la joie, avait

l'idée du noble sacrifice, et Catherine songeait :
— A quoi bon vivre ensuite?

Leur volupté devenait plus attentive, de se sentir en route vers la mort.

Parfois Catherine suppliait. Pierre ne cédait pas. C'était les moments où il éprouvait les émotions d'un dieu, maître des angoisses. Alors, il approchait ses lèvres de l'oreille de Catherine, et il l'interrogeait tout bas.

Mais comment lui aurait-elle dit son âme qui reflétait à la fois les paysages de son enfance, les bois, les rochers où la petite fille se hasardait, et la lumière, le soleil de la Méditerranée, les fleurs du jardin, la grève au sable tiède, et cette vague sur laquelle Catherine, aujourd'hui même, s'était appuyée? Du frémissement de son corps, elle ne voulait pas parler. Pour lui expliquer son âme, maintenant elle murmurait son nom.

Ainsi, pendant leurs trêves, commençaient-ils à s'entretenir ; ainsi, déjà, ils avaient dépassé le silence, et ils revenaient, leurs paroles recréaient le temps, et, bornant leurs âmes jusque-là confondues, les séparaient.

C'est que la joie qui justifie l'univers, qui est sa fin, fut son origine. Chaque fois que la joie s'enflamme, il semble que tout soit accompli ; mais, à mesure que sa clarté décroît, tout recommence. Et le point où sa clarté, pour eux, fut la plus vive, ne devait pas être la minute de leur accablement, car il est faux de prétendre que l'amour ait un autre but que lui-même et que sa perfection coïncide avec les nécessités de la race.

Pierre questionnnaitCatherine sur le frémissement de son corps, et, ce corps, il le décrivait, et elle le voyait, comme elle l'avait vu, ce matin, à travers la vague, et elle était soucieuse à présent du frémissement de son corps, et Pierre, lui, était soucieux de son art.

L'instant sublime était passé. Ils le comprenaient tous les deux. Ils voulaient le rejoindre, mais la volonté ne saurait le créer.

A l'oreille de Catherine, Pierre chuchotait les paroles de louange.

Elle ne lui répondait pas, elle s'absorbait dans la sensation, elle se refusait à comparer, ainsi qu'il l'y invitait, cette nuit à leurs autres nuits, elle se taisait, et, les dents serrées, la poitrine haute ne respirant plus, les mains comme des griffes sur les reins de son amant elle essayait de retrouver l'oubli.

Alors il alluma la lampe pour interroger du moins le visage, mais Catherine lui opposa ses paupières fermées, et, rejetant davantage la tête, elle qui lui livrait son corps, le priva de la sincérité de ses traits à nouveau douloureux.

Il voyait sa gorge puissante et gonflée, ses seins et ses larges épaules il voyait ses cheveux et les muscles en saillie à l'angle des joues; mais, renversée dans l'oreiller, la figure se cachait.

Catherine n'osait pas le regarder, elle avait peur qu'il fût l'amant qu'elle avait désiré dans ses rêves salis, et d'apercevoir d'autres visages près du sien.

Elle supplia, mais il ne céda point.

Ce n'était plus seulement sa femme qu'il tenait, c'était toutes les femmes qu'il avait eues, lui l'amant pour qui l'on oubliait tous les autres, et son orgueil souhaitait des éloges.

Elle ne lui en accordait point. Il y avait dans sa pensée un tumulte où la gratitude et la haine se mêlaient.

Ce n'était plus amour, c'était perversion. Ah ! vienne l'anéantissement ! C'est trop ! Jadis, elle pouvait le suivre, elle était seule avec lui, mais, à présent...

Il n'était pas seul avec elle. Il comparait cette nuit, non seulement à leurs nuits, mais à toutes les nuits où, depuis qu'il était las de conquérir, il cherchait l'infini dans la longue caresse.

Et, peu à peu, il prêtait à Catherine ses propres pensées. Est-ce qu'elle aussi comparait? Pouvait-elle comparer? Avait-elle été fidèle?

Il se le demanda, mais ce qui bouleversa son visage, ce ne fut pas la jalousie qui l'avait touché quand il attendait devant la fenêtre sombre, la jalousie nouvelle, ce fut le sentiment ancien, la jalousie qu'il éprouvait dans les bras des filles, et qui était encore une volupté. Si Catherine avait eu des amants, comme ils devaient, cette nuit, lui paraître médiocres !

Et Pierre se pencha pour demander à Catherine si elle avait eu jamais, avec un autre, une nuit comme celle-là.

D'abord, elle ne comprit pas, mais il insista, affolé par l'idée, bégayant, ainsi qu'il bégayait près des filles, disant :
— Raconte...

Et il l'assurait qu'il lui pardonnait d'avance, généreux dans la certitude où il était de faire oublier son rival, et désireux d'avoir un rival pour que sa victoire fût complète.

Soudain, elle le comprit, mais, liée par sa chair, elle n'eut, dans l'horreur, qu'une sensation plus forte. Sur les reins, ses ongles furent cruels et, l'anéantissement, elle l'exigea.

<h2 style="text-align:center">XXIII</h2>

Étendu sous les couvertures, la joue contre l'oreiller, il se reposait, heureux, à l'aise en ce vaste lit où Catherine bientôt le rejoindrait.

Il la verrait paraître au seuil du cabinet de toilette, et les beaux cheveux sur la peau si blanche prendraient toute leur valeur dans cette pièce que lui-même avait arrangée pour elle.

Son regard s'arrêtait sur les vantaux des paravents de laque, mesurait l'espace illusoire que créait leur ombre contre le mur clair, suivait les lignes simples et droites des rideaux qui encadraient la fenêtre.

La lampe était à la place qu'il avait choisie, la même lumière glissait sur les choses, le même parfum les imprégnait. Catherine n'avait rien changé, et lui n'avait pas changé, puisque, comme autrefois, sensible à ce décor, il attendait Catherine, le cœur ravi, sans aucune amertume, sans autre désir que de compléter, par la vision de sa beauté, le bien-être que lui avait donné sa caresse.

La jalousie équivoque avait disparu, la chambre était la même, l'heureuse logique de

l'homme satisfait prouvait à Pierre que Catherine lui était restée fidèle. Les choses, le parfum,
orientaient de nouveau cette âme affaiblie, le
petit bruit de la mer faisait revivre l'époque où
la volupté était pure, où jamais Pierre n'avait
supposé que Catherine pût aimer un autre
que lui.

— Comme elle m'aime ! se disait-il.

Et c'était tellement simple.

Il se rappelait — et il en souriait, les yeux à
demi clos — qu'il avait trouvé pour se repentir
les mots nécessaires, qu'il s'était plaint d'avoir
été malheureux, mais il ne s'occupait plus de la
destinée, il ne se croyait plus une victime, il ne
se méprisait plus, il était simplement un mari
qui a reconquis sa femme et qui se promet de la
garder.

Le lit était chaud. Pierre y allongeait son
corps joyeux. Catherine allait paraître, il ne
voyait pas plus avant dans l'avenir. Dans le
passé, il ne regrettait que les six années perdues.
Il n'avait point de remords, il n'aurait jamais
su combien elle l'aimait, s'il ne l'avait pas
trahie.

Tout était simple, l'appel de la vague sur la
plage n'était qu'une invitation au bonheur, tout
s'était apaisé, une douce lassitude lui fermait
les paupières, et sa rêverie, bercée par la vague,
imaginait la plage et le jardin.

— Notre maison... songeait-il.

Rien n'était changé dans la chambre ni dans
le salon, rien sans doute dans les bosquets et
les plates-bandes, Catherine avait veillé à ce que
leur maison fût la même pour le retour.

Ce pauvre Philippe n'avait pas compris, il
disait : « Laisse-la... » Mais, pour Pierre, pour
lui seul, elle avait veillé sur la maison, et le
crime aurait été de n'y pas revenir.

Elle l'attendait. De quelle voix naturelle elle
avait murmuré, quand les marches de l'escalier
craquaient : « Attention ! il ne faut pas réveiller
Doude. » Leur fils...

— Le pauvre gosse !

Tout à coup, envers son fils, Pierre se sentit
coupable. Catherine avait eu raison de sauver,
pour Doude, un peu de sa fortune, et il se
reprocha d'avoir été irrité contre elle quand
elle l'avait fait prévenir qu'elle ne pouvait plus
payer ses dettes, il se reprocha d'avoir dépensé
tant d'argent, et aussi de n'être pas revenu plus
tôt.

— Pauvre gosse !

La veille, Pierre n'en avait même pas parlé à
Philippe. Il subsistait en lui une sorte de rancune
contre cet enfant dont la naissance avait gâté
leur idylle, mais, cette nuit, une autre idylle
commençait, où Doude aurait sa place.

Doude, le surnom était joli. Est-ce que
l'enfant était joli? Il devait l'être... Comme elle
était tragique, Catherine, lorsqu'elle avait la
haine de ce fils qui menaçait sa beauté ! Il lui
avait pris six années de bonheur, mais, pendant
ces six années, la beauté de Catherine était
devenue parfaite.

Pierre essaya de se souvenir de l'admirable
nudité de ce corps épanoui, mais sa pensée
n'était plus voluptueuse, elle s'attendrissait : son
fils, sa femme, sa maison, il voyait l'avenir le

plus calme, ils iraient ensemble vers la vieillesse, l'épreuve qu'ils avaient traversée serait
comme une ombre qui agrandirait leur vie. Ils
n'auraient pas d'autre enfant, miss Jackson élè-
verait Doude, comme elle avait élevé Catherine,
et la jeune gaîté de leur fils les préserverait de
la mélancolie. Ils auraient, longtemps encore,
des nuits de caresses, mais loin de toute perversion. Il ne voulait plus ni recherche ni subtilité
dans l'amour ; n'était-elle pas assez subtile, leur
union qui lui rendait, à lui dépravé, le goût
d'être pur parce qu'elle était pure, sa maîtresse?

Elle serait cela, sa femme et sa maîtresse ; elle
le ramènerait vers les jours naïfs dont il savait
maintenant le prix, ils reprendraient, l'un et
l'autre, auprès de la mer, leur amie, le chemin
qu'ils avaient abandonné. Ils seraient à la fois
puérils et graves ; ils joueraient dans leur jardin
avec les fleurs, les oiseaux, et, quand viendrait
le soir, quand ils auraient veillé quelques
instants sur Doude endormi, ils iraient, l'âme
fervente, vers le mystère de leur étreinte.

Toute cette poésie dont il se sentait capable,
Pierre l'évoquait en son repos. Elle venait à lui,
docile ; elle le berçait, l'engourdissait, et prêtait
à son visage, aux paupières fermées, l'expression
candide qui épouvanta Catherine, lorsque, du
seuil, elle l'aperçut dans le lit bas, et comprit à
sa figure assoupie, charmante, qu'il n'avait pas
partagé les horribles moments où, depuis qu'elle
s'était échappée de ses bras, elle avait l'esprit
déchiré.

XXIV

Les phrases qu'il lui avait murmurées et
qu'elle avait eu tant de peine à comprendre
gardaient en elle un écho qui ne cessait plus :

— Raconte...

Et, à cet écho, elle répondait :

— Comme une fille !

Elle lui avait cédé comme une fille, et il
l'avait traitée lui leur amant, comme elle le
méritait, il l'avait supposée infidèle, et il l'en
avait désirée davantage.

Alors, cependant qu'il se reposait sous les
couvertures tièdes et se préparait à la vertu,
Catherine, dans le cabinet de toilette, tournant
le dos aux miroirs, les poings contre les tempes,
avait médité de fuir.

Elle n'avait pas pu ; où donc aurait-elle été
sans être poursuivie? Mary l'avait livrée, et
son fils, elle ne l'avait pas assez aimé pour qu'il
fût un refuge ; où donc?

— Pas encore !

A l'aube, elle aurait du courage, elle en était
certaine, mais, jusque-là :

— Comme une fille !

Elle se jugeait. Le mépris qu'elle avait pour
elle-même lui rappelait qu'elle avait respecté
en elle, jadis, les instincts, la conscience de sa
race, et, au nom de cette conscience qui répu-
gnait aux sophismes, qui acceptait la défaite,
mais ne l'excusait pas, elle avait répété, faisant
face aux miroirs :

— Comme une fille !

Et elle avait contemplé avec dégoût le corps que montrait la chemise aux rubans dénoués.

Mais, cette ardeur qui toujours la poussait aux extrêmes, avait découvert, soudain, une revanche dans la tentation de descendre plus bas.

Puisque sa lutte, les durs combats de ses nuits d'insomnie, ne l'avaient pas sauvée, puisqu'elle succombait à la première attaque, c'était qu'elle était née pour cela, et, puisqu'elle ne pouvait vivre dans cette honte, que du moins elle la connût toute !

Elle était née pour les joies que sa race condamnait. L'honneur de sa race s'était construit dans la haine de ces joies, et non seulement l'honneur de sa race, mais l'honneur de toutes les honnêtes femmes. Donc, elle n'était pas une honnête femme.

Elle était née pour cela.

Sans doute, elle n'était pas adultère, elle n'avait appartenu qu'à un homme, mais n'était-ce pas que, par la caresse de cet homme, elle avait connu toutes les caresses? S'il n'avait pas été un tel amant, lui aurait-elle été fidèle? Il avait avoué qu'une force étrangère l'avait conduit, et que, lui ayant tellement cédé, il avait horreur de lui-même. Il était peut-être une victime dégradée par le remords, comme elle-même, si elle n'avait pas, à l'aube, du courage, serait dégradée, non par le plaisir, mais par le remords.

— Pourtant, ce n'est pas notre faute !

Car enfin, ils n'avaient pas cherché à brûler de cette flamme.

— Ce n'est pas notre faute, songeait-elle, tandis que, la tête basse, ses cheveux droits entourant un visage plus beau de tant souffrir, elle avait préparé pour Pierre son corps qu'elle voulait lui donner, sans pudeur, en signe d'alliance dans le désespoir.

Elle lui dirait qu'elle aussi n'en pouvait plus et que ce serait leur dernière nuit, elle lui dirait qu'elle l'avait deviné, qu'elle l'avait reçu pour l'empêcher de mourir, mais que son désespoir était le sien, et qu'elle devait mourir elle aussi.

Et elle ne serait plus chaste, elle le regarderait dans les yeux pour voir vibrer les paillettes dorées de ses prunelles, elle écouterait toutes ses paroles, se prêterait à toutes ses volontés, elle apprendrait en une nuit ce que c'était, l'amour. Pierre lui raconterait, à elle qui n'avait rien à raconter. Puis, quand viendrait l'aube, ils auraient tous les deux, du courage, dans l'exaltation de leur folie

XX

Prête, nue sous la chemise dont elle n'avait pas attaché les rubans, elle s'était avancée vers le seuil pour rejoindre l'homme qui partageait sa détresse.

Mais lui, les paupières closes, souriait, heureux. Sa jolie figure était charmante ; un bras qui se repliait soutenait la nuque. Au bord de la lèvre relevée, les dents brillaient.

Et Catherine comprit qu'il ne s'était pas inquiété du temps qu'elle avait passé seule. Il sommeillait, il n'avait pas souffert, il n'était que mensonges. Et il parut à Catherine que cet homme prostitué se vautrait dans ce lit trop bas.

A deux mains, elle prit les dentelles de la chemise fendue et les rapprocha, les appuya sur ses seins, de crainte que Pierre n'ouvrît les yeux sur sa nudité.

Il ouvrit les yeux pour voir la compagne de ses songes.

— Toi ! dit-il.

Il se dressait sur le coude, rejetant les draps.

Catherine s'aperçut qu'il n'avait gardé qu'un vêtement de soie qui lui dégageait les épaules, et elle détourna la tête.

Joyeux, il murmurait :

— Comme autrefois, plus belle seulement!

Pourtant, il s'écria :

— Oh ! je t'aime ! et son accent fut grave.

Cette vision de jadis l'émouvait, lui semblait une promesse.

En chancelant, Catherine fit un pas vers la fenêtre. Elle s'arrêta. Il n'y avait en elle vraiment aucune raison d'agir, l'ardeur qui l'avait ramenée près de lui s'était brisée, mais elle se disait : » Pas encore ! » et elle demeurait immobile.

Il pensa que c'était souci d'être mieux admirée, et la remercia de n'avoir pas touché à leur chambre, d'être restée dans le décor qu'il avait créé, dans cette pièce, où il se plaisait à la contempler quand, sur sa prière, elle marchait lentement de la porte jusqu'au lit.

— Tu t'en souviens?

Elle ne lui répondit pas, elle l'écouta qui la décrivait éclairant la chambre où l'attendaient les noirs des laques, les gris du tapis et des murs ; elle l'écouta qui vantait la nuance de ses cheveux, sa blancheur, le contraste qu'il y avait entre la délicatesse de son coloris et la puissance svelte de ses lignes.

A travers la distance, elle reconnaissait les strophes de la cantilène qui l'avait si souvent bercée, et, comme elle regardait par la fenêtre la nuit où elle devinait l'étendue de la mer, et que déjà il lui semblait qu'elle était morte, elle s'unissait aux éloges que Pierre décernait à celle qu'elle avait été.

Quand il lui demanda de marcher vers le lit, lentement, comme autrefois, en faisant glisser la masse de ses cheveux sur sa poitrine, en penchant la tête, en lui montrant son doux visage, elle obéit pour être belle devant celui qui en garderait le souvenir.

Arrivée au chevet, elle laissa tomber ses bras de chaque côté de sa taille, et la chemise s'écarta, dévoilant le buste et les seins.

La cendre des pâles cheveux était la seule ombre sur cette poitrine blanche, les hanches viriles, étroites, rendaient plus larges les larges épaules, et la tête penchée offrait un visage mystérieux, mystérieux pour qui se rappelait son habituelle violence, par l'expression docile, alanguie, que prenaient ses traits.

Catherine se savait belle, comme elle se savait belle quand, pour les bergers, elle imitait, petite fille, les madones. Elle voulait, puisque Pierre, heureux, allait vivre, qu'il ne pût, du moins, la comparer dans l'avenir à l'une de ses maîtresses, sans regrets, sans remords, et, pour cela, elle était fière de sa beauté.

Mais, lorsqu'il essaya de toucher cette poitrine qu'il avait admirée, d'un cri, Catherine recula, fixant sur Pierre des yeux tellement privés de vie qu'il eut peur.

— Catherine !

Il l'avait appelée parce qu'il l'avait sentie brusquement aussi lointaine qu'à l'instant où, dans le salon, il renonçait à la conquérir.

Elle le regarda en secouant la tête.

— N'est-ce pas que nous avons été heureux ? dit-elle.

Avant de répondre, il hésita. Son génie lui inspirait toujours la réponse utile pour séduire, mais il ne s'agissait plus de séduire, et son génie n'était pas assez haut pour répondre à la souffrance de Catherine.

— Nous le serons encore puisque tu m'as pardonné, fit-il humblement, pauvrement.

Il ne pouvait reprendre de l'essor avant que ce pardon lui fût assuré.

— Pardonné..., murmura Catherine.

Il crut entendre que la bataille n'était pas gagnée, car il avait l'habitude d'admettre qu'entre deux querelles, on pouvait s'étreindre sans amour. Catherine n'était pas reconquise, il devait la mériter, lui prouver qu'il la méritait, et, les bonnes résolutions qu'il avait eues et qu'il avait, il les dit, sincère, parlant à Catherine compagne d'une idylle nouvelle où les mauvaises images seraient effacées, et c'était Catherine accablée par les mauvaises images qui l'écoutait.

— Oui, pardonné, mais pas excusé, disait-il. J'ai réfléchi pendant que je t'attendais, je suis inexcusable. Quand je pense que je t'ai contrainte à m'aider à vivre, que je t'ai presque ruinée, quand je pense à ce que serait devenu Doude sans toi, à ce que nous serions tous devenus...

Il dit encore :

— Si tu n'avais pas été la femme que tu es, où vous aurais-je conduits ?

Alors le froid dont il l'avait sauvée reprit Catherine.

Cet homme demandait où il l'aurait conduite ? Il n'avait pas compris, il dirait avec la même légèreté : «La femme que tu es... » comme il avait dit : « Raconte... » Et il n'était pas coupable, il ne comprendrait jamais, il était moins dégradé qu'elle, il était prêt à tout oublier, à tout recommencer, comme s'il n'y avait rien eu, et il le pourrait, c'était elle qui ne le pouvait pas.

Elle se sentait enlisée dans la boue qui ne l'avait pas atteint, chargée de toutes les fautes de cet homme. De même qu'il l'avait abandonnée avec son enfant, il l'abandonnait dans la perversité dont il l'avait souillée, il s'en allait avec ses nouveaux rêves de vertu, de famille, ainsi qu'autrefois avec sa maîtresse. Il s'en allait, délivré par quelques paroles d'aveu.

Cependant Pierre, nonchalant dans le lit où il était à l'aise, formait des projets d'avenir, retraçait avec des mots tendres, émouvants, enthousiastes, le songe qui l'avait charmé, et, tandis que se dessinaient devant lui et devant elle le jardin et la plage, Catherine grelottait.

Il s'en aperçut.

— Mais pourquoi ne viens-tu pas ? dit-il.

Elle leva soudain la tête, cambra le torse, et, montrant plus de sa chair nue, se renversa, sembla tomber.

Il courut à elle qui n'eut pas la force de fuir.

Autour des épaules, les bras nus et chauds se fermèrent, et il l'emporta dans le lit, il rabattit sur elle les couvertures, il la réchauffait de son corps et de son souffle, et, ne parvenant pas à assouplir ses muscles contractés, il chuchotait :

— Pardonne-moi !

Ses bras étaient forts et brûlants, et Catherine dit :

— Je t'aime ! Je t'aime !

Puis elle éclata en sanglots.

— Oh ! Kathleen ! s'écria-t-il, bouleversé par la pitié et le bonheur.

Et lui aussi eut des larmes dans les yeux.

Elle disait :

— Oh ! pourquoi ? pourquoi ?

Et il répétait en lui-même : « Oui, pourquoi?... » N'était-ce pas le but jamais touché, cet attendrissement dans l'amour ?

Il n'était que remords et volonté sincère d'être bon, fidèle, de consacrer les années qui lui restaient, au rachat des années perdues, et il jurait à Catherine que c'était fini de souffrir, que demain serait beau, que lui n'était plus le même ; il poursuivait en pensée et dans ses phrases le songe de sa résurrection, et, pour convaincre Catherine, il s'occupait, dans cet avenir promis, moins d'elle et de lui que de leur fils qu'elle avait élevé.

Il l'accablait ainsi d'une nouvelle honte. Il aimait leur enfant, et jamais, non jamais, elle n'avait aimé son fils; elle avait été pour lui une mère attentive, mais elle l'avait jamais aimé, et ce n'était pas à cause de lui qu'elle avait été vertueuse, qu'elle avait mené une existence digne, il n'était pour rien dans sa pureté, dans sa gaîté, elle l'avait bien élevé, par respect pour le devoir, mais rien en elle ne frémissait à son approche, elle était hors de la nature, elle était un monstre et, par terreur de la solitude où Pierre la rejetait :

— Je t'aime ! Je t'aime ! disait-elle, sans que s'arrêtât le frisson qui la secouait.

Effrayé par cette femme grelottante, Pierre se taisait à présent, et, malgré lui, éloignait son corps, mais elle le suivait dans le lit, et, tout à coup, haussant vers sa figure son visage :

— Raconte ! dit-elle.

Il la crut folle, mais elle répéta :

— Raconte, raconte, avec les autres...

— Tais-toi ! dit-il.

Et, violemment, il lui mit la main sur la bouche.

Catherine s'affaissa contre les oreillers, et elle pleura longtemps, doucement, sans hoquets, les muscles détendus, le frisson arrêté.

Pierre ne s'occupa point d'elle. La question qu'elle avait posée lui rappelait sa propre question, et la jalousie, la vraie, l'offensante, revenait. Il dit :

— Catherine ! pendant toutes ces années, tu ne m'as pas trompé ?

Elle souhaita lui mentir, mais elle était trop près de sa fin, et, si Dieu n'existait plus, si elle était certaine, à cet instant que le néant, à l'aube, s'ouvrirait pour elle, elle avait peur déjà de disparaître, elle s'accrochait à l'idée du souvenir qu'elle laisserait, elle respectait encore son amour ; elle dédaigna la punition qu'une âme plus vulgaire eût infligée, même elle n'avoua pas qu'elle avait dû lutter, et, simplement, retrouvant pour une seconde son ferme visage des beaux jours, elle dit :

— Je n'ai jamais aimé que toi.

Il se pencha sur ses yeux.

Sous son regard, ils furent immenses. Ils contenaient toute la vie passée de Catherine, tous les reflets qu'ils avaient absorbés, toute la poésie qu'ils avaient exprimée, tout son amour.

Pierre eut confiance ; mais, comme il se relevait, elle soupira :

— Reste, ne t'en va pas !

Et il demeura penché sur ses yeux où il lisait.

de la flamme de son ancienne luxure qu'il les vit étinceler, puis s'assombrir.

XXVI

Lorsque Catherine s'éveilla, une faible lueur

Catherine, debout au pied du lit, s'interroge avec anxiété.

Les yeux contenaient tout l'amour de Catherine, la pudeur du premier baiser, la reconnaissance des premiers lendemains, l'inquiétude des premiers soupçons, l'angoisse jalouse, et l'horreur dont ils avaient pâli en face de l'adultère et durant les insomnies, tout leur passé.

Pierre lisait dans les yeux immenses. ils le forçaient à penser selon leurs pensées, ils lui imposaient leur effroi, leur besoin d'oubli, ils lui renvoyaient ses anciens regards, et ce fut

éclairait la fenêtre dont personne n'avait fermé les rideaux, mais, cette lueur, n'était-ce pas la lumière tamisée qui venait chercher Catherine chaque matin ? Elle ne lui répondait pas tout de suite, elle n'ouvrait pas les yeux, elle allongeait les jambes, dépliait les bras et se réjouissait de la souplesse et de la santé de son corps. Dans le lit si vaste qu'elle s'y croyait seule, Catherine n'ouvrit pas les yeux, elle allongea les jambes, déplia les bras, et ce fut leur fatigue qui la força de se tourner vers lui qui dormait.

L'aube était grise encore, bleue à peine, et la tristesse de l'heure inquiète fit plus tragique l'émotion de Catherine devant le profond sommeil de cet homme repu.

Pourtant, il savait dormir et conserver, dans le sommeil, de la grâce et de la force.

Afin de le contempler, Catherine, s'appuyant sur les mains, se souleva.

La chemise tomba des épaules, mais Catherine n'y prit garde. Comment se serait-elle respectée puisque sa bouche salie, sa poitrine lasse, toute sa chair, se rappelaient, une à une, les caresses par lesquelles, poursuivant son propre avilissement, elle avait essayé d'entraîner Pierre vers la pensée que cette nuit, à la fois affreuse et sublime, n'aurait pas de lendemain?

Elle n'avait pas réussi. Il s'était amusé d'elle. Il lui avait raconté Hedwige et les autres, mais comme s'il parlait de sensations très lointaines, d'épisodes terminés, effacés, et toujours il revenait à l'idée d'une vie nouvelle et vertueuse, d'expiation ; il paraissait plus désireux de pureté, à mesure que Catherine s'enlisait. Même, il avait fini par rire de sa luxure, et, tout en s'y prêtant, il disait que c'était une première nuit et qu'il ne faudrait pas la recommencer.

Ah ! certes, Catherine ne recommencerait pas cette nuit-là, ni une autre !

Tandis qu'elle s'acharnait pour prendre aux filles leur amant, pour qu'il comprît que c'était malgré tout qu'elle l'aimait, et que son amour ne lui pardonnait pas, mais voulait le conquérir, fût-ce au prix de moyens mortels, tandis qu'elle imaginait des voluptés, se souvenait des voluptés qu'elle avait imaginées pendant ses insomnies, et les réalisait sans crainte, puisque la mort serait le néant, tandis qu'elle l'étonnait par sa dépravation, il lui répondait par de la tendresse.

Elle disait :

— Est-ce ainsi?

Et quand, après la joie, elle guettait sur son visage le retour du désespoir, il murmurait :

— Comme nous serons heureux !

Pour ne plus l'entendre, elle l'avait accablé, jusqu'à ce qu'il l'accusât de vouloir sa mort. A son tour, elle avait ri. Elle lui avait pris la tête, elle l'avait appuyée contre son épaule :

— Attends !

Elle le tenait comme une proie, mais le brusque sommeil les avait séparés.

A présent, lui seul dormait.

La chemise ne couvrait plus ni les seins ni la taille, mais les manches tombées aux poignets entravaient les mains de Catherine.

Avec précaution, Catherine dégagea ses mains, et rampa sur le lit, pour regarder cet homme, de près.

Dans la clarté de l'aube encore pâle et sans couleur, elle interrogea sa figure.

Pour cet homme, tant de femmes avaient souffert, Hedwige s'était déshonorée, elle-même avait vécu. Pour lui, on pleurait. Pour lui, on se ruinait. On l'achetait. Il était vil.

Il était beau, très beau, mais d'autres sont beaux qui ne créent pas la folie, et, inclinée sur le mystère de cette figure, Catherine descendit dans la désolation, car enfin, si d'autres étaient venus, quand, dans les bois d'Armanjon, elle attendait l'amour...

Pourquoi celui-là? Était-ce vrai que les âmes pareilles toujours se rejoignent et qu'il n'est point de hasard? Mais, si elle était la femme de cet homme, pourquoi avait-elle lutté, et n'avait-elle pas pris, comme lui, l'habitude du plaisir? Peut-être, comme lui, aurait-elle aspiré au repos, à la tendresse, peut-être aurait-elle, ayant besoin qu'on lui pardonnât, pardonné aisément? Leur double expérience aurait limité le domaine de leurs sens et le domaine de leur âme, et, corrompus mais non pas esclaves de leur corruption, ils auraient eu, l'un près de l'autre, une vieillesse heureuse et indulgente.

Hélas ! c'était l'impossible ! A travers ses confidences, Pierre lui avait montré que ce qui faisait leur union parfaite, c'était que, née comme lui pour l'amour, elle n'avait pas eu d'autres hommes ; leur union était parfaite, parce que Catherine le désirait, lui pervers, et qu'il la désirait, elle pure. Un instant, Catherine eut conscience qu'ils avaient atteint la plus grande beauté, cette nuit, au moment où il avait voulu, sincère dans ses mensonges, retrouver avant de mourir sa jeunesse dans ses bras, où, vaincue par la passion, oubliant qu'il était un traître, exaltée même par ses aveux, elle s'était donnée avec ce mot terrible dont elle se souvient tout à coup : « Enfin ! » Pendant six années, pendant bien plus de six années, depuis son enfance, elle s'était formée, elle avait souffert, elle s'était gardée pour cet épanouissement ! Voilà, l'homme, lui, continue, la femme, dès qu'elle a possédé cet unique bonheur, il faut qu'elle tombe ou qu'elle disparaisse vite, et, ce bonheur, cette femme ne peut l'avoir qu'avec cet homme, et leur couple, durant quelques minutes, dépasse immensément le reste des êtres. Ensuite, eh bien ! ensuite, l'homme continue et la femme tombe sous le poids des fautes qu'il lui fait porter, parce que son rôle à lui est de la laisser alourdie soit par les remords, soit par un enfant qu'il n'aime pas, car cette femme-là ne connaît pas l'amour maternel, son rôle n'est que d'offrir à l'amant la poésie de sa pudeur. Elle tombe, si elle peut ! elle cherche, si elle peut ! avec d'autres le souvenir de l'étreinte, et, si elle ne peut pas, eh bien ! il faut qu'elle disparaisse.

La tête rentrée dans les épaules que soulevaient les bras à demi fléchis, Catherine regardait cet homme, de près.

Avec les autres? Oui, si elle se vengeait, si, au lieu de mourir, elle restait dans sa maison et lui rendait supplice pour supplice...

Mais les cheveux qui descendaient le long de son visage et jusque sur le lit, effleurèrent la figure endormie. Sans se réveiller, d'un mouvement gracieux, Pierre écarta la mèche importune. Il était beau, il était charmant, Catherine ne pourrait pas le voir souffrir.

— Pour lui, pour lui ! songeait-elle.

Et elle accepta le sacrifice.

Se baissant davantage, elle embrassa Pierre sur le front.

Il ne se réveilla pas. Catherine pensa :

— Allons ! il faut...

Elle lui jeta un dernier regard, et elle fut triste surtout de n'avoir pas compris avant qu'il l'eût trahie. Ah ! comme elle aurait aimé mourir pour lui, s'il l'avait conduite à la mort par le seul excès de son amour !

Elle rêva qu'elle aurait pu comprendre, soit à Venise, soit avant la naissance de Doude, comprendre qu'il lui faudrait un jour disparaître ou tomber, et, si elle avait compris, comme elle serait morte heureuse !

Au bord du lit, elle s'arrêta, n'osant retirer ses jambes des couvertures, craignant soudain le froid de la chambre que son torse nu ne sentait pas, et, dans cette crainte, sa pensée fut comme balayée. Catherine restait assise, le visage tendu vers la fenêtre plus claire, et se demandant :

— Mais qu'est-ce que je fais? Où est-ce que je vais?

Et elle dut subir encore une fois la torture des raisons qui surgissaient, qui la cernaient et la poussaient, qui étaient semblables aux fantômes de ses insomnies, et que même elle avait aperçues dans des aubes semblables alors qu'elle devait courir vers la mer pour y laver ses songes ; mais, alors, quand elle nageait vers le large, elle savait qu'au retour, elle serait plus forte pour la lutte, et la lutte la ramenait, qui était encore l'amour.

L'aube bleue remplissait la chambre, mais la chambre n'était pas faite pour l'aube qui rendait ternes les vantaux des paravents de laque et se mélangeait mal à la lumière de la lampe.

Seul persistait, de la nuit, le murmure d'une vague sur la plage. Les oiseaux n'étaient pas éveillés.

Catherine s'attendrit en pensant à eux, et elle se leva vite ; elle redoutait de n'avoir bientôt plus de courage pour exécuter le beau projet qu'elle formait depuis si longtemps.

Elle n'eut pas froid quand elle fut debout, toute nue dans la chambre, la chemise ayant glissé à ses pieds, et elle avança vers cet angle de la pièce où elle avait jeté la robe blanche avant de se mettre au lit.

Elle se courbait pour la ramasser quand elle entendit Pierre qui disait doucement :

— Ma petite Kathleen...

Elle se redressa : allait-il la sauver d'elle-même?

Il avait parlé en dormant, il n'avait fait qu'augmenter l'angoisse de Catherine : même en songe, il se préparait à cette vie renouvelée dont elle n'était pas capable.

Sans prendre le temps de passer la robe, la tirant derrière elle, elle s'enfuit dans le cabinet de toilette. Devant les miroirs, son corps si blanc lui parut gris dans l'aube et il y avait des taches d'ombre sur sa figure.

Elle chaussa les petits souliers d'argent qui étaient restés près de la dormeuse, elle avait oublié ses mules, et elle n'avait la force ni de rentrer dans la chambre ni d'en chercher d'autres. Mais, sur la dormeuse, s'étalaient les vête-

ments que Pierre y avait déposés, et Catherine, s'enveloppant de la robe, ouvrit la porte si violemment que la poignée heurta le mur.

Ce bruit allait-il réveiller Pierre?

Rien ne bougea.

Devant Catherine, la galerie était obscure ; là-bas seulement, vers la chambre de Doude, la clarté du vitrage s'étendait sur les marches de l'escalier.

La maison tout entière dormait.

Mary dormait sans doute. Quand cela n'aurait été que pour ne point revoir Mary, Catherine ne devait pas survivre... Non, non, ce n'était pas pour une cause, pour une honte si puériles ! Il fallait...

Catherine s'engagea dans le couloir.

Elle espéra avoir entendu quelqu'un qui parlait, et, s'approchant de la chambre de miss Jackson, elle prêta l'oreille.

De grands soupirs sortaient de cette chambre.

Mary avait dormi, mais de quel sommeil ! Maintenant elle rêvait et elle appelait dans son rêve le bien-aimé :

— Sweetheart ! Sweetheart ! soupirait-elle.

Et Catherine passa, méprisante.

Sur le palier, elle se tourna encore vers le rideau qui masquait la pièce où Doude reposait.

Irait-elle lui dire adieu? Qu'allait-il devenir?

Elle se souvint qu'on a coutume de prétendre qu'une mère est indispensable aux enfants lorsqu'ils sont petits, mais que la protection d'un père vaut mieux après la dixième année.

Et puis, il était prêt à aimer son fils, à moins qu'il ne le ruinât tout à fait.

Mais déjà elle leur était étrangère.

Elle descendit les marches d'un pas à la fois traînant et saccadé. Elle n'était que fatiguée, elle trébuchait, et, tout à coup, un des petits souliers d'argent lui échappa, elle voulut le rattraper, il tomba de marche en marche, elle se précipita, le saisit, traversa le vestibule, croyant que des portes s'ouvraient là-haut, et, tirant le verrou, elle se trouva dans la cour où l'aube était rose.

Les rochers, les géraniums, les marguerites géantes et constellées, et les branches des pins, étaient baignés d'une atmosphère gaie, tandis que le sentier que Catherine suivit, se perdait dans l'ombre, mais l'ombre, elle aussi, par le contraste du ciel où s'allumaient de puissantes lueurs, avait du charme et comme de la gaîté.

A chaque feuille, un peu de rosée se cristallisait. Au mois de mai, les nuits de la Méditerranée qui semblent si douces, laissent, quand elles cèdent la place à l'aurore, une humidité féconde. Parfois, de longues brumes flânent à mi-hauteur des monts, dans l'air immobile.

Tout était immobile et pourtant pénétré par la joie.

Sur le sentier que Pierre avait parcouru, guidé par son instinct, Catherine s'avançait, guidée elle aussi par l'instinct, mais Pierre avait gagné la terrasse et Catherine s'en alla vers le grand héliotrope dont le parfum dominait, comme au crépuscule du soir, les autres parfums.

Un peu au-dessus de la volière, l'héliotrope

s'élevait en espalier, et Catherine se surprit, grimpant dans les buissons de lavande et de mimosas, ainsi qu'elle faisait si souvent pour nettoyer de son bois mort la plante favorite.

— Mais qu'est-ce que je fais? Où est-ce que je vais? se dit-elle de nouveau.

Et, appuyée au tronc d'un pin, elle serra ses tempes, le regard fixé sur le devant où, dans le ciel, plus loin que le promontoire de la Mala, les brumes flâneuses se dissipaient, s'éparpillaient en flèches pourpres.

Dans la volière, au-dessous de Catherine, un oiseau lança son cri d'appel, un autre lui répondit, et, dans le concert des voix animées, Catherine reconnaissait chaque accent, voyait chacun de ses amis, et, à ceux là, elle désira dire adieu.

Elle revint parmi les buissons, écartant avec délicatesse les branches qui avaient l'habitude de son passage.

Ce n'était plus l'héliotrope seul qui régnait, les roses et davantage la prenante odeur de la terre humide formaient, dans l'air maintenant liquide à force d'être coloré, une vie joyeuse qui touchait l'âme à travers les sens. Et le mot que l'âme avait pour traduire son émotion, c'était :

— Bientôt !

Il y aurait bientôt un grand éclat qui métamorphoserait le monde, et, pour quotidien qu'il fût, cet éclat, les fleurs, les herbes, les insectes et les bêtes, et l'homme qui est si peu de chose quand il participe à leur existence, l'attendaient avec ferveur, le chantaient et le louaient, se préparaient pour lui par une sorte de prière, frémissements des pétales, des tiges et des feuilles, bruissements d'ailes et pépiements, et ce regard désolé et qui regrettait, ce regard que Catherine leva vers l'horizon rouge.

Les fauvettes à tête noire, les canaris et les chardonnerets menaient leur vacarme dans la volière, et, lorsqu'ils se taisaient, c'était la mélodie comique d'un padda, les notes de métal d'un bengali écarlate ou la plainte émouvante qui est le signe du plaisir dans la chanson du diamant à gouttelettes.

Vers ses amis dont la petite vie avait rendu utile sa vie déserte, vers ceux qui ne vivaient que grâce à elle, qui avaient besoin d'elle quand il faisait froid, qui étaient le souci de ses heures désœuvrées, qui lui avaient redonné le goût d'attendre demain, parce que, demain, il y aurait peut-être du nouveau dans la volière, vers ses amis qui avaient de la gratitude quand elle prenait de la peine pour eux, vers ces êtres inférieurs et pourtant tellement plus harmonieux avec la nature, Catherine allait prendre sa dernière leçon.

Ils la reconnurent, et, quand elle entra, les mandarins, qui sont d'une familiarité extrême, se groupèrent sur une branche, et tous criaient pour qu'elle les nourrit.

Comme chaque matin, elle chercha s'il n'y avait pas un cadavre près de la rivière ou sous les bigaradiers. Elle avait toujours peur que ne se fût arrêté pendant la nuit un de ces cœurs fragiles. Et elle eut un gros chagrin qui raya d'elle-même sa souffrance, parce que « monsieur Phaéton », comme disait Doude, était mort,

etgisait, si petit dans ses plumes de feu.

Elle soupesa dans sa main celui qui était hier une couleur vivante.

Hier, le phaéton portait au nid, hier, il se pressait contre sa femelle, ou, une plume au bec, il dansait devant elle, hier ; Catherine l'avait montré à Raymond, et hier, Catherine avait été gênée par les regards de Raymond.

Elle secouait la tête en contemplant le minuscule cadavre : hier, elle avait été gênée...

Insoucieux, les oiseaux réclamaient leur nourriture.

De quoi monsieur Phaéton était-il mort? La nuit avait-elle été trop froide, ou était-il déjà malade? Pour cela peut-être il se serrait contre sa femelle. Toujours les mâles se serrent contre leur femelle quand ils souffrent, mais, quand ils sont vigoureux, ils la pourchassent, et les voici, deux moineaux de Gould, dans leur livrée éclatante, qui se battent pour une moinelle au bord d'un nid, voici les paddas qui sautent en cadence, et Catherine se tourne vers ce bosquet où madame Canari, abandonnée par un époux frivole, couve toute seule, au grand scandale de Doude qui voudrait lui venir en aide, car les enfants des hommes, si près de la nature soient-ils, sentent les injustices d'amour.

Mais, dans la volière, tout n'est qu'amour, et l'injuste amour ne crée pas de douleur. La femelle de ce phaéton que Catherine soupèse dans sa main tremblante, lisse ses plumes et ne regrette rien. L'amour, c'est des querelles, ce n'est pas de la souffrance. Vivre est leur seule inquiétude.

Autour de Catherine, ses actifs amis piaillent, et elle s'en va vers les mangeoires et les remplit de graines fraîches. Tout aussitôt, ils accourent, et elle ne résiste pas au désir de les avoir encore une fois perchés sur elle, sur ses épaules, sur ses mains et même sur ses cheveux, car les mandarins toujours affamés s'égarent dans leur hâte sur la nappe cendrée qui encadre la figure de Catherine.

De temps à autre, Catherine bouge la tête, et ils s'envolent tous. Elle bouge la tête pour voir si personne ne vient, mais, seule, la lumière vient, plus puissante et plus rouge.

Catherine remet à leurs places les mangeoires, et, portant le petit cadavre, elle s'en va à la recherche d'un secours.

Ne se sont-ils pas éveillés? Personne ne l'empêchera-t-il d'avoir raison, elle qui sait qu'elle ne peut plus vivre?

Elle erre dans les allées que bordent les pelouses, et le petit cadavre est froid dans sa main.

Au delà du promontoire de la Mala, les brumes sont incendiées, et, dans le jardin, les roses, ayant laissé couler l'humidité de la nuit, se cambrent sur leurs tiges pour absorber le prochain soleil.

Dans le vaste lit, Pierre doit dormir, rêvant d'avoir tout cela, après l'avoir eue, elle, tout cela, ses fleurs, ses oiseaux, leur poésie et elle-même pour lui apprendre qu'il est plus de beauté dans tout cela que dans son amour.

Ce n'est pas vrai ! tout cela conduit à l'amour, tout cela n'est rien sans l'amour que l'on a ou

Dans la pure lumière de l'aube, la maison paraissait endormie.

que l'on hait, il n'est pas de couleur à tout cela sans l'amour.

Là-bas, au débouché de l'allée qui mène à la terrasse, des yeux regardent cette femme que couvrent ses cheveux pâles et sa robe blanche, des yeux fidèles et dont la mystérieuse intelligence a toujours l'air de souffrir.

— C'est toi, Stony ! dit Catherine.

Et, comme il se hausse vers elle, elle lui caresse la tête, puis, vers la terrasse, elle con-

tinue sa route, suivie par son chien et portant
le petit cadavre.

L'odeur molle des orangers lui rappelle sa
promenade avec Philippe, les conseils qu'elle
donnait et la vanité de la sagesse.

Brusquement, Catherine se tourne vers la
mer dont, jusque-là, elle s'était gardée de
mesurer l'étendue.

Nonchalante, la mer, son autre amie, reçoit
cette belle lumière que le ciel enflammé lui envoie.

Au large, c'est le calme. Pas une vague, pas
une ride, ne troublent la robe soyeuse, aux
reflets changeants, de la mer indifférente, et ce
n'est que sur la plage qu'elle murmure, comme
si elle invitait doucement au repos.

Catherine s'accoude à la balustrade, et ses
cheveux glissent sur ses épaules, entraînés par
la tête qu'elle penche.

Un beau projet, un projet si beau lorsqu'il
semblait irréalisable !

Du cap Ferrat, qui limite la mer à l'ouest,
jusqu'à l'horizon indéfini, une bande sombre
de profond azur cache le merveilleux où Catherine aurait voulu atterrir.

A l'est, la lumière est trop vive, la brume est
devenue nuage pour que le soleil se lève dans
de l'or en fusion, mais, en face de Catherine,
la mer s'éclaire du violet au rose le plus doux,
puis, du rose jusqu'au bleu noir, elle s'éteint, et
ce sera une route incomparable pour s'en aller.

Les bras de Catherine fendront d'abord l'eau
violette et glacée, puis, quand le soleil se lèvera,
ce sera une route incomparable, à travers les
chaudes paillettes, pour s'en aller mourir dans
le noir azur de l'horizon.

Pourquoi hésite-t-elle? Autrefois, la tentation était si forte !

— Mon pauvre Stony...

Elle flatte le chien qui l'interroge des yeux.

Puis, ouvrant les doigts, elle pense devant le
cadavre du phaéton.

Toute la vie du jardin et de la maison l'appelle.
Au lieu de courir vers la plage, elle regarde la
maison par-dessus l'épaule.

Seules, deux fenêtres ont leurs volets ouverts,
la fenêtre de Mary et la fenêtre de leur chambre,
et Mary, hallucinée, couvre l'amour de ridicule,
et Pierre dans leur chambre dort, repu, songeant à la pureté.

Il faut que Catherine s'en aille, elle a compris
trop de choses. Pourquoi maintenant lui semble-t-il avoir découvert que les hommes ont gâté
l'amour en inventant la pureté?

Ce n'est pas vrai ! l'amour, si la pureté n'existait pas, ne serait qu'un besoin sans grandeur,
et Catherine — tout à coup elle en est certaine
— a connu le surnaturel amour, elle l'a connu,
puisque, devenue par lui impure, elle ne se
croit plus digne de lui, et, ne pouvant vivre sans
lui, s'élance vers la mort.

La plage est une lame de sang qui coupe la
mer violette, et les rayons du soleil marquent
la place où il devra paraître.

Catherine est descendue jusqu'à la vague.

— Va-t-en, Stony, dit-elle.

Mais, dans l'eau pourpre, Stony soulève une
grosse pierre, et Catherine est plus seule que
si le chien était parti.

— Allons ! courage !

Pourtant, la pudeur est tellement mêlée à
l'âme des femmes que Catherine n'ose entrer,
toute nue, dans la mer.

Et d'abord, vers le large, avec un grand geste
qui écarte la manche de sa robe, elle jette le
petit cadavre. Sa chute fait à peine bouger sur
la surface un cercle d'ombres.

— Adieu ! songe Catherine.

Ses pieds sont déjà mouillés par l'écume.

— Soyez gai, Raymond !

Oui, oui, il faut être gai, il faut accepter, oui,
sa nuit fut sublime et sa mort sera sublime dans
le pur éblouissement du soleil.

L'eau froide étreint les genoux de Catherine
qui relève sa robe, et Catherine ne craint plus
que l'étreinte de l'eau froide autour de son ventre et de sa poitrine.

— Allons ! courage !

Elle est gaie comme les autres matins, et,
comme les autres matins, elle fixe les yeux sur
le large.

— Courage ! courage !

Elle sourit à sa propre faiblesse. Rien n'existe
plus pour Catherine que la force et le courage,
et sa force la rend joyeuse. Elle nagera vers le
large tant qu'elle aura des forces.

Levant les mains qui se crispaient sur le bord
de la robe, elle se découvre pour le ciel empour-
pré. L'étoffe blanche la voile un instant du côté
de la maison, et, quand l'étoffe s'abat, Catherine
a pris entre ses mains la mer, et nage, étendue,
ses cheveux à plat sur la vague.

Alors, Stony se met à aboyer furieusement.

XXVII

Dans le lit où miss Jackson l'avait bercé d'une
promesse, le petit Édouard dormait, inconscient des rêves qui vivaient en lui, quand
l'éveilla le départ de Catherine.

Ce fut soit la porte heurtant la paroi du cabinet de toilette, soit le soulier qui tombait de
marche en marche, soit le mouvement d'un rêve,
qui lui fit ouvrir les yeux avec terreur et regarder le vaste espace rose de sa chambre, car
l'aube était encore rose lorsque Doude, s'étant
levé, écarta, comme déjà cette nuit, le rideau
qui masquait la galerie.

Sur l'escalier, le vitrail étendait une lumière
rassurante, mais, là-bas, au bout du corridor,
il y avait une clarté qui prouvait que la porte du
cabinet de toilette était ouverte, et Doude, de
même qu'il était descendu, ce soir de mistral,
vers le salon où il supposait que se trouvait sa
mère, se dirigea vers la pièce où peut-être sa
mère veillait.

Il l'aimait d'une affection timide, qu'il ne
manifestait pas, mais qu'il ressentait surtout
quand il était inquiet. Jamais il n'imaginait
un malheur où ne fût mêlée cette mère si belle, à
la fois si gaie et si triste, qu'il ne comprenait pas,
et, justement, parce qu'elle lui était incompréhensible, il était trop souvent sollicité par
l'inquiétude.

Se frottant les yeux, encore un peu endormi,
il gagna le seuil éclairé.

La pièce était vide, le dossier de la dormeuse cachait les vêtements que Catherine avait aperçus avant de partir. D'un pas hésitant, Doude s'aventura dans le cabinet de toilette.

Si sa mère allait se montrer devant lui tout à coup, et fâchée?... Cette nuit, elle avait été sévère quand Stony aboyait. Que signifiait la promesse de miss Jackson? Que se passait-il? Pourquoi y avait-il à cette heure de la lumière dans le cabinet de toilette, et aussi dans la chambre à coucher?

L'enfant ne doutait pas que sa mère ne fût sortie, sans cela la porte n'aurait pas été ouverte; il songeait : « Elle doit être malade... » et néanmoins il savait qu'il commettait une faute en venant ici : on ne doit pas se promener dans la maison, la nuit ; une faute qu'il avait déjà commise et qui devenait plus grave à cause de cela.

A quelques pas de la chambre, il s'arrêta, tout entouré par les glaces qui reflétaient sa petite silhouette, son pyjama rayé, son front lourd où s'embrouillaient les mèches de ses cheveux roux.

Que faisait-il ici? Ce serait difficile d'expliquer qu'il s'était réveillé en sursaut et qu'il avait eu peur, c'est si difficile de se faire comprendre qu'il vaut toujours mieux obéir.

Pourtant, si sa mère avait été malade, il y aurait eu aussi de la lumière, là-bas, à l'autre bout de la galerie.

Oh ! comme il était inquiet ! presque autant que ce matin, quand il l'avait crue noyée et qu'il l'avait cherchée avec son bateau..., tellement inquiet qu'il ne se mirait pas dans les glaces, bien que ce fût son habitude chaque fois qu'il entrait dans cette pièce. On le grondait, on croyait qu'il était vaniteux, alors qu'il essayait simplement de voir ce que c'était ce petit garçon. Il essayait de voir tout ce qu'il pouvait ; il était curieux, par inquiétude.

Tout de même, il risqua vers la glace un regard furtif, et la glace lui envoya le reflet des habits sur la dormeuse.

Il ouvrit grands les yeux.

Était-ce cela, la surprise? Est-ce qu'on lui préparait des cadeaux? Était-ce pour lui ces vêtements? On avait parlé de ne plus lui laisser ses culottes courtes... Mais ce pantalon n'était pas pour lui, et ces bottines, et cette chemise et ce chapeau !

Qui donc était là? Un homme était là, et sa mère... Ah ! on lui avait fait du mal ! Il savait bien que ce n'était pas les pêcheurs qui avaient sifflé cette nuit. Un homme était venu, et lui, il avait dormi, et miss Jackson...

Doude s'élança vers la porte qui reliait le cabinet de toilette à la chambre de Mary, mais miss Jackson s'était enfermée pour se séparer des amants, et Doude ne voulait pas faire le bruit afin de ne pas avertir l'homme ; et puis, il n'y avait pas de temps à perdre : il fallait voir ce qui se passait dans la chambre à coucher. D'ailleurs, le jour qui montait donnait du courage.

L'enfant, ses petits poings crispés, ne vit rien d'abord sur le vaste lit dont Pierre, en dormant, avait relevé les couvertures.

A mi-voix, Doude appela :

— Maman...

Puis plus fort :

— Maman, maman !

Sur les oreillers, se dressa une tête d'homme, un visage.

— Ah ! c'est toi, Doude ! fit Pierre.

Mais, trop épouvanté pour pouvoir crier au secours, Doude reculait, se protégeant de ses bras tendus.

Et Pierre, qui comprit, fut amusé.

— N'aie pas peur, Doude. Tu ne me connais pas, mais je suis un ami.

Dans l'angle de la pièce, Doude se blotissait. Cet homme savait son nom, et il n'avait pas l'air méchant. Encore un mystère !

Le vieux domestique vient vers Pierre

— Qui êtes-vous? murmura-t-il, tandis que Pierre songeait : « Voilà donc mon fils ! »

Et cela l'empêchait de s'étonner d'une présence si émouvante. Il dit :

— Viens ici, Doude, faire connaissance avec ton papa.

Doude fronça les sourcils, mais soudain, il eut une clarté : peut-être était-ce la surprise que miss Jackson...

— Vous êtes mon papa? dit-il.

Et il avançait la tête vers le lit, mais un soupçon lui fit ajouter :

— Alors, où est maman?

— Elle était là, répondit Pierre. Qu'est-ce que tu lui veux? Et qu'est-ce que tu fais, debout, à ces heures ! Les petits garçons ne se lèvent pas à l'aube.

Doude serra les épaules : « Ce doit être mon père puisqu'il me gronde ». Il avoua :

— J'ai entendu des bruits, ça m'a réveillé. J'ai eu tort. Mais dites-moi où est maman?

— Elle va revenir. Tu peux l'attendre, si tu veux.

— Elle n'est pas malade?

— Non... Et pourquoi penses-tu qu'elle est malade?

— Je suis inquiet... Cette nuit déjà, on a sifflé dans le jardin.

— Ah ! tu as entendu...

Et Pierre se mit à rire.

— Ne t'inquiète pas, mon petit. Je te promets que ta maman ne court aucun danger. Viens ici, allons ! viens !

Il s'était assis dans le lit, et Doude, obéissant et fasciné, s'approcha.

— Là, fit Pierre. Donne-moi ta main, embrasse-moi... Non?

— Vous êtes bien sûr d'être mon papa?

— Tout à fait sûr.

Doude l'examinait, et Pierre se disait : « Il n'est pas joli, le pauvre gosse ! »

Puis l'enfant se décida et appuya ses lèvres sur la joue de son père qui l'attira, le souleva, le plaça sur le bord du lit, le maintint de son bras passé autour de sa taille.

Pierre souhaitait que Catherine fût entrée à ce moment ; cette scène aurait créé d'un coup l'atmosphère de l'idylle nouvelle.

— Puisque vous êtes mon papa, reprit Doude, et il s'interrompit brusquement, confus.

— Eh bien !

— Je n'ose pas...

— Avec moi, mon petit, il faut toujours oser.

Doude eut une grosse émotion : c'était exactement les mots que lui répétait son ami Philippe.

— Finis ta phrase ; tu as commencé : puisque vous êtes mon papa...

— Je voulais dire : pourquoi n'êtes-vous pas venu plus tôt?

Et ce fut à Pierre d'être ému.

— Tu es bien curieux !

Doude baissa la tête.

— Oui, dit-il, mais c'est qu'il y a beaucoup de choses que je ne comprends pas.

— Miss Jackson est là pour te les expliquer.

— Vous connaissez miss Jackson? Alors, est-ce que c'était vous la surprise dont elle m'a parlé, cette nuit?

— Elle t'a parlé d'une surprise?

— Quand on a sifflé et que je me suis levé. Maman me grondait, il m'est défendu de me lever la nuit, mais miss Jackson m'a recouché, et m'a promis que, si je m'endormais sagement, j'aurais, ce matin, une surprise.

— Eh bien ! tu ne te trompes pas, mon bonhomme, c'est moi la surprise.

— Je suis content, dit Doude. Vous connaissez aussi monsieur Philippe Groux? Il est mon ami. Je trouve que vous lui ressemblez.

— Bah ! fit Pierre.

— Si ! C'est peut-être pour cela que je n'ai pas eu plus peur de vous. Oh ! je suis content que vous soyez revenu ! Comme ça, maman sera moins seule. Les soirs que Philippe n'était pas là, elle était très seule, vous savez !

— Mais, il venait souvent?

— Deux, trois fois par semaine.

— Tant que ça ! Le soir?

— Pour dîner.

— Et il restait tard?

— Oh ! oui, très tard.

— Et, ta maman était heureuse, les soirs qu'il venait?

— On ne sait pas. Maman est presque toujours gaie, mais presque jamais heureuse. Elle rit beaucoup, mais, quand elle ne rit pas, elle a l'air triste.

— Alors, Philippe restait très tard?

— Qu'est-ce que cela vous fait? Il restait pour amuser maman. Hier, nous en avons parlé, et j'ai bien vu que lui, cela ne l'amusait pas.

— Embrasse-moi, Doude.

Contre le visage fatigué, le petit visage marqué de taches rousses se posa de nouveau, avec confiance.

A cet instant, les aboiements de Stony retentirent dans le jardin.

— Stony aboie ! fit Doude. Et maman ne revient pas.

— Il aboie des pêcheurs ou des douaniers.

— Non, il n'aboierait pas comme cela. Dites-moi, vous êtes sûr que maman...

— Mais Doude, serais-tu peureux?

— Je ne suis pas peureux pour moi, mais pour maman. Où est-elle? Il n'y avait pas de lumière, là-bas, au bout de la galerie, et quand Stony aboie de cette façon, c'est...

— Reste ici, Doude !

— Non, je ne resterai pas ! Quand Stony aboie de cette façon, c'est qu'il voit maman s'éloigner sur la mer, et je n'aime pas qu'elle se baigne toute seule, le matin. Ecoutez ! il gémit, et moins fort... C'est sans doute qu'il ne voit plus maman. Oh ! lâchez-moi !

— Mais tu es fou, mon petit ! Pourquoi ta maman aurait-elle été à la mer ce matin?

— On ne sait pas, elle le fait souvent. Tenez ! Stony se tait... Je vous en prie, allons jusqu'à la plage.

Et, comme Pierre hésitait, gagné par cette angoisse dont vibrait la voix de son fils, Doude lui échappa et courut au cabinet de toilette.

Pierre sauta hors du lit, mais il aperçut la chemise de Catherine et fut inquiet à son tour. Depuis combien de temps, Catherine l'avait-elle quitté? Où était-elle?... Il découvrait maintenant ses mules au pied du lit. Et, tout à coup, dans le jardin, la voix aigre de Doude hurla :

— Maman ! Maman !

Pierre se jeta dans le cabinet de toilette, se vêtit à la hâte et à demi, et il arriva sur la galerie pour y rencontrer miss Jackson.

— Vous n'avez pas vu Catherine? dit-il.

— Non !... Ah ! qu'est-il arrivé?

Et Mary, qui attendait le drame, s'y précipita par la pensée, se prit les cheveux à deux mains, et cria :

— Kathleen ! Kathleen !

Pierre descendit l'escalier, traversa le vestibule et gagna le salon. Le salon était vide et sombre. Tandis que Pierre ouvrait les volets de la porte-fenêtre, Stony, excité par les appels de Doude, aboya de nouveau sur la plage, et miss Jackson, du haut du balcon, criait toujours :

— Kathleen ! Kathleen !

Soudain, le vieux domestique, qui savait tout le passé, rejoignit Pierre.

— Oh ! Monsieur, vous, Monsieur ! dit-il en écartant les bras.

— C'est moi, oui, tu n'as pas vu Madame ?

— Non, Monsieur. Mais souvent Madame, le matin, se baigne dans la mer.

— A ces heures ?

— Oui, Monsieur, parfois.

Et Pierre, que frappaient au visage les premiers rayons du soleil hors des brumes dissipées, s'élança vers les orangers de la terrasse, vers la balustrade, et l'atteignit pour voir Doude qui traînait sur le sable la robe blanche de Catherine et qui courait vers le petit bateau amarré à l'abri de l'île rocailleuse.

— Attends ! je viens !

Mais l'enfant ne s'arrêta pas avant d'y être forcé par la main qui s'abattit sur son épaule.

— Aide-moi ! dit Pierre, lorsqu'ils furent près du minuscule bateau.

Ensemble, ils défirent la chaîne, puis Pierre, seul, embarqua car ils n'auraient pu être deux.

Le fragile bateau quitta la plage.

— Va sur l'île, Doude ! ordonna Pierre, et dis-moi si tu vois quelque chose.

— Oui papa, répondit Doude.

Et l'on aperçut, bondissant dans le soleil qui paraissait absorber la petite île et ses broussailles, l'enfant vêtu de son pyjama rayé.

XXVIII

Quand elle eut dépassé la pointe de l'île, Catherine, habituée à la froide étreinte de l'eau qui la tenait, au lieu d'écarter sa joue, l'appuya sur la vague.

Jamais ses mouvements n'avaient été si libres dans la mer, il n'était point de jupe pour se coller aux jambes, point de tunique pour s'alourdir, à chaque brasse, entre les seins, et, si les cheveux étendus l'étonnaient par leur poids, elle glissait vraiment dans le flot, et déjà en faisait partie. Lorsque son bras en sortait, il était ou rose, ou rouge, ou mauve, comme le flot qui, vite, le reprenait, et les yeux étaient, comme le flot, un miroir, changeants comme lui sous la lumière à toute seconde nouvelle.

L'âcre odeur que laissait à la surface cette nuit sans brise fortifiait l'âme de Catherine délivrée. Catherine nageait allègrement, elle osait enfin accomplir le beau projet, et, dans cette frénésie dont c'était, maintenant, l'heure de triomphe, tel le fou qui n'hésite plus et s'abandonne à sa manie, elle se réjouissait de ne pas pouvoir être faible, d'être contrainte à ne pas revenir, d'être chassée vers ce là-bas où elle s'en allait.

Tantôt, dans son balancement, elle dirigeait son regard vers le cap Ferrat, les hauteurs de Saint-Jean, les montagnes qui dominent Nice, et tout cela était bleu, vaporeux, sans plans définis, sans arêtes, presque mêlé au sombre azur de l'horizon, tantôt vers le large, encore du sombre azur, mais d'une si grande profondeur qu'il attirait, tantôt vers l'incendie : du feu qui surgissait de la mer et qui la couvrait de toutes les nuances d'un prisme éblouissant.

Catherine riait aux couleurs, à ce vent léger qui froissait l'eau chargée de facettes, et, sur les lèvres entr'ouvertes par ce rire, l'eau jouait, l'eau purifiante qui ôtait la trace de la souillure à cette bouche qui n'avait pas eu de pudeur.

Catherine se souvenait de n'avoir pas eu de pudeur, et elle se lavait délicieusement. Elle éprouvait la sensation de retrouver sa pureté. Elle éprouvait, elle ne pensait pas. La sensation était trop belle, trop facile. Les bras s'allongent parce que le corps a de l'élan, et l'élan du corps oblige les bras à revenir, et c'est toute la nage dans cette mer qui porte Catherine, qui la caresse et parfois la roule dans sa vague.

Le vent fraîchit, mais ce n'est que le vent de l'aurore, il a de la gaîté, il n'est ni méchant ni terrible. Rien n'est terrible dans cette harmonie, rien n'est triste, rien ne meurt : quand une teinte s'efface, c'est en s'unissant à la teinte qui lui succède, et ce peu d'écume qui naît pour disparaître, se reforme plus loin, aussi joyeuse.

Catherine s'en allait, délivrée. Point d'efforts, point de secousses, elle était toute souplesse, et elle paressait, ayant devant elle beaucoup de temps.

A présent, même si l'on se mettait à sa poursuite, on aurait peine à découvrir son sillage. Elle était en sûreté et elle n'avait point de hâte. Plus tard viendrait la fatigue, plus tard, quand il serait l'heure. Mais Catherine ne se pressait pas, et elle guettait, comme toute la nature, l'arrivée du soleil.

Il fut d'abord enchâssé par la brume, accompagné par elle. Un de ses rayons se faufila, et une grande coulée d'or, un instant, pesa sur le mer, puis s'éteignit, et Catherine, s'arrêtant de nager, attendait.

Lorsque tout fut préparé pour l'heure magnifique, le soleil s'élança, et, dans lui, les couleurs s'unifièrent. Il régna, seul, faisant pâlir l'azur et possédant, de ses paillettes innombrables, les flots qui se creusaient pour les glaner.

Catherine ne supporta pas longtemps cette splendeur. C'en était fait : il n'y avait plus rien à attendre. Elle détourna les yeux, et, penchée sur l'abîme qui, lui du moins, demeurait obscur, elle aperçut son corps, la nudité de son corps, que, pour la première fois, elle voyait ainsi, à travers l'eau limpide, et si beau, si puissant, qu'elle regretta, non pas la vie, mais de détruire ce corps qu'elle aimait.

Il était lavé de toute sa souillure, il était heureux. De quel droit allait-elle le détruire ? Il n'avait point de honte, point de regrets, point de craintes. Il ignorait encore les décisions de l'âme qui voulait l'obliger au néant, et les instinctifs mouvements qu'il faisait n'étaient que pour vaincre le poids qui mettait en danger sa vie. Il aimait la vie. Chaque minute de vie, il la goûtait, et il ne se préoccupait pas du passé, ni de l'avenir. Son existence n'était qu'une succession d'instants, d'émotions qui le menaient sans trop de heurts vers le but inconnu. Le temps, la durée n'avaient pas d'importance pour lui. De l'enfance à la jeunesse, de la maturité à la mort, il se transformait, comme se transforment toutes choses dans le monde, insensiblement, et il ne souffrait que des naturelles souffrances qui sont si peu quand on les compare aux agonies de l'esprit. De quel droit Catherine allait-elle brusquement rompre la prodigieuse harmonie de cette chair, de ces muscles, de ce sang, l'harmonie mystérieuse de son corps, cette harmonie par quoi elle l'avait participé, chaque jour, aux miracles de la nature?

Mais, pour fuir la tentation de son corps, elle leva les yeux vers le rivage.

Les falaises, la colline, recevaient le soleil. Il brillait aux fenêtres des maisons. Les maisons étaient petites, encadrées par les bois de pins, et la villa Dumez, la somptueuse villa, se détachait sur cette côte illuminée.

Catherine pouvait encore revenir. Hier, la distance qui la séparait de la plage n'était pas moindre lorsque son fils l'avait appelée. Mais c'était la dernière chance, Catherine n'avait pas les forces qu'elle avait hier.

Elle sentait même une étrange faiblesse. Avait-elle peur? Peur de quoi? De mourir? Mais pourquoi vivre, pourquoi vivre longtemps, persister, s'accrocher à la vie comme ces vieillards, les amis de Mme Dumez, pourquoi vivre dans la déchéance, comme ce misérable infirme tellement conscient de lui-même qu'il leur avait dit, hier : « Je vous dérange... » Pourquoi vivre lorsque le but est atteint, l'ambition réalisée, lorsqu'on a dépassé le moment de son épanouissement, ce pour quoi l'on fut créé et l'on vécut? Quand on a dépassé ce moment, il faut s'en aller, ou bien l'on offense par ses plaintes la joie qui est la seule raison du monde.

Catherine ne voulait pas penser à l'homme qui dormait là-bas, elle ne voulait pas que son souvenir ternît sa mort, et, son courage, elle l'excitait par le dégoût, non d'elle-même ou de lui, mais de la déchéance où tombent les êtres qui se survivent.

Pour avoir le droit de se survivre, il faut renaître en ceux qui se forment pour la joie, il faut s'oublier en les autres, il faut, comme elle l'avait conseillé à Raymond, placer son ambition dans le bonheur des autres, et seul, Doude, si Catherine l'avait aimé, aurait pu créer en elle cette ambition.

Mais elle n'était pas née pour aimer les autres, ni pour aimer son enfant. Elle était née pour cette nuit unique, où le plaisir, après l'angoisse, l'avait emportée, et, en elle, avait emporté toute l'œuvre de sa race vers le sommet le plus haut, quand elle s'était dispersée dans tous les décors de sa vie qui venaient se réunir en elle.

Le sommet le plus haut, quand elle avait tout compris, quand elle avait détruit les obstacles, les uns après les autres, la dignité chrétienne et la dignité de sa race, quand elle les avait surpassés pour se livrer au désir, sachant ce qu'elle faisait et vers quoi elle allait.

Pour avoir du courage, Catherine appelait l'orgueil à son aide, et ce fut, les traits crispés par la volonté d'être grande, par cette même volonté qui l'avait protégée pendant six années qu'elle reprit sa route vers le large.

Du levant jusqu'à son visage, le soleil courait la mer.

Catherine ne suivit pas le chemin qu'il traçait.

A fortes brasses, elle se dirigea vers le sud, et son corps vivant jouissait de la détente vigoureuse des jambes et des bras. Contre la joue de Catherine, il y avait un remous, et, les lèvres serrées, les muscles de la gorge gonflés, elle nageait, sans pensées, vers le vide.

Elle entendait bruire la mer à son oreille. C'était un chuchotement ; ce fut le murmure, compagnon de cette nuit qu'elle aurait dû oublier. Mais non ! elle ne penserait pas à lui, elle ne penserait pas qu'il aurait été possible de recommencer la vie, elle ne penserait pas à la jalousie d'autrefois, elle ne penserait pas à la jalousie plus atroce qui l'aurait, à chaque minute, torturée, jalousie du passé et jalousie du présent, qui l'aurait détruite si elle avait recommencé à vivre avec lui, elle ne serait pas maintenant jalouse de lui qui allait vivre sans elle, qui aurait d'autres femmes, qui ne se souviendrait pas, qui vivrait sans elle ! Elle ne penserait pas à ses baisers, à son étreinte, au bonheur de leurs corps unis, son corps ne la forcerait pas à vivre.

Le soleil déjà brûlant appuyait sur la nuque de Catherine, et les lourds cheveux tiraient sur cette nuque fatiguée. Il semblait à Catherine que ses cheveux la soutenaient, et, pour s'en dégager, elle se coucha sur le dos, elle nagea sur le dos, les yeux fermés, et si vigoureusement que la mer parfois lui balayait la figure.

Non ! elle ne penserait pas à ses caresses, ce n'était pas pour lui qu'elle se tuait, contre lui qu'elle luttait, elle luttait contre son corps qui toujours l'avait empêchée de mettre à exécution son beau projet, l'avait arrêtée quand elle voulait s'en aller. Il lui fallait mourir parce que...

L'épuisement commença, le souffle devint court, et Catherine, un instant, fit trêve ; les bras écartés la soutinrent, et, tandis que les mains ramaient, Catherine, dans une infinie détresse, sentit se lever en elle la mémoire de l'enfance, des jours naïfs où la prière sanctifiait le matin et faisait la nuit sans périls. Alors le but n'était pas de vivre, mais de mériter un pardon qui serait à lui seul tout le bonheur, et pour le mériter de l'amour divin, il fallait être pur jusqu'à la mort, pur même dans l'amour humain, pur dans le mariage, et le pasteur Morand, quand il avait béni Pierre et Catherine, les avait avertis contre la luxure. Ils ne l'avaient pas écouté, ils avaient ri de sa voix trop grave, ils étaient légers devant la vie, et ils avaient eu tort, Catherine avait eu tort, elle était d'une race qui avait trop essayé d'être grande en face de la vie pour que Catherine pût, avec désinvolture, jouer d'elle-même comme d'un instrument méprisable, se sauver par quelque sophisme ; elle était grave, quoi qu'elle en eût, et c'était pour cela que Pierre l'avait aimée, pour cela qu'il l'avait avilie, pour cela qu'il avait essayé de la reprendre, pour cela, parce qu'elle était plus haut que lui, plus haut, plus grande.

L'orgueil fit que Catherine reprit la nage. Mais l'eau bourdonnait à présent dans ses oreilles, et la pensée devait se défendre contre la peur, l'intelligence doutait d'elle-même.

Était-ce vrai que ce fût le sommet, cette minute de leur union ? Le plaisir était-il le point suprême, le plaisir si mortel qu'il fût, si durement acheté qu'il fût ? Est-ce que les hommes n'échappent pas à cette harmonie qui se reproduit et se défait sans cesse, et, puisqu'ils ont créé le temps, n'est-ce pas pour qu'il les récompense ou les châtie pendant une éternité ?

Il fallait à Catherine un double courage, celui de mourir et d'affronter peut-être le châtiment.

Tout à coup, comme dans une vision de fièvre, elle aperçut le rocher où elle s'était égarée jadis, et elle murmura pour elle-même : « Petite madone... » C'était que, comme sur le rocher, ses jambes se raidissaient, et ce fut la crampe qui l'immobilisa.

Pour ne pas couler, elle cambra la taille, battit la mer de ses mains, la poitrine sortit de l'eau et le soleil brûla les seins nus.

Comme une épave chauffée par le soleil, Catherine flottait à la surface

Alors, les aboiements de Stony et une clameur indistincte s'étendirent sur la mer, puis ce fut la voix que Catherine craignait d'entendre, et les bras de Catherine ramèrent pour aller plus loin.

Engourdi par le soleil, le corps ignorait sa destinée, il était las et se confiait à la vague.

« Plus loin, plus loin ! » pensait Catherine. Et ses bras battaient la mer.

Elle était lourde dans l'eau fatiguée de la porter et les voix se rapprochaient.

Le sang battait aux tempes, et, brusquement, la pensée monta dans une prière. Ce ne fut pas : « Notre Père qui es aux cieux... » ce furent les bégaiements naïfs de la petite fille, elle demandait au Seigneur qu'il lui pardonnât et qu'il la prît dans son sein et qu'elle pût échapper à la poursuite. Elle disait :

— Mon Dieu, prends-moi, je me suis trompée, j'ai péché, mais je viens vers toi comme vers le refuge, prends-moi, Seigneur, avant qu'il me rejoigne. Toi aussi, tu ne connais pas le temps, une seconde de repentir vaut à tes yeux une vie d'erreur, prends-moi, mon Dieu, pendant que je me repens !

Elle parlait ainsi pour ne pas entendre son nom que Pierre jetait à la mer complaisante, elle parlait à son Dieu, tandis que la vague offensée par ses bras lui jetait dans la bouche l'âcre saveur de son eau lourde de soleil.

— Prends-moi, mon Dieu. Vite, prends-moi. Vite, prends-moi. Tu vois que je suis à bout de force et qu'il va me trouver et que je vais crier vers lui pour qu'il me sauve, si toi tu ne me sauves pas.

Mais il n'était au ciel que la lumière brûlante et l'ironie de l'azur, et la voix qui répondait criait :

— Catherine !

Et le corps se cambra de nouveau, les muscles des cuisses et des reins se nouèrent, se détendirent, ramenant le corps qui coulait, le torse qui jaillit de l'eau, et les muscles de la poitrine se dilatèrent, et les muscles des bras levèrent les mains et les agitèrent vers le ciel, et ce furent les muscles, le corps, tout ce qui appartenait au sauveur, qui poussa ce hurlement :

— Pierre, sauve-moi !

Il l'avait aperçue, et il répondit :

— Courage, je viens !

Il maniait avec furie la pagaie, mais Catherine ne le voyait pas, et, abandonnée par Dieu, elle cherchait en elle l'image idéale de cet homme qu'elle absolvait, qui lui avait donné, lui, le bonheur.

— Sauve-moi ! criait-elle.

Il s'approchait, l'esprit libre, prompt et calme, il n'éprouvait que l'alerte fièvre du péril.

Lorsqu'il fut à quelques brasses de Catherine, il se leva et paisiblement se dévêtit, puis son corps nerveux, au-dessus de la mer, décrivit une courbe qui s'acheva dans l'eau transparente, à l'instant où Catherine disparaissait.

Quand il revint à la surface, il tenait par les cheveux Catherine évanouie. D'une main, il s'accrocha au bord du minuscule bateau, et, de l'autre, il gardait levée la tête de Catherine. Ainsi, joyeusement, il nagea vers la rive.

Il voyait grandir leur maison, il voyait sur la plage son fils, il voyait, plus loin que cette belle matinée, des jours heureux, car, s'il ne doutait pas que Catherine avait voulu échapper à son amour, il ne doutait pas davantage qu'il lui avait apporté, qu'il lui apporterait le bonheur, parce que, malgré tout, telle était sa destinée.

Et il traînait, comme une proie, dans l'eau brillante, le corps splendide, nu et blanc.

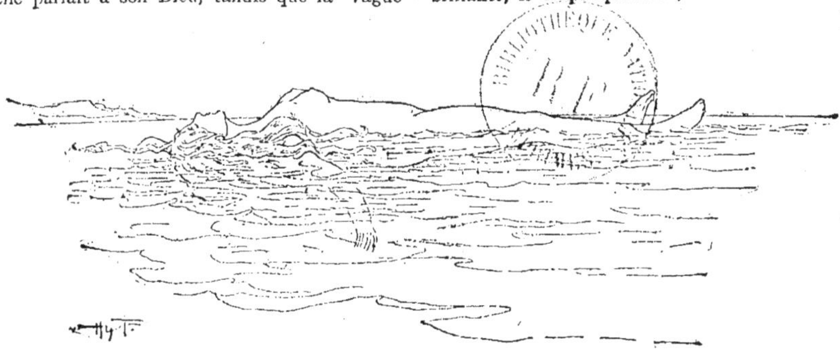

IMPRIMERIE CRÉTÉ
CORBEIL (S.-ET-O.)

IMPRIMERIE CRÉTÉ
CORBEIL (S.-ET-O.)